朱颜镜花辞

水中凉月／镜里朱颜—世间痴恋来来回回—

—到头皆是一场空—红尘羁绊兜兜转转—

沈明幽 著

廣東旅游出版社
GUANGDONG TRAVEL & TOURISM PRESS
悦读书·悦旅行·悦享人生

中国·广州

图书在版编目(CIP)数据

朱颜镜花辞/沈明幽著.—广州:广东旅游出版社,2017

ISBN 978-7-5570-1084-3

Ⅰ.①朱… Ⅱ.①沈… Ⅲ.①言情小说—中国—当代 Ⅳ.①I247.5

中国版本图书馆 CIP 数据核字(2017)第 192068 号

出 版 人:刘志松
责任编辑:李　丹
责任校对:李瑞苑
责任技编:刘振华
选题策划:吴明华　诸葛小菜
特邀编辑:晴　雪
封面设计:黄　芸

朱颜镜花辞

广东旅游出版社出版发行
(广东省广州市越秀区环市东路 338 号银政大厦西楼 12 楼　邮编:510180)
邮购电话:020—87347732
广东旅游出版社图书网
www.tourpress.cn
湖南省众鑫印务有限公司
(湖南省长沙市宁乡县金洲新区泉州北路 98 号)
710mm×1000mm　1/16 开
17 印张　228 千字
2017 年 12 月第 1 版第 1 次印刷
定价:28.80 元

目 录

第一章

长春殿里薄纱飞扬，半人高的鎏金铜镜前，一截白玉般的手臂从罗衣里伸了出来，细长的手指拈着螺子黛，远山眉艳丽妩媚，斜飞入鬓。那一双眉眼，更是叫人目不转睛。这样的美，美得不像是红尘里该有的女子。

“娘娘，台辅有要事相商，连同六部官员都在军机处议政，王上说今日恐怕是不会来了。”身着藕色长裙的宫女躬身道。

“哦？台辅也在啊……”华荣懒洋洋地放下手中的螺子黛，眼中闪过一丝无趣。

自从符晓登基以后，华荣只觉得他们之间似是有了一条无形的裂缝，彼此之间的距离越来越远。

“对了翠儿，宫里最近可有什么大事？”也不知为何，近段时日总觉不适与压抑感一日重过一日。

“皇上在武华山请了真人下山，说是要为国运祈福。”那宫女想了想，回道。

“祈福？”华荣蹙眉，符晓素来知道自己并不喜爱出家人，他自己也并不尊崇道人之流，为何会请了道士入宫？

“出宫去走一走吧。”她站起身，压下淡淡的不适。

侍女应了一声，立刻躬身退下去准备轿辇。

一顶四人抬的乌青色轿子早已停妥，一路畅通无阻地离开王宫，轿子里坐着的华荣轻轻舒了一口气。

王宫里，终究不是适合妖类生存之地啊……

手指只是轻轻一点，华荣便已悄无声息地融进了空气中，取而代之的，不过是个端坐着的替身。随之出来的几个侍卫，始终会以为那位华妃娘娘安分地坐在轿子里，在都城兜圈。

她不惯宫中受着约束的日子，闲暇时便用这样的小招式蒙混出来散心。

楚国三月的天气反复无常，时冷时热，就连天晴暴雨都这样南着性子胡来，原本还碧空万里的天空，下一刻竞已翻起滚滚乌云。

华荣蹙了蹙眉，不知叙伏河堤是否能撑得过去这场暴雨，否则只怕符晓今年又要为此事费神。

不远处像是有人在静静地打量着自己。

华荣转过头去，看见一个身材窈窕的女子站在商铺门口。

“姑娘，不如进来躲一躲雨吧？”隔着茫茫一层大雨，清凌凌的声音从不远处传来。

飞扬的水雾都快挡住了视线。华荣有些惊讶，这里不知何时开了一家商铺，一方破落的牌匾上写着“红尘阁”三个大字，却不像别的商铺那样敞开着，反而一卷厚重的帘子垂了下来，将里头遮得严严实实。

哪有人这样做生意的？

待走得近了，看见是个年轻女子，一头黑发披在肩头，五官清秀而精致，肌肤白如冰雪，最特别的是那一双眼睛，漆黑的瞳孔里仿佛有一团混沌不明的幽暗，越是想瞧个仔细，越是一阵阵头晕目眩。

女子白皙的手指轻轻摸着怀里的波斯猫，那只猫看了一眼华荣，就从女子怀中跳了下去，消失在了屋内。

女子往后退了一步，示意华荣进屋，“这样大的雨，进屋来喝杯热茶也好。”

华荣一怔，凑近的那一刻就感受到了一股淡淡的妖气，淡到几乎不被察觉，对方的修为看来要远远高于自己。

“你究竟是何方神圣，来王都又想做什么？”华荣拢在袖中的双手悄然结成符印。

感觉到对方的防备，女子的唇角轻轻勾起，“紫幽昨日夜观星象……楚王的那一颗，光亮越发黯淡了。”

华荣脸色一变，还想再说些什么，然而对方早已掀丌帘幕，迈步踏入了室内。站在原地的华荣想了想，最终还是咬牙跟上。

四周看了看，室内布置得倒是与寻常店面并无不同，高高的货柜层叠耸立，却并没有摆置任何商品。

“我的货物，只留给有缘人一观。”紫幽指尖微动，木格子上便显出一个青铜制的匣子，上面雕刻着面貌狰狞的牛头马面。

华荣暗自心惊，这个匣子有种说不出的阴冷之感。

“这是泰山府君的镜子。”紫幽已经打丌了那个匣子，从中取出手柄细长的铜镜，那铜镜的样式也十分奇特，上面镂刻着炼狱火海的情景。

泰山府君，那是传闻中统领幽冥地狱的君王，人死以后魂归泰山，再由泰山府君判定罪恶，转发幽冥地狱十殿阎罗处。

她手中握着的……竟然是这样的鬼器！

“我可以施展秘法，为楚王延续寿命。但是，你也知道世上天理循环，要想救他，就必须要献出自己的命。”

“你……怎会知道？”华荣惊讶得合不拢嘴，眸光垂下，“符晓阳寿将尽，是我一直暗中过继法力给他，才拖延至今。”

紫幽举起茶杯轻轻啜了一口，不忍劝道，“几百年道行得来不易，你又是青丘一脉，凡尘痴爱，何必看得这样重呢？”

“我知道，你是要说我蠢的。”她眼底漫出来温柔，人世间三五年，在她眼里，也不过是打个瞌睡的时间罢了。她记得的是，男子将她搂在怀里那温暖的胸膛和沉稳的呼吸，他说，和我一起走 F 去。

紫幽看到对方眼中的执着，长长叹了一口气。

“明日黄昏，若你仍不改变心意，我会去王宫找你。”紫幽将铜镜收起，起身做出送客的姿态。

“那么，多谢姑娘了，可是……我却并没有什么能给你的。”迟疑了半晌，华荣还是问了出来。

紫幽的唇角微微上扬，眼中闪过笑意，“你决意以命抵命，我只是希望你数百年的修为不至于白白浪费。”

的确，凭空获得数百年的修为，无论要施展怎样的术法，她都不算吃亏。

华荣敛身行了一礼，如果是为了符晓，付出一身修为也无妨。

细雨蒙蒙，只见那一顶轿子慢慢消失在了巷子路口，紫幽微微蹙眉，一柄仕女纨素执面扇半挡在脸上，只听得一声声猫叫从身后传来。

“呵，你也瞧出古怪来了？”紫幽俯下身将那只雪白的波斯猫抱在怀里，“真是可悲，她还真是出人意料地信任那个男人。”

“不急，且先看看吧。”紫幽面上有淡淡的笑意，一双眼睛神光流离。

“华妃娘娘出宫去了。”阴暗的密室内，一张脸笼在斗篷内的男子缓缓开口道，“王上您究竟还在犹豫些什么呢？”斗篷的男人微微仰起脸。这个男人的身上……王气已经日渐稀薄了。然而，还是不能动手啊！

“华荣她……并非是妖媚惑主之辈。”犹豫了很久，符晓还是从嘴中吐出了这句话。

黑暗里的男子再次出声，一字一句驳斥着对方，“王上自己也清楚，您时日已经不多了，华妃娘娘出身青丘，实在是王上最需要的良药。”

黑暗里，楚王的脸色变得阴晴不定。

那人继续开口：“王上只要不痴迷儿女私情，保全大局为楚国百姓着想，那么微臣必有法子为王上逆转天命，延年益寿。”

华荣……被自己挚爱的人伤害，这份痛苦，我一定也要你亲身体会一番！

华荣匆匆赶回去的时候，皇宫里已经是人人白危。地方官员上报叙伏河堤恐有决堤之险，楚王连晚膳都不曾用过，此刻正在御书房里大发雷霆。

“政务虽然繁忙，还是千万顾及自己的身体。王上如果病倒，底下的大臣们群龙无首，只怕更要一团糟。”华荣快步走过去，将一件貂绒披风覆在男子肩头。

“我只觉得最近精神一日不如一日。”符晓以手撑额，就着她的手喝了一口燕窝，又摇摇头示意华荣放在一边。

华荣顺从地将杯盏放在一旁，站在他身后轻轻伸手按揉着对方的肩膀。

“荣儿……”男子轻轻叹息，伸出手将华荣轻轻抱在怀中，他的手心温暖一如往常，然而眼底的疲色却越来越重，烛灯明灭，华荣看见两个人的影子都依偎在一起，融成了一团模糊的黑影，“都已经过去三年了，每每想起父王临终时看我的眼神，我都生怕叫他失望。”

“符晓，你做得很好。”私下无人时，她终于能轻声唤他的名字，将额头抵在男子的胸口，她伸出手拍了拍他的手臂以示安慰，说起勤勉政务，符晓的确是比他父亲更为称职的君主。

他伸出手来，轻轻摩挲她的脸，“华荣，我如今越发觉得力不从心了，只怕……”

烛光下她霍然抬起头，“符晓，不要说这些话，你还这样年轻。”

对方只是露出了一缕苦笑，轻轻将她抱了起来。

她知道，符晓的身体……已经快要撑不住了。

次日清晨醒来，伺候符晓梳洗上早朝之后，华荣一脸怅然。

“娘娘，都已经午时了，是否要奴婢去请王上过来一起用膳？”宫女在纱帐外低声道。

“嘱咐他们做几道清淡的菜，王近日来身体不适，恐怕不喜欢那些油腻的东西。”强打精神，华荣将事情一一叮嘱妥当，这才派人去请符晓过来一同用膳。

只见符晓走进来，轻轻将坐在妆镜前面的华荣搂在怀中，一只手变戏法一样递过一盏茶，“这是上好的雨前龙井，不妨试试看？”

华荣笑了笑，顺从地就着他的手势喝了一小口。

“云雾山今年出的茶叶味道比去年好些了。”符晓的手轻微地颤抖着。

雨前龙井何时出自云雾山了？

华荣蹙眉，似是还要说些什么，然而胸口却蓦地一窒，一股激荡的气流在五脏六腑中游走。

“王……妾身突感身体不适，还请王先回去。”她一张脸苍白得再无半点血色，左手按住胸口，霍然起身跌跌撞撞地往纱l帐中跑去。

谁在茶里放过符灰，她一身法力溃散，竟然连人身都难以维持！

站在帷幕外的男人一言不发，沉默了半晌，轻轻掀开了粉色珠帘，他的脸色被帘幕卷起的阴影所遮挡，沉沉地看不清脸色，“我知道你要避开我什么，华荣……”

符晓看着她眼中逐渐涣散的光芒，他的目光转到无力地垂在床榻边的六条雪向的狐尾上，“你腿上至今还有一个伤疤，那是我曾替你包扎过的，你忘了么？”

华荣生生倒吸了一口冷气，他原来早就知道了么，矢"道自己是狐妖，是个异类？

“原来，原来一切都是假的么？”蓦然，那一双眼睛里亮起如刀刃一般冷锐的光，“在你用箭矢刺'死螯侄，将我抱走的时候，你便知道我是妖怪？”

“你和那只异兽争斗的时候，我瞧见了。”符晓沉下眉，低声说道。

她的声音里有着说不出的绝望，一双手更是冷了几分，“二年前你纳我为妃，也是因为你认出了我吧，我真是傻，替你蛊惑了那几位将军，一举推翻你的兄长，让你登上了王座！”

身上的法力流逝得越发迅速，一张脸彻底褪去了血色，她只觉得一股从未有过的寒意在心口盘旋。

是他让自己懂得什么叫情爱的滋味，也是他_在这一刻教会她……原来爱情,真的这样伤人。就在这一刻,华荣才明白青丘山那些为情所伤的姐妹们究竟是怎样的痛不欲生。

“荣儿……你也知道,我命不久矣。”看着床榻上虚弱无力的女子,符晓心有不忍地别过头去,“为了登上王位,我隐忍蛰伏了多少年!我的母亲出身低微,而我自幼受到长兄欺辱,无论如何也轮不到我继承王位!”

“所以……所以你弑了自己的父亲,暗中密谋反叛,而我被你一面之词说服,甚至不惜对凡人施用法术,违反族规。”她原以为自己是陪着他走过了最艰难的那段日子,他应该心存感恩,如今看来竟然是这样不值一文。

她伸出手去,狠狠地握住了男人的手臂。她握得那么用力,像是要把骨头都捏成粉末。

符晓看着眼前趋于力竭的华荣,轻轻低下头,将额头抵在女子的肩头,颤声道:“华荣,是我对不起你……我对不起你。”

她竟有些痴了,眼前说话的男人究竟是谁?是自己从前爱过的那个少年么,也许是吧!只是眼前这个男人,早已不是当年爱她的那个人了。

真是可笑啊,几年之前,她甚至还没有名字,也不曾遇见符晓。她出生的地方,名字唤作青丘山。

华荣悄悄瞒着父母住进了凡人的山林里。她是青丘山的狐狸,自然和那些野狐不同,虽然年幼,倒也没有人能欺负得了她。

日子过得悠闲自在,不知寒暑,每曰闲来无事便晒晒太阳,睡个懒觉,以欺负山野间弱小的妖怪为乐。

都说人间上元夜灯火辉煌,是最热闹的日子之一。华荣想了想,不如去看看吧。

青丘山的狐狸变成人形,容貌都是出了名的艳丽。她那时小得很,化作人类的女了也不过才十四五岁,一双眼睛黑向分明,娇俏天真。

华荣一手拿着冰糖葫芦,一手握着一块花生糕。见一路上才子们摇着折扇站在灯笼下,一瞧见哪家的漂亮姑娘走近,便将解开的谜语大声朗诵出来。

这些妙龄女子平日也难得有出门的机会，纷纷打扮得花枝招展，见了那呆头呆脑的书生便互相取笑一番，却又偏要在人前浅浅含了一缕笑，做出娇怯的模样。

她那时不懂得相思情爱，看什么都是新鲜而可笑的。

灯市才走到一半，华荣隐约觉得有些不对劲。狐族天性狡黠敏锐，一丁点风吹草动都会让他们心生警觉。

华荣走到一处卖胭脂水粉的地方站住了脚，那妇人一见华荣，立刻笑脸相迎，捧出一盒缠丝金花的胭脂，喋喋不休介绍道："这可是西域玫瑰研制出的上等胭脂，小姑娘皮肤细嫩，用上一点点啊，就漂亮得不得了哦。"

华荣心不在焉地点着头，伸手拿起了一柄小小的铜镜，镜子里的女孩依旧天真稚嫩，手腕微动，却看到一双温润的眼睛。

那是个面容俊秀的男子，暗黑色的长衣几乎快要淹没在了黑暗里，依稀只看得见男子眉梢有一点淡淡的伤疤。

"姑娘，你想要胭脂么？"漫天花灯闪烁着明灭不定的光芒，七年前的上元夜，这是符晓对华荣说的第一句话。

红烛黯淡，飘忽的风从窗外倒卷进来，吹得一层层薄纱扑腾欲飞，又终究是飞不得。

符晓伸出手颤抖着抚过华荣的脸庞，双眼泛红，却不敢直视她此刻的眼神，过了许久，直到手掌上再也感受不到一丁点的温度，他才道："前几日进宫的道人说，你是青丘山的狐妖，只要吃了你的心脏，我便可逆天改命，再活上几十年……若非如此，我，我真的从未想过要杀你……"

爱抚的手抽离，袖上的流苏冷冷扫过她的手腕，"华荣，你好好歇着吧。"

男子的话掀起了滔天巨浪，华荣赫然睁大了眼睛，勉力想说些什么，但终究抵不住眼前如潮水一般袭来一阵黑暗。

符晓，就算你吃了我，也不过是徒劳啊——华荣要说的话还未开口，人却已被黑暗吞没。

落日熔金，暮云合璧，一袭白衣女子怀里抱着一只雪白的波斯猫，眺望着远方。

“瑶竹，若她肯回到青丘山，楚王离世后，她的劫难自然也就消了。”紫幽感慨了一声。

“这样才有趣是么？”被唤作瑶竹的长尾猫轻笑出来，声音倒是出人意料的娇俏可爱。

“我倒觉得，真相往往最是让人觉得不堪。”

紫幽唇角露出一抹奇异的笑意，修长的手指轻轻抚弄着瑶竹柔顺蓬松的毛发，“走吧，我们也该过去了。”

她们原本便是约在日落时分，如果华荣仍旧没有改变心意，那么紫幽将进入王宫，为她延续那个男子的性命。

然而此时此刻，长春殿内竟然空无一人。

紫幽静静地站在原地环视四周，铜镜前还散落着无数价值连城的珠宝，桌子上的茶水早就冷透了。

紫幽走上前去，将紫砂壶端了起来凑在鼻尖，这里面分明有降妖的符咒。

瑶竹不知道从哪里跑了回来，一跃跳进紫幽的怀中，一个劲嘟哝，“王宫里到处都有镇邪的东西，连我部觉得十分不适，亏她在这里待了这么些年。”

瑶竹用毛茸茸的脑袋碰了碰紫幽，示意她跟着自己往外走。

那是御膳房的位置，紫幽随手施了一个隐身法术，便抱着瑶竹旁若无人地走了进去。

“小心着点，你们几个兔崽子，这可是王上今晚指名要吃的东西，要是做坏了，狗头还要不要了！”领头的内监一面小心叮咛嘱咐，一面翻箱倒柜地找着什么。

紫幽皱了皱眉,空气里飘荡着一股奇异的肉香。

看着那一罐紫砂锅,紫幽的心却像是沉进了无底的深渊——终究是来晚了一步么?

她转身离去,瑶竹一路在前面指引着方向。

接着她看到了那一具雪白的狐狸尸身。那是一只半人高的狐狸,黑漆漆的眼睛还睁着,雪白的皮毛上溅了一身的血,心脏早已被人挖了出来,只剩下拳头大的可怖伤口。

昨日还明妍亮丽的女子,此刻却连一点生气都没有了。

紫幽手腕一转,用手里的镜子照着地面上狐狸的尸身,不一会铜镜里竟发出了五彩光斑。

再度现身的华荣,惘然地环视四周,这一切,竟真的像是隔了一世那么遥远。

“你如今这个样子……”紫幽长叹了一口气,一手将铜镜静静收了起来,“真是作孽。”

“真的一点法子都没有了么?”华荣的眼神空洞若死。

“这个时候,你还想着要救他?”

华荣惨笑道:“我不知道,我不知道……他是个好君王,假如不是雄图霸业未成,他……他或许是真心要与我白头到老的。”

“我原本可以施展泰山府君祭,沟通阴阳两界将你当作祭品,这样便可一命抵一命,让那个男人再苟延残喘几十年。可如今,你不久后便要再入轮回,如何能救他?”

华荣怔怔地,有两滴泪从眼眶里倏然滑落。这些年的相守,原来终究是黄粱一梦。而此时此刻,唯一能聆听她无助哭声的不过是眼前这个只有短短一面之缘的女人。

紫幽悄然叹了一口气,“时辰已到,请你去往彼岸转生吧。”轻轻闭上了眼睛,手中的青铜镜面闪过一抹异常清晰的绿光,片刻后便失去了踪迹。

“皇上。”随侍的内监将青花碗恭敬呈了上去。

看着那个男人端起一碗热汤,面无表情地全部喝了下去,瑶竹背后陡然生出了一股寒意。

三月已至,此刻微风摇动枝叶,大蓬大蓬的粉色花朵在夜风中吹落了一地。

“我总算是等到这一日了。”台阶上,一个浑身笼罩在漆黑斗篷的男子现出了身形,阴沉沉地笑了起来。

“什么人?”紫幽没有动,空气里却传来了一股淡淡的妖气,“簦任?”

紫幽蹙眉,有些疑惑地看着那个男人。

“几年前,他们杀死了我的兄长,现在,我岂算是报仇了。”男人的面孔从黑暗中露了出来,眉梢处有一个淡淡的疤痕。

她最后看了一眼坐在王座上闭着眼睛的男子,眼中流露出了一缕淡淡的讥讽。九尾狐的肉,根本没有起死回生的功效。不出半年,他恐怕也要去幽冥地府了吧。

楚王宠幸一女,出身卑,承乾三年封贵妃,不久病逝,数月后,楚王思之成疾,随之驾崩。

红尘俗世,从来只等一个又一个有缘人。只有一双清冷的眸子,看过了悲欢离合,留下一声叹息罢了。

绯眠百无聊赖地拨拉着母亲留下来的七弦琴,清脆的琴音在指尖断断续续响起。

绯眠的祖父原本是朝廷命官,后来改朝换代,祖父支持的皇子落败,趁着新王还未曾登基,祖父携带一家老小隐姓埋名,逃到了这座偏远的渔村。日子纵然过得贫困一些,但到底还是一家团聚。

在绯眠七岁的时候,母亲因为一场高热病逝,这个家就显得分外冷清了。

趁着祖父母都在休憩,绯眠悄悄站起身往外走去,十六岁的小女孩,最是不愿意待在家里的年纪。就在她要推开门的刹那,听到门外的叩门声。

在这种偏僻的地方,怎么可能会有远客忽然拜访?

那是个一袭白衣的女子,漆黑的头发用一枝碧玉簪了挽住,浑身上下便再无佩饰,最特别的是那双眼睛,漆黑的瞳孔里仿佛藏了一团混沌不明的光,越是想瞧个仔细,越是一阵阵的头晕目眩。

绯眠下意识地有些害怕起来,小心翼翼地往后退了一步,才问道:“这位姐姐,你是……?”

女子淡淡地笑了笑,颔首,“这里可是住着一位叫李凌府的先生?”

绯眠皱了皱眉,“你找我爷爷?”

“没错。”在女了身后,另一个声音蓦地响起。

绯眠被吓了一跳,一看是个身穿蓝色长衣的男子,背上用白布束了一把长剑,显得英气勃勃。

“哼,爷爷不见客的。”址了那民剑,绯眠起了疑心,说话也不客气起来,顺势就准备将门关上,却猛地发现对方身上有什么东两蹿了出来,吓得绯眠飞快地往后又倒了几步。

“瑶竹,不得放肆。”女子喝住丫跃出的自猫,略略欠身,“得罪了,养的小猫罢了。还请姑娘前去与你爷爷说一声,便说是故人来访,那一枚龙风玉佩,不知今口可还在?”

本来一腔怒气的绯眠看着女子清冷的眼睛,最终还是选择了去叫祖父。

听到外面来了两个旅客,老者陡然睁丌了惺忪的睡眼,问道:“那个白衣女子,可有什么特征?”

“她的眼睛……她的眼睛好奇怪。”绯眠皱着眉头,“还有……她养了一只白猫,真是一只可恶的猫。”

祖父没有听完她的抱怨,就立刻揽起一什长农,穿着布鞋一路往门外走去。

门扉推开的刹那,那一声咿呀还在空中缠绵,李凌府的手却忽然难以抑制地颤抖起来。

“果然……是你啊！你若再不来，只怕我这把老骨头熬不到那一日了。”年迈的老者看着门外的白衣女子，神色竟有些恍惚。

“奶奶，那是我们家的故交么?”绯眠疑惑地问向年迈的祖母。

“阿绯，扶我出去看看。”

绯眠乖巧地点了点头，扶着衰老的妇人也跟了出去，走出屋门的时候，远远看到白衣女了正抱着那只猫，站在庭院中先自向祖母微笑。

祖母的脸变得苍白，她浑浊的眼珠里泛出一缕罕见的光芒，死死地盯着眼前的妙龄女子。

“好久不见了，李夫人。”紫幽的唇角露出浅浅的笑意。

“四十年……都四十年了啊。”年老的妇人喃喃地说道。

锅巾的饭菜香气扑鼻，祖母平目里难得亲自下厨，这一次竟然从头到尾都在厨房里忙碌，绯眠将洗干净的海带和龟虾用竹篾盛好，对不远处和祖父静静说话的女子越发好奇起来。

“怀柔已经离升了么?”听着老者说起这些年的种种，得知那个娇俏的少女几年前死于一场高热，她叹了一声。

“再过一些时日，连我也要去见她了。”李凌府笑了笑，他凝视着眼前的女子，只觉一切都犹如幻觉。隔了这么多年，再次看到眼前的女子……他竟然还是觉得心中一阵惊悸，她的容貌，几十年来竟是没有变过。

“那块玉佩，我一直都戴在身上。”他轻柔地解下腰问的玉佩，这是一块上好的羊脂白玉。

紫幽点了点头，“我果然没有看错人。除了你，无人能够再温养这块玉了。”

那块玉佩镂着阴阳鱼太极纹路，触手温润，一如故人眼神，干百年来不曾改变。素来清冷的女子看着手心玉佩，露出了几分缅怀之色。

几十年过去了，它的光泽一如往昔，并没有因为滞留于人间而产生污浊,足以见得当年她并没有所托非人。

“多谢你,李公子。”双手轻轻合拢,那枚玉佩如水般流逝在女子的手中。紫幽郑重地俯身行了一礼,向眼前的老者道谢。

对方的身上带着死1二的哀老气息,即便是瑶竹修为浅薄,也看得出来这个人三魂之火摇摇欲灭,仿佛是在做最后的挣扎。但这一瞬,这个老者的眼眸中却有着骇人的光芒,明如星宿。

“不,应该是我向你道谢才对。”老人拄着拐杖,每一次说话都引起不小的咳嗽声,“如果不是你,也就不会有凌府这个人子。”

紫幽微微一怔,却忽然掩面笑了起来,“李公子,是否误会了什么?”

第二章

那已经是三十年前的事了，李凌府上京赶考，因为囊中羞涩，想在街上替人写家书对联来赚些银子，不想在茶棚外坐了半晌也无人光顾。

正在心灰意懒准备离开的时候，却发现不远处围着一群人，不知道在看什么热闹。李凌府也走近过去，看见一个女子正被一个粗壮的妇人厉声喝骂着。

那女子荆钗布裙，一言不发地收拾着被扔在地上的行李。那妇人喋喋不休，口出秽语，“真是个贱蹄子！一个打杂丫鬟，吃了熊心豹子敢伤少爷？要不是老夫人仁慈，你十条命也不够赔的。”

那妇人又看了众人一眼，冷哼道：“这是做什么，围在方府面前，莫非是要聚众闹事不成？”

围观的人群面面相觑，虽然想出声阻拦，可是抬头看看方府的牌匾，又敢怒不敢言。

那个瘦削的女子不肯认输，倔强地看着妇人。

胖妇人冷哼一声，“不教训教训你，你就不知道天高地厚。”

说完几个家丁卷起袖子走近，其中一个拽住那女子的头发，抬手就是狠狠一个耳光。

“方家大小姐如今是魏王宠爱的柳妃娘娘，方府何等尊崇，今日方府居然做出当街殴打婢女这等小家子气的丑事来，真让人贻笑大方。”李凌府忍不住站了出来，眉目间正气凛然。

“哪来的穷书生?”管家模样的妇人不屑地撇了撇嘴,“方家的事你也敢管?”

李凌府冷笑,指着那妇人管家说道,“老夫人都说了放她一马,你不折不挠地叫人在这里教训她,老夫人可曾知道?”

妇人面色变了变,往屋内走去,一边恨恨地骂道,“别再叫我瞧见你,这个浪蹄子,不知道哪里勾来的野男人……”

“你!”姑娘气极便要冲上去理论,被身前的男子挡住了。

对方不甚在意地笑了笑,“姑娘何必和这种人置气,如今已是自由身,无谓多惹麻烦。”

女子想了想,点点头施了一礼,“连累公子了。”

“没有的事。”李凌府摇头笑了笑,又白顾自走回去收拾自己的纸笔去了。

不远处,蓦地传来一阵缠绵的猫叫声。

“不错,是个人选。”隐在暗处的女子微微笑了起来,伸手揉了揉额角。在她手上,一枚羊脂白玉玉佩轻轻晃着,“我们,也没有多少时间了。”

她拿着这块玉佩已经几十年之久,却迟迟找不到合适的人选。此刻它已玉质尽去,内中石纹斑驳尽显,恰似油尽灯枯。仙界之物,果然不容凡尘污浊,宁为玉碎,不为瓦全。

果真是时日无多了。

就在李凌府收东西的时候,忽然远远听见一个声音叫住了自巴。

一个身穿白衣的女子,一张脸素白如玉,说不上多么出众,气质竟不似是这人问女子该有的。

“不知姑娘叫住在下何事?”衣服虽然破旧,却浆洗得干干净净。

紫幽宛然一笑,从袖中掏出一枚龙风齐飞的玉佩,“李公子,几日之后我便要离开此地,但这块玉我却无法随身携带,不知道公子可否代为保管?”

尽管对方说话的表情真挚,然而李凌府还是皱起了眉,那块羊脂白玉价值千金，是有价无市之物。

“如此贵重之物，李某不能收。”李凌府摇了摇头，君子爱财取之有道，他并非贪图这等富贵的人。

“公子误会了。”紫幽笑了笑，似是猜出他心底在想什么，将那块玉佩悄无声息地放回桌子上，“这枚玉佩交给公子保管，却并非是馈赠，有朝一日，我必然是要找公子要回的。”李凌府脑子飞快地想着，还是觉得不可思议。“还望公子能佩戴着这块玉佩，不要离身半个时辰以上。”紫幽颔首，“只是戴着这枚玉佩，恐怕阳寿有损，对主人来说，并非是什么吉物。”她从袖中抽出一张面额千两的银票放在桌子上。

“姑娘这是什么意思？”李凌府顿时色变，眉宇问隐隐有些怒意，“凌府虽然贫困，但并非姑娘靠一笔钱财就能说服的人。”

紫幽仰起头来，隔着淡淡的日光，她的脸苍白得竟然没有一丝血色，“李公子，你难道小想留在铂则考取功名么？你若肯为我保管这枚玉佩，阳寿必減，多则七年，少则五年。这一点钱，不过是我给的微薄报酬罢了。”

李凌府一窒，竟然再也说不出话来了。的确，他自幼便立志要在朝廷为官，此次科举在即，自己却囊中羞涩，是否能坚持到科举考试那一日也未可知。

十年寒窗苦读，层层选拔之下才好不容易获得进入王都考试的机会，要这样功亏一篑，他白是不甘心的。

“是凌府迂腐了。”下定了决心，李凌府对着紫幽抱拳施了一礼，“就算李某代为保藏这枚玉佩，姑娘日后又如何来找在下呢？”

看着对方困惑的眼神，紫幽笑了一声，“李公子不必担心，总有一日，紫幽会亲自上门拜访。”

紫幽转身对着不远处的街道忽然笑了起来，“李公子，你瞧，那里是否有人在等你呢？”

李凌府随着她手指指向之处一看，只见一个身材窈窕瘦削的女子远远站着，荆钗布裙，然而眉眼间尽是倔强，那不是方才那位姑娘么？

“去吧，李公子，紫幽祝公子能早登金宝，蟾宫折桂。”白衣女子淡淡笑着，那张冰雪般的容颜刹那间便被屋内的黑暗吞噬得无影无踪。

自那一别，眨眼便已几十年了。

李凌府得了那一千两黄金的资助，顺利留在了铀则，在随后的考试中一鸣惊人，深得魏王赏识。他也和那个受人凌辱被赶出来的婢女～一婉萝结成了夫妇。

他出身卑微，想要在帝都之中站稳脚跟实在难如登天。但也不知是否因为这块玉佩，他的宦海之路只浮不沉，三十年催人老，他已经官拜宰相，一人之下。

推动了科举制度的变革，打通南北两地运河、兴建了四十六座官塾培养人才……他一生呕心沥血，所作所为，足以留名青史。能以一介布衣之身到如此地步，世属罕见。

即便今时今日隐居于此，魏国依然尊称他为相国。历时十年，无人敢接他的官位。魏王不得已，只好三省六部共权，至他以后，魏国足足十五年没有出过宰相。

何等辉煌而传奇的一生，为官至此，已无愧于天地万民。然而每到夜深，年迈的老者便握着这块玉佩，从来不敢居功。

老者总觉得是承它庇佑，当年在巷口转角遇到的那个女子，将这块玉佩交给了自己，人生便被改写了轨迹。

若说有什么足以在他这一生中留下让人喟叹的遗憾，也不过是晚年王室之争，他选择了仁厚的允王，想要助他一臂之力登上皇位。只可惜，最后是更为果决的秦王率兵回朝勤王，而先帝也在最后关头颁布了传位秦王的谕旨。

这一子错，便是满盘皆输，再难回头了。

但即便如此，新帝也不曾为难他，暗中准许他离开王都，回到这座渔村之中安度晚年。

自己的运气实在是太好，他不信凭借一己之力能顺境至此。所有得到的，不过是因为那一场交易罢了。用自己的寿命来换取权势，再用这些权势去造福百姓。

李凌府从未觉得后悔过，只是每每想起那些赞誉，都觉得受之有愧。

如今回首，已过去了几十年之久。但若没有这块玉佩，没有那个女子临走时留下来的不菲银钱，他不可能走到今曰这一步。

“魏王身子只怕是不如你了。”紫幽的神色有些黯然，她独行世间，虽然看多的悲欢离合数不胜数，而旧友老去，独留自己一日一日看红尘，也生出了厌倦之心。说完，指了指逗弄着瑶竹的蓝衣少年，“看见了么？那个人，便是他的儿子。”

蓝衣少年晒着日光，看上去倒是潇洒至极，只是这样做派，倒是一点都不像个王子，“莫非……是传闻中那个喜欢闯荡江湖的二殿下？”

紫幽笑了笑，却没有说话。那个年轻人，和他的父亲一样胆大妄为，不矢"道从何处得知了红尘阁的事，开口便问有没有救治自己父亲疾病的药方。

她本是不该来的，天命有数，她所能做的，不过是一物换一物，又如何能够强行逆天改命，拯救那颗已燃烧到尽头的帝星？

然而这个少年，神色却固执而冷静，“若我用自己的王命来换呢？”

红尘阁中修剪着花木的女子左手用力，“咔嚓”一声剪断了多余的花枝。只是回头的一瞬，眼神变幻莫测。

当真是糊涂了，竟然不曾看见，这个少年推门而入的一瞬，紫薇帝星的光芒一瞬而过。天命，已经选中了他成为新的魏王。

宿命的羁绊与流转，如同织女手中织造的天锦，如缕不绝垂落天际。但在这千头万绪的因果之中，却总能奇妙地联结在一起。

她曾经交给李公子保存的那枚玉佩，如今也是时候拿回来了。而有了源结的王命，她就能借助大魏的国脉，搜寻那失落已久的魂魄。

老者拄着拐杖,口义道:“从前我一直心有怨怼,为何登基的不是允王殿下。允王仁慈,而秦王杀伐之气过甚,如今想来,几十年魏国风调雨顺,刑法虽苛责,但毕竟也算太平盛世了。”

紫幽的目光里不无怜悯,那个杀伐果决的男子,曾在边疆与她有过一面之缘。被贬谪不受宠爱的年轻皇子,本以为会死在塞北荒漠,没想到一拳一脚,竟然独揽了军务大权。

那个男人,本该也会与她做一笔交易的。用来交换塞北异域女子的性命,她将救回那个可怜的女人,可是到最后,秦王却拒绝了。

不愧是被选巾的君王,心中的冷醒和果决,让紫幽都颇为称赞。只是,何等的寂寞啊。此后的几十年里,只能不断依靠着政务来麻痹自己的灵魂,那一生所爱,就长埋于荒漠之中。

绯眠不停地偷瞧着和祖父说话的女子,他们的年纪相差如此之大。但那个白衣少女,眼神却如此深邃而淡漠,仿佛一块无法融化的寒冰。

对这个名叫紫幽的女子,她有着某种奇异的渴望和向往。

可是紫幽忙得很,从她来了后,一向不太出门的祖父强撑着要陪着她,两个人几乎把附近的地势都看遍了。每每紫幽出言阻止,祖父都会倔强地说自己在这里居住了二十年,无论如何也比紫幽更要熟悉地形和风土人情。

这个时候,陪在自己身边的,就只有那个蓝衣的少年了。他会和自己讲一些外面新奇而有趣的事,然而他的眼神里,有时总会露出一种奇怪的哀伤来。

“你好像一直不太开心啊。”终于有一天,端着祖母刚刚做好的栗子糕递给身边的少年,这样的话脱口而出。

源结的神色也有些诧异,他伸手捻起一块栗子糕,大咧咧地说,“女孩子家,怎么会知道大丈夫的豪情壮志!”

绯眠将手中举着的小碟子放回手边,气鼓鼓地说,“还不是喜欢哪个姑娘,可是人家却看不上你之类。”

源结端着一杯茶一口气咕噜噜全喝了下去,“你年纪小小,懂得还挺多嘛。”

“那当然,爷爷书房里的书我全都看过了。”绯眠笑了笑,眼中满是得意。

源结失笑,坐回她身边,脸色渐渐严肃起来。绯眠倒有些怕了,怯怯地问,“怎么,真叫我说对了不成?,,

他摇了摇头,“有些事你不懂,我出身王室,这些年纵然在江湖中仗剑逍遥,但是父王一直希望我能继承王位,等父王病好之后,我恐怕再也没有机会走出王宫了。”

凉风习习,一手捧着栗子糕的绯眠眼中却露出一丝迷惑,她低低地哼了一声:“祖父说过,人的一生对自己无心无愧就足够了,岂能事事都让人满意。”

源结无奈笑了笑,叹道:“很多事情,不是这么容易的。,,

“你不做,才觉得它不容易呢。”年纪轻轻的小女孩,说这句话的时候倒是神情慨然,“这座渔村虽然安宁,可是我也真想出去看一看,看看在海天尽头,究竟是个什么样的世界。就算要吃很多苦头,我也不后悔。”

源结轻轻低下头,那些话像是在心底激起了千层涟漪,独自闯荡江湖这么多年,他竟然还比不上这个自幼在渔村里的女孩坚定。

“你别难过了,我陪你去青山崖看海吧。”她伸手拖住了源结的手臂,将他往屋外拉去,“青山崖在渔村的前面,你来的时候看见了没有?那是个断崖,陡峭高耸,看海真是最好不过的。

“不过爷爷平日都不准我去,他说九龙眼那里住着龙神,假如有一天龙神爷爷生气了,只怕海浪就会从那里倒灌而来,不过青山崖那么高,海浪怎么可能淹没那里呢。”

小姑娘一边絮絮叨叨地说着,一边往左右瞧了瞧,“青山崖上真的能看见很多古怪的东西,我上次还在那里看见一条龙呢。不过也不知道是不是真的,龙脑袋上怎么会长着水牛角呢!”

源结忽然抓住绯眠的肩膀，急切问道：“这个地方，真的有那种东西？”

“你弄痛我了。”绯眠吃痛，忍不住惊呼出来。

源结这才回过神来，露出了几分尴尬，“抱歉，我真的很需要找到它，我父亲病重，需要那味药做药引……”

海岸四十里外的一处地方号称“九龙眼”，暗礁密布，湍流难测，即便是世代居住此处的渔民们也不敢随意靠近，据说那里住着水中的龙王，只有每年三月龙王爷休憩的时候，水流才会有所平和，人们才敢在外围撒网捕捉海蚌猎取珍珠。

紫幽推开门的时候，两个年轻人并肩坐在庭院中。绯眠歪着头正在弹琴，她纤细的手指拨弄琴弦，仿佛天女手中的锦缎纷纷垂落，将人淹没。

瑶竹沉浸在琴音之中，在紫幽怀里舒服地打了个滚。

“好琴艺。”紫幽拊掌赞叹。

绯眠转过头，有些羞涩，“紫幽姐姐，你真的觉得我的琴弹得很好么？”

紫幽笑了笑，随即认真地凝视着绯眠，“你可知道，水中的那头凶兽，是龙的长子，名叫囚牛。”

紫幽顿了顿，“囚牛好音律，若你能在一旁弹奏乐曲吸引它的注意，我便能够潜入水中将我想要的宝物偷出来。”

“可是……”听到紫幽的提议，一直救父心切的源结却忽然踌躇起来，“她才这样小，怎么能面对如此危险的凶兽！”

绯眠却倔强地仰起头，“我才不怕！”

“你别意气用事，囚牛是洪荒猛兽，谁也没有十足的把握。”源结皱眉。

然而绯眠目光依然坚定，“紫幽姐姐，我想试一试。”

“那么，拜托你了。”紫幽颔首，清冷的眼珠里闪烁着明灭的光芒。这个孩子身上有着惊人的灵气。

三月二十四日，天气晴朗。

绯眠抱着七弦琴站在悬崖边，海天尽头，一叶扁舟上的三人已经驶入海中。

住白衣女予跃入海中的刹那，似有什么庞然大物陡然被惊醒，湍急的海流造成巨大的吸力，一股股掀起的浪潮从水面喷薄而出，第一次看见如此骇人场面的源结脸色顿时变得煞白，蹲坐在船头的闩猫却忽然探出身子，似乎和海水中的什么东西对峙着。

漆黑的海水中，女子默念了一个咒语，一点光芒倏然从手心亮起，照亮了周围一丈左右的地方。借着手中的一点光亮，紫幽很快就看到了自己想要找的东西。

“拔剑，快割开你的手腕！”这时白猫忽然回过头来，语气严厉地向源结呵斥道。

虽然早矢¨道紫幽绝对不是普通人，然而看见一只白猫忽然开口说话，源结还是忍不住吓了一跳。正愣神，瑶竹已经跳了起来，锋利的爪予对着他的手背狠狠划了一道口子。

殷红的血液滴落在水面，奇异的是鲜血不但没有被海水稀释，反而一路往海底沉了下去。

“你是魏王的儿子，你的血可以把囚牛吸引出来。”瑶竹眯起眼睛，囚牛鉴赏音乐的能力极高，就看那个小丫头能不能招架住了。

“一陕走！”瑶竹肉乎乎的爪子拍在船舷上，瞬间有某种无形的力量拉着船一路往海岸疾驰。

“我们就这样离开？那紫幽姑娘怎么办？”源结一张脸变得苍白，回头看九龙眼蹿起的海波，她一个人在海底，真的没事么？

“呵！”翡翠般幽碧的眸子里闪过一缕讥诮的光芒，“你留在这里又有什么用，囚牛被人吵醒，只怕会狂性大发，你不过是个凡人，难不成还能治住它？”

浑浊的海水中，一点猩红的血液渐渐坠落，直达海底深处的巨大洞穴内，洞穴深处传来了一阵低沉的怒吼声，带动水巾的暗涌都开始混乱起来。

在断崖高处，略带腥咪的海风凉爽而猛烈，吹得女子的长衣飒飒，手指在琴弦上来来回回，一颗心却始终安定不下来。

去了这么久，是不是出了什么意外？

镶着金边的乌云在大际翻涌而来，极目远眺，依稀能够看见有一艘小小的船只在海浪间飞速往岸边疾驰。在淇滨住了这么久，从未见过如此狂风暴浪。那些风浪似乎是有意识地聚集着，一路对着那艘扁舟紧追不舍。

在海天交接的尽头，数丈高的白浪从远处汹涌地推过来，在海浪之中，只见一条巨龙操纵着浪潮奔袭而来。

绯眠倒抽了一口冷气，很快镇定了下来，紫幽说过，假如看见了囚牛，就说明她已经潜入了海底深处。囚牛喜好音律，如果绯眠能够用音乐稳住冈牛，那么就能争取到更多的时间。

那团滔天的白浪里，一头狰狞古怪的巨兽，身形似龙，浑身遍布碗口大的金色鳞片，神色狰狞，四肢粗壮，头上还长着水牛一般粗壮的弯曲牛角。

凌空升起的一面波动水墙，囚牛巨大的身躯。那样奇妙的景色，让断崖上独坐的绯眠心头一室，漫天风雨之中，那一行人真的能顺利逃脱么？

怪物竟然循声而来，在断崖之外，灯笼大狰狞双眼直直地盯着绯眠。

蓦地，白猫忽然从山崖后跳了出来，看着水中不善的面孔，厉声催促绯眠！

漫天风雨呼啸中琴音乍响，清凌凌的琴声破空而来，竟似有无穷哀思在风雨中弥散开来。原本暴怒的囚牛似乎听得入迷，海水轰鸣之声渐止，只剩下素衣女子手指轻拢慢捻，乐声似是在此刻传出千百里之外。

一向苛责的瑶竹都忍不住叹息起来：“九天之音，恐怕也不过如此。”

这时，白衣女子在空中显出了身形，浑身湿漉漉的，显出难得一见的狼狈来。

这一现身，绯眠手中的琴弦一顿，不过是一瞬的时间，囚牛立刻察觉出了异常，陡然从曰巾射出一缕水箭，直指弹琴的女子心口！

来不及多想，源结纵身扑在了绯眠身前。

紫幽也是一惊，囚牛失控，它所操纵的洪流也会席卷而来，如此高的海浪逆袭，只怕身后绯眠居住的整个渔村都会毁于一旦。

来不及思考，紫幽从怀中掏出了一枚什么东西用力往囚牛背后一抛，一道闪亮的弧线滑过。

囚牛看到了那道亮光，竟发出满足的喟叹，然后头也不回地追着那道光线往水中潜去。

“糊涂！”两个人尚在惊愕中，就听到瑶竹气急败坏地责骂，“你竟然将那块玉佩丢给囚牛，这可是有去无回的下场！”

紫幽回过头勉强地笑了笑，“是我惊醒了囚牛，总不能叫它淹了这座小镇吧，所幸龙族对珍宝看得很重。”

她说得轻松，但是瑶竹毫不领情，依旧在一旁吹胡子瞪眼。

“好了，东西已经拿回来了。那枚玉佩……原本就不是我的东西，给囚牛保管总比我在人间四处寻找正士来养着它要好得多对不对？”紫幽低下头轻轻摸了摸白猫的毛发，将握在手中的东西摊开给它看，那是一枚形似牡蛎的东西，有拳头大小，花纹复杂，隐约能够看到暗红色的光芒明灭不定地闪烁着。

“果然是蜃怪啊——”瑶竹幽碧色的眼睛里升起一缕欣悦，。

蜃和蛟常常栖息在神秘的海域之中，而且蜃怪生性多疑狡诈，能够捉到一只蜃怪，那么以后对他们的计划就便利许多了！

看着一脸苍白的绯眠，紫幽眼神深处露出了赞许的意味，“囚牛对乐声苛刻至极，你年纪轻轻，造诣至此，的确是天赋异禀。”

然而被夸奖的人并没有像往常一样高兴，她呆怔了半晌，颤颤巍巍地将扶住源结的右手伸了出来，她的手指早已被鲜血模糊。

紫幽一怔，“被囚牛伤了么？”

“紫幽姐姐，紫幽姐姐……”绯眠看来似是全然慌了神，一个劲地喊着紫幽的名字，看着自己手中滚烫的鲜血，感觉到伏在自己怀中的男子渐渐粗重而无力的喘息声，泪落成雨。

紫幽蹲下身，轻轻掀开源结的前襟，虽然伤口骇人，那一击却避开了要害。她从怀中掏出个小小的瓷瓶，细白的粉末均匀洇在源结的伤口上，那样深的伤口竟在众人眼皮底下迅速愈合。

“不过是皮外伤罢了。”女子站起身，对着绯眠点了点头，示意她不必如此紧张，“你且放心，必然还你一个完完整整的源结如何？”

绯眠被说得羞涩难当，看着面色苍白的男子，终究还是心存感恩。

到底是习武之人，加上紫幽的断续膏药，虽然被囚牛所伤，休养几日那骇人的伤势便恢复如常。

“紫幽姑娘的药膏真是极好，送一些给我如何？”伤一好，源结便露出了嬉皮笑脸的本色，眼巴巴地赶去问紫幽要药膏。

坐在房中泡茶的女子微微挑眉，“给你也是无妨，不过……你可要拿什么来换呢？”

看着女子眼中隐秘的笑意，源结顿时挥挥手连称告辞，不知她又要拿自己什么来换！

“绯眠这几日不眠不休地照顾你。”看着男子转身欲走，紫幽忽然淡淡开口说道，“满目山河空念远，不如怜取眼前人——你懂。”

难怪……源结一怔，昏迷的那一夜，茫茫之间，无穷无尽的黑暗里，确实有一缕细细的声音在耳边萦绕不散。

几日后，紫幽收拾好一切，准备离开此地。

“你真的要去么？”紫幽诧异地看着绯眠，她低着头，一双下抓住自己的衣角揉来揉去，然而听得紫幽发问，年纪轻轻的小女孩却坚定地点了点头，“姐姐，祖父说外面危险得很，可是祖父也是在外而搬过来的。这里虽然安全，但我还是想出去看看，我想弹琴给更多人听！”

鼓起勇气将心底的话说了出来，绯眠长长地舒了一口气。

“我不能带着你。”紫幽冷冷地开口。绯眠还想再说些什么，紫幽已经伸手指了一指源结，“我曾说过，铀则一度号称‘弦歌之都’，你只管跟着他。”

绯眠蓦地一怔，整个人僵在那里，紫幽宽慰似的伸出手拍了拍她肩膀，“去吧，你比我见过的很多人都要勇敢。”

“紫幽姑娘，请缓一缓。”紫幽正准备与源结一同离去，就在这时，白发苍苍的老妪忽然推开门，叫住了她。

“李夫人？”紫幽站定。

“紫幽姑娘，夫君想……再见一见您。”不知道是怀着怎样复杂的情绪，衰老的妇人还是一字一句地说了出来。

“如果我说不呢。”紫幽似是猜出了什么，面容哀伤地摇摇头。

满院花木郁郁葱葱，掩映着对方哀弱的面孔，紫幽低低叹道：“转告他，凡人一生，于我只是一瞬，不必痴念。”

“这一生短促，姑娘或许并不看在眼中。但对我们而言，已弥足珍贵。我和夫君一直很想对姑娘说一句多谢，当年出身泥淖，多谢你伸手相助。”一直沉默寡言的老妪忽然仰起头，直言道。

紫幽抬了抬手指，怀中的猫儿伸了个懒腰，一双湛蓝的眼睛盯着婉萝。那双淡漠的眼睛黑如深夜，但其中却又隐含悲悯。这一瞬，紫幽似乎又看到了当年被赶出方府的那个婢女，即便受了天大的委屈也神色倔强，不愿辩解。

是啊，怎么能看小起这些凡人呢。就算他们的生命短如流萤，就算生老病死无法抗拒，皱纹和华发已改变面容，但固执却一如当年。

“那块玉佩其实并无什么特殊的法力，只不过是静心安神之物罢了。当年李公子在太和殿死谏请求魏王挖凿运河，又自请七年主持此事。如此功劳，与玉佩何干，与我也没有关系，”紫幽抚上老妪的肩头，神色真诚，“李夫人，请你转告李公子，凡此种种，无外乎是他自己尽心竭力，我与他，不过是那一面之缘罢了。”

年老的妇人身躯一震，眼睁睁地看着紫幽翩然远去。

“紫幽姐姐，你真的不和我们一起走么？”官道旁，源结拉着一匹骏马，背缚长剑，而手捧着七弦琴的绯眠也在旁边站着。

“不必了，有缘迟早会再见的。”紫幽含笑摇了摇头，“将那颗珍珠磨成粉末，可救你父亲的性命。到时你救了他，不必说起我。”

紫幽对着正出神的绯眠，叹息道：“绯眠，外面的天地，未必如你想的那样好。”

涉世未深的绯眠犹白天真，仰起脸笑了起来，“紫幽姐姐，我会好好照顾自己的。”

“我也会竭力照顾她。”源结忽然插了一句，郑重地说道，“紫幽姑娘，你放心。”

“那么，再见了。”那一声叹息似乎还在耳边，下一秒，抱着白猫的紫幽已经消失了踪影。

斜阳渐退，眼前的道路也不知究竟往何处延伸，然而看着眼前笑意暖暖的男子，绯眠想，至少自己不会是一个人吧。

一声软绵绵的猫叫，瑶竹不知道从哪里蹿了出来，跳到了香妃榻上，靠着紫幽盘成一团。

紫幽微微阖上眼睫，那样沉的倦意，似是无穷无尽的潮水一般，在每一个薄暮时分侵袭而来，叫人难以抵抗。

又开始了么？每年的四月，紫幽的身体就会变得衰弱，法力大不如前。瑶竹小心翼翼地施了一个结界，不让外人惊扰眼前女子的浅眠。

无穷无尽的黑暗和血腥，幽冥血海绵延千里。而血海深处，是数不清的紫檀木架子。

紫檀木货架上，各式各样的珍宝散发出或炫目或柔和的光芒。这些东西，已经不知道在此地待了多少年，一千年，还是一万年？

她跌入凡尘恐怕也有三百余年了吧，然而这里的一切，竟然分毫不改。

“女史,你回来了么?”细细的声音从四面八方响起,那些她曾守护的法器,一齐发出了震鸣。

回来了么？女子停下了脚步,神色怔怔。

转过左起第三排,她颤抖着伸出手,白玉的盒子雕刻着千瓣莲花,可是层层叠叠绽放的花瓣之中,竟然空无一物。

一双手忍不住颤抖起来,那里面,原本应该放置着一枚琉璃宝珠,无尘污垢,倒映六合八荒。

这原本是冥河教主最为得意的收藏之物,然而因为一场意外遗落凡尘,三百年来杳无音讯。

将玉盒放回原处,就在抬眸的刹那,隔着空格中的缝隙,依稀站着一个年轻的男子,气质出众,犹如谪仙。

那是个身披道袍的男子,手持浮尘,剑眉星目,他似是伸出手在把玩着什么,不时有灵动的光芒在他手中时隐时现。

“子言。”那一声呼唤冲口而出,素来镇定的女子用手按住心口,眼眶酸涩。

她茫然地看着滴落在自己手中的泪水,再抬头的时候,那个男子早已不见了踪影。

紫幽霍然睁开了双眼,一探手,额头上涔涔冷汗,勉力撑起身子从香妃榻上坐起来,发现瑶竹在这里施了结界,外面的一切都已经被遮蔽,连是什么时辰都不知道了。

当年她犯下弥天大错,不知道教主是否会原谅自己。而子言呢？上穷碧落F黄泉,为什么用了足足三百年,她叛出幽冥血海,走遍六合八荒,都找不齐子言的魂魄？

多少年看过的悲欢喜乐此刻涌上心头,那样强大的意念犹如排山倒海一般席卷而来。紫幽以手抚额,只觉头痛欲裂,一时之间竟然再也难以支撑。

自从坠入凡尘，她便再也不是幽冥血海里的女史了。每一次看见这些人在自己眼前演绎悲欢离合，她的心都会产生一条无形的裂痕。

“或许，教主就是知道我定力不够，才迟迟不曾派人前来索拿我吧。”将脸埋在锦缎中，紫幽喃喃道，“不到太上忘情，如何有定力看透这人世？又如何能在凡尘之中保持本心不变？瑶竹，我真怕有一日自己会坠入魔道而不自知。”

“不要胡言乱语。”瑶竹轻轻斥责道，“你只是太累了。”

“我们回去吧。”瑶竹从女子的怀中跳了出来，头一次幻化出人身，那是个一身白衣的女童，薄纱轻扬，一双碧色的眼睛像是琉璃般通透。

紫幽突然皱眉，抬手轻轻按住了自己的心口。烛光明亮，却照得她的面孔越发苍白憔悴。

“拿面镜子来！”

瑶竹立刻跑去拿镜子，明如冷月秋水的镜面上，倒映出来的女子素净的面孔上竟然隐约有细细的裂纹。

“果然，本体已经开始出现裂纹了。”将镜子放下，紫幽怔怔地盯着自己的双手出神，她的眼神似是透过自己的双手遥遥眺望着一段不能回溯的时光，目光温柔而哀恸。

第三章

幽冥血海深不可测，而在血海更深处，耸立着一座宝塔，高一千三百丈，共四十九层塔楼，牌匾上剑气纵横，却是用剑代笔，写出了“红尘阁”三个字。

披着赤色长袍，满头白发的男子正漫步其中。跟在他身后的，是个扎着小辫、不过垂髫之龄的女童。

阁楼每一层都有层叠密集的货架，交错纵横，每一个柜子都高不可测。从上而下，几乎将这里分割成了一个全新的世界。

“这是什么？”面若桃花的男子随手一指，考问道。

空荡荡的柜台上露出一个紫檀木盒子，女童不过看了一眼，便胸有成竹道，“教主，那是泰山府君的镜子。若执镜可照幽冥鬼魂，法力足够深厚，就能让人死而复生。”

冥河十分满意地点了点头，作为他悉心培养出来的女史，紫幽显然并没有辜负他的期望。小小年纪，就已经记住了红尘阁中多数的宝物器皿，对于冥河教主而言，他收集这些法宝的癖好实在太强，年复一年，这座阁楼中堆积的东西也越来越多，多到甚至连他自己都快要记不清了。

自从有了紫幽之后，这个小小的孩子便已经能和这些器灵沟通，为他打理这座庞大的阁楼。

紫幽的本体，原本是一颗清净琉璃珠。这是冥河教主最得意的收藏，时时刻刻都握在手中，百年后，这颗灵珠有了自己的意识，冥河觉得有趣，便干脆将它养育了起来。又是百年，这个虽然沉静却也贴心的孩子，已经幻化出了躯体,陪伴在冥河身侧。

紫幽从未想过有一天自己会离开血海,那是她五百岁的时候,冥河教主的幽冥深处,忽然迎来了远客。那是一个骑着青牛的老者,倒骑在牛背上,踏着祥云而来。

“这个孩子,若是留在你这里,可是浪费了。”老人面色祥和,手中持着一卷经书,在与老祖畅谈三日之后,忽然将目光转向了紫幽。

“你这老道,往日也就罢了,今时今日,竟然连我的女官都要带走么?”冥河教主嗤笑道,“莫不是你兜率宫那两个看火的道童下凡历劫去了,你倒想哄了我的人去给你看丹炉?”

“我与你自鸿蒙时就已相识,怎会要你身边侍女?”老者摇了摇头,并不计较这样的玩笑话,“这个孩子天赋异禀,若能拜人我门下,前途不可限量,你何必阻挠。”

冥河长袖一挥,冷了脸,“真是荒谬,释迦欺我血海,你们一个个就不把我看在眼里了? 我身边的人,跟着你前途无可限量,难道跟着我便没个出路!”

或许是因为千万年相交太过熟稔,太上天尊并没有动怒,只是乐呵呵笑道:“老友何必置气,这样吧,这个孩子我且带去三百年。三百年后,我再将她送回。”

“好,就以三百年为期,我也想知道,我和你之间教出来的徒弟,到底谁更胜一筹。”冥河果然不愿服输,伸手示意紫幽到自己跟前来,“紫幽,你去九天界跟着他学一身道术回来。上天界不要怕,有老祖为你撑腰,记得了么?”

紫幽一怔,但是看着慈眉善目的老者,也知道这是千载难逢的机会。教主不是这样轻易会被激怒的人,不过是顺水推舟,想要成全自己罢了。她笨拙地行了一礼,“见过天尊。”

紫幽第一次来到天界的时候,祥云四起,仙鹤展翅。那是九十九重天界，凡人轻易不得入内。她也是第一个从幽冥血海之下踏足此地之人，一时间众人侧目。只有跟在天尊身边的道士神色如常，领着她进入自己的宫殿。

“子言，这便是你的小师妹了，日后在兜率宫中，你要好好照拂她。”天尊笑着将身边的幼女牵了出来，对一道袍男子嘱咐道。

子言抬起头，看见那个穿着白衣的小女孩也看着自己，一双眼睛冷如霜雪，浑然不似孩童。九天之上议论纷纷，这个孩子，原本是阿修罗教主冥河的婢女，却被天尊带上了九重天。

阿修罗性格乖张，亦正亦邪，这个孩子眼里，也有着桀骜和锐利。子言只是温和地笑了笑，从怀中掏出一块方糖递给她。

“小师妹，你随我来。”他笑声清且浅，宽大的青色道袍伸过来，握住了女童的手。

珠帘低垂，庭院深深，一切都流于云雾之中。

九十九重天外冷若冰霜，四季繁花且开且落，她日夜聆听天尊说法，那样的岁月似水中涟漪，一圈圈荡漾开去，看似浩大，却终究会平静下来，仿佛一切都不曾发生过。

“紫幽，怎么总见你闷闷不乐，上清界不好么？”青衣男子抱着梧桐伏羲琴坐在她身边。

不好么？当然也没什么不好。上清天宫无忧无虑，她的法力进益甚大，明心见性，这双眼睛能看到的东西越来越多，可是见得越多，便越觉得困惑。

天尊说的那些，她都能背诵下来。可是那些句子背后的含义，又是什、么呢？

“师兄，什么是‘天地不仁，以万物为刍狗’？可天尊曾经说过，道法慈悲，一视同仁。”

她读不懂这些艰深晦涩的语句，就算道法再强，但心中依旧迷惑。站在身边的男子神色一怔，天地不仁么？他温和地笑了起来，“这些东西，等你长大了，自然就明白了。”

紫幽没有继续追问下去，或许师兄说得对，以后自然也就慢慢明白了。

天界的三百年时光，漫长却也短暂。等到羲和驾着金乌巡天之前，天尊关闭了兜率宫。出来送紫幽的，只有子言一人。他带领着女子穿行于天宫之中，就像是三百年前她初入九天，他也是这样领着这个孩子游览天宫。

“这块玉佩，一直是我贴身之物。你既然要回幽冥，我也没什么可送你的，你便带着它去吧。”子言解下腰畔悬挂着的玉佩递了过去，上好的羊脂玉，镂刻着阴阳鱼纹路，触手温润。

“这礼物太贵重，我不能收下。”紫幽摇了摇头，她记得这块玉佩。子言少年得道，这块玉佩从人间便跟着他。如今只怕已有千年之久，这样的东西，她如何能要？

仿佛知道女子在想什么，子言笑了笑，“无妨，你先拿着便是。你要回到幽冥血海，我也该是时候下凡历劫了。”

紫幽蓦地愣了一下，这才想起，千年一劫，即便是修炼成仙，也一样难逃天地因果。子言师兄的劫期，原来也已经到了。她终于颔首，珍而重之地将玉佩收了下来。

“我听天尊说过，下凡历劫，本为锤炼本心，上体天道。师兄的劫难将满，这是最后一关了。相信师兄必然可以克服魔障，重回天界。”她诚心说道，三百年来，子言是唯一照拂过她的人。

这三百年相伴，她跟着天尊学习道法，而眼前的人则教她练琴、习字、酿酒……百年的记忆转瞬即逝，他们曾并肩漫步在云海之中，看过花神们于杏林之中翩翩起舞，也曾在瑶池会上喝得酩酊大醉，一幕幕如清风过耳，让少女露出了温柔的笑意。

“但愿如此，紫幽。”子言克制着自己眼中的情绪，低声道，“百年之后，我也希望瑶池会上，我们会有重逢的那一日。”她的法力日渐强大，日后冥河教主闭关，她必然会从血海之中悟道而出。一念至此，他的眼中也有了暖暖的笑意。紫幽彼时并不能明白对方话语中的深意，深深行了一礼，便坐着天尊的青牛回到了幽冥。

三百年也不过是一瞬而已，黄泉之中一切未变，只是阿修罗与地府的关系却不再那么水火不容。教主闭关的时间越来越长，他斩去了心中的执着妄念，再进一步，从此便是化身于血海之中，不生不灭。

紫幽为他清理红尘阁中的珍宝，每一方锦盒里都藏着强大的法器。但就像是明珠蒙尘，美人老去，谁也不知道这些法器的故事。它们的主人到底是谁，它们又曾经经历过什么？

只有看管着这些法宝的紫幽，空荡荡的红尘阁中空无一人，她静静凝望着这些器灵在半空中盘旋，一坐便是一夜。彼岸的曼珠沙华开了又落，伴随着那些器灵的窃窃私语声，成为她刚暇时光唯一的消遣。

百年之后，紫幽忽然在红尘阁深深的帘幕后惊醒。

这一场入定长达十年之久，她的眼睛足以看遍红尘三界。然而却在那一瞬陡然惊醒，她低下头，看见身边的那枚玉佩染上了丝丝血色。她紧握着手中的阴阳鱼羊脂玉，原本温润的玉佩，此刻却在手中滚烫如火。

三日之后，紫幽在黄泉岸边看见了子言。从前仙风道骨的男子，如今却被锁妖链打穿了琵琶骨，困在地火台下受烈火煎熬之苦。

“为什么，为什么你会被打入黄泉地府！”紫幽难以置信，身边看守的鬼差看见她，面面相觑了好一会儿，想来是不愿得罪冥河身边的侍女，都装作不曾看见，纷纷转开了目光。

只有白衣胜雪的男子抬起头来，眼中的笑意依然宛如当年，“紫幽，你怎么来了？”

凡尘历劫百年，他原本就看多了悲欢离合。独行于天地之中，唯有身边的长剑伴随着他走过半生。只要到了时辰，便可飞升而去。然而在最后的十年里，他找到一个村落暂时驻足，却没想到，看见了百里之外，定钧涨潮，决堤也不过是那一两日的事。

“你泄露了天机，救下了那个村庄的人？”紫幽悚然一惊。

所谓的历劫,对仙人而言,最不该做的就是插手凡问的事。那些生与死,本就是凡人的劫数。

子言摇了摇头,他修道千年,又怎么会看不破这些?他本来想要置之不理,却不曾想到定钧决堤的速度比预料之中更快。大水在一瞬间湮没了整座村庄,他御剑飞行,无奈看着那些在洪水之中挣扎着求生的村民。那些哀号声不绝于耳,他握着手中剑鞘,指节一寸寸发白,强迫自己不要去听。

他不过是红尘之中的过客,这里的一切,生死幻灭都只是过眼云烟。

然而,孩童的啼哭和母亲的呼救声,让他产生了动摇。他原本也是从凡问得道之人,出身于富贵之家的庶子,因为主母不容而生活困顿。他的生身母亲竭尽全力守护,直到替他吃下了主母赏赐的药粥,然后莫名死去。

子言便在那一年离开家门,彻底断绝了与红尘所有的羁绊。

“求求你,求求你,救救他!”仿佛是看见了生存唯一的希望,衣衫褴褛的妇人抱着自己的孩子拼命呼救。大水之中,她攀附住了一截树枝,然而那树枝已经摇摇欲坠,很快便会被卷入水流之中。

那个瘦弱的女人也不知哪里来的力气,一只手抱着自己还在襁褓中的孩子,努力不让那个婴儿被洪水溺毙,但她已是强弩之末,支撑不了多久了。

“求求你,仙长,求你救救我的孩子。”那样惨烈的祈求,让凌空而立的男子终于忍不住回顾。那一瞬,这个陌生的女人,就和记忆中母亲的脸重叠起来,让他竟然讷讷不能语。

失神的刹那,妇人竟然将自己的孩子抛了过来。襁褓中的孩童啼哭不休,而他的母亲也瞬间被洪流冲走得不见踪迹。

他想,或许这就是天意吧。他并没有丢下手中的这个孩子,即便孩子的命运在一出生就已经注定。在这种席卷而来的洪流之中,孩子本该命丧黄泉,可是子言却在最后伸手抱住了这个孩子。

子言将孩子放置在了千里之外的另一户人家门口,而后,便因为违反天规被打下了黄泉之中。

直到这一刻，他才明白过来。原来这一对母子，就是他红尘之中最后的试炼。他无法看破对自己母亲的执念，在最后一刻，打破了本该恪守的天规。

紫幽一时亦说不出话来，天地不仁，或是天地同仁，当年她看不破的那句话，如今依然历历在目。

“那么，你会受到什么样的处罚？”紫幽追问道。

“天雷炼体。”子言笑了起来，神色却安然，“紫幽，不必替我担心，这原本就是我该承受的。也许百年之后，我们依然会在瑶池碧落相逢。”

紫幽并没有说话，只是一瞬间却浑身颤抖了起来。怎么会像他说的那样容易？天雷炼体，若是熬不过，这一身仙骨转瞬便消弭于无形，只得重头来过，千载修为付诸东流。

就因为救了一个孩子，天界竟然要对他用这样的酷刑？

“不是你的错！”紫幽神色倔强，冷漠而决绝，“如果不能依照本心行事，如果救人一命也是错，那么，究竟什么是菩，什么又是恶？”

“时辰已到，还在等什么？”乌云密布之中，手持书卷的判官踏火而来。在他的头顶乌云密布，雷电交织腾空而起，在上方交错成天罗地网。

“女史不要让我等为难。”地府之中的判官不耐烦起来，“九幽命轮有数，仙长擅自拔乱了命轮，自然也该受到惩罚才是。”

“是么？那如果我偏要你为难又如何？”紫幽笑了起来，神色冷冽。

回眸看着身边的男子，她的手抚上了对方的肩头，那道锁链穿过了他的琵琶骨，一直将对方钉死在原地。然而子言却只是皱了皱眉，“紫幽，不要意气用事。”

判官冷哼了一声，手中朱笔一划，巨大的力量将女了送出了地火台。无数电光沿着锁妖链席卷而上，转瞬便将男子包裹其中。

“子言！”女子发出了一声惨呼，那些炼狱的雷电，分明是要将他烧毁他的仙骨从此便灰飞烟灭。

那一瞬间，地府之中变故陡生。火焰在血海之中燃起，得到冥河教主亲传的女史施展了引血大法。血海之水，便是她的领地。无数的雷电在头顶交错，而纵横的法器呼啸着从红尘阁中挣脱出来，环绕在她的身边。

那些曾经陪伴过她的器灵，在这一刻齐心协力，想要助她脱离黄泉。

在一旁凝视着一切的冥河却忽然有些失神，多么相似啊，千年前，波旬的女儿也曾在血海之中掀起过一场腥风血雨。转眼又是千年，这一次，竟然轮到紫幽了么？

“你可知道自己在做什么？”幽冥之中，有叹息声在耳边响起。

“教主，”紫幽却不肯回头，“此事不敢牵连阿修罗部，但即便魂飞魄散，紫幽也绝不后悔。”

冥河在暗中笑了起来，“你服侍我身边数百年，如今心意已决，我怎能不助你一臂之力？只是紫幽，你这一去，只怕再难回头了。”

那仿佛是一句谶语，随着冥河的话音方落，无数莲花从黄泉之中绽放。华光万丈，然而那些守护的器灵却发出了哀鸣声，纷纷坠入了血海。

然而更多的却是盘旋在女子身边，护她周全。

冥河大手一挥，“地藏老儿，本尊的弟子，什么时候轮到你来教训！”

千万电光宛如利剑，击向那些开了又败的莲花。地火台上，青衣男子衣袂飘飞，然而裂痕却从他的面容向上延伸，就像是一道斑驳的花纹，直掠头顶百会穴。

只要仙躯被破，天雷便会直击魂魄。已经失去了神志的男子却猛地抬起了头，似是察觉到了白衣少女凝视自己的眼眸。目光交汇的一瞬，她看见对方的嘴角轻轻动了动，“紫幽。”

那是他临死之前，最后喊出来的名字，仿佛千言万语，尽在其中。

“子言……”白衣少女不再迟疑，如同扑火的飞蛾投入其中，在九幽雷火击下来的一瞬挡在了他的身前。

血海顿时失控，铺天盖地的浪潮席卷了整个幽冥。

两界的大门被猛烈撕开，就在两人相拥的刹那，那一袭白衣碎裂在漫天的光华里，转瞬化作流逝的星光湮灭在众人眼巾。

然而出人意料的是，隐身在暗处的地藏王并没有继续追击，反而收手低声念了一句佛号。冥河控制着漫天的血海倒流，一切像是不曾发生过般，转瞬归于平静。

地藏王收回漫天莲花，遥遥与冥河示意，“但愿教主闭关醒来之后，这两人，都已历劫而归。”

人间痴缠，不死不休。若是坠入红尘，再回首，又谈何容易？菩萨怜悯的眸光看向红尘，低声念了一句佛号。

教主冷哼了一声，红衣隐没血海。

红尘阁再一次恢复寂静，只有白发垂地三尺的男人伸手拂开了眼前一方明镜。在人间四月天里，白衣女子抱着一只毛色雪白的波斯猫漫步其中。她的眼神悠远，像是隔着漫漫红尘在凝视着什么。彼时流光璀璨，她周身被暮色所染，最终又融入了人群之中，不见踪影。

冥河默不作声地叹息了一声，红尘滚滚，是否会有她追寻的道法呢？等到自己闭关醒来，是否真的又可以看见那个孩子站在自己面前，终于能够历劫归来，圆满仙途呢？

冥河的手一松，镜面顿时荡开一圈圈的涟漪。红尘阁的大门缓缓关闭，所有的一切同归于寂静。

而在红尘之中，紫幽正推开店门，凝望着熙熙攘攘的人群。

一切因果，当于此开始。

暖春薄暮，紫幽反常地离开了红尘阁，缓步走向梨园东。那是京都里最有名的戏院，而唯一出名的原因，则是因为崔月莹。那个风华绝代，美貌倾天下的男旦。

“十年不见，我还怕自己等不到姑娘了。”男子敛衣行了一礼。

紫幽深深地看了他一眼，轻轻叹了口气，“这些年，你过得很辛苦吧？”

崔月莹浅浅笑了笑，怎么会不辛苦？十年之约将至，他时时觉得头痛欲裂。这张脸，仿佛要从他身上挣脱出来一般。

但身体损伤之痛，比起当年，又算得了什么。

“月莹并不觉苦，当年若不是遇到紫幽姑娘，恐怕我早就已经死了。”十年来声名鹊起的梨园新秀，一步步成为举世皆知的名角。崔月莹从未在人前失态过，但在紫幽面前，却不禁黯然落泪。

他低下眼眸，想起过去的种种。

他自生来便是男儿身女儿心，却因长了一张丑陋的面容，被父母当作不祥之物赶出家门，与狗抢食，挖掘草根充饥，被人耻笑，遭人打骂。一直，到遇见了紫幽。他用他的性命交换了一张倾国倾城的面容，然后，入了梨园。

崔月莹唇角露出了苦笑，“紫幽姑娘，你说我若真的变成一个女子，是不是会过得更好？这一世，多谢姑娘了，只可惜，月莹无以为报。若有来生，必当效结草衔环之报。”那个美艳无匹的男子俯身行了一礼，笑意温柔。

“但愿来世，你一生顺遂，得偿所愿。”这一刻，紫幽亦不禁叹息了一声，随即两指并拢抵在对方的眉心。崔月莹如玉的皮肤仿佛被焚烧融化，女子的手指直直插入了脑中，用力一拽。

在眉头正中，那是一根赤金凤凰金步摇。华光璀璨，因为吸取了人的精血，越发夺目。

那是华容的簪子，十年时间，支撑着这张绝世的面孔。

但离开了金簪，原本妖冶的面容逐渐露出了本来面目。青色的巨大疤痕遮去半张面孔，青面胎记，丑如厉鬼。

“答应我，我死之后，将我烧成灰烬。”蓦地，对方睁开了双眼，恳求道。

“好。”女子点头，亦郑重回道。

随着金簪慢慢抽出，崔月莹双腿一软，身子前倾，萎然坐到了地上。

“未若锦囊收艳骨，一杯冷土掩风流。你放心，我必送你干干净净地走。”紫幽低语，将对方抱紧。

血色的火从衣袍下燃烧了起来，不过刹那，怀中的男子就已经烧成了灰烬，四散消失。

未曾察觉的是，也不知道不远处的青衣道长，到底站着看了多久。

看着女子如冰雪般的容颜，兼渊的心陡然一怔，竟然生出一股奇异的情绪来。

隔着紫幽数步开外，兼渊这才停下了脚步，仔细瞧了一番眼前的女子。

没错，的确是追踪已久的人。

“姑娘还请小心，五雷神符排成阵法，只怕会无意中伤了你。”看似是关心的话，但是说得颇有几分警告的意味。

紫幽莞尔，眼前的男子倒是有几分意思，看装束和寻常的贵公子并无差别，长眉入鬓，英气勃发，这一手五霄符阵的确是道家亲传的降妖伏魔手段。还有手中握着的那柄长剑……紫幽微微皱起了眉头，是柄神器！

紫幽轻轻笑了起来，并未看在眼里，“这东西，可未必伤得了我！”

他将手中的长剑横在胸前，皱眉问道：“敢问姑娘，为何杀了崔公子。”

“公子便是要问这个？”紫幽好整以暇地看着对方，“公了以为是我杀了崔月莹？”

兼渊冷冷地看着眼前的女予，“难道不是吗？”

紫幽笑了笑，伸出手轻轻一碰，那几张五雷符竟然收敛了雷光，一动不动地任凭她握在手心，“公子，你的东西掉了。”

多数妖怪最为畏惧五雷符，可是眼前这个女子，竟然轻易地握住了符箓！

“呀……我还到处找你们两个呢！”宋映真吓了一跳，瞧见紫幽与兼渊站在一块儿，忍不住笑了起来。

她快步走过去，伸手往后重重掐了自己的侄子一把，看着兼渊忍痛的神色，紫幽眼中的笑色更浓了几分。

“你这是做什么，好端端的吓坏人家紫幽姑娘。”这次好不容易看中了紫幽姑娘,可不能再出什么差错。

“是。”兼渊最无奈的便是对着自己的姑姑,毕竟是长辈,对自己又疼爱有加。

“紫幽姑娘,这便是我那位侄子,名字唤作宋兼渊。”宋映真乐呵呵地介绍道,“从前和姑娘说过的。”

“是。”紫幽的神情一僵,宋映真倒是的确说过有一个侄子,只不过……莫非她要说媒的对象,便是这个修习止统道术一心降妖除魔的男人?

兼洲握剑的手忍不住一颤……姑姑屡次在自己面前说起的那个女了,什么温柔贤淑、出尘脱俗,更难的是真正的美人儿,难不成就是眼前这个女妖!

见两人都怔忡了,宋映真有些不解地问:“怎么了?”

紫幽失笑,对宋映真点了点头,“是否快要开席了?”

宋映真原本是想问既然遇见了自己的侄儿,那紫幽觉得可还适合?然而看着对方那双乌沉沉的眼睛,宋映真一个恍惚,喃喃道:“对,要开席了……紫幽姑娘这边来。”

“火人,也不知道怎么同事,公子今日哭闹不休,连乳娘都抱不住了。”屋内的丫鬟抱着襁褓中的婴儿跌跌撞撞地走了出米,一张脸吓得雪白。

宋映真连忙将儿子抱在怀叶1,急忙哄着。

紫幽原本抱着瑶竹坐在一旁,和身畔的几位夫人们说着闲话。都是店里的熟客,私下里谈的兀非也是胭脂水粉,紫幽依稀记得有个养颜的古方,正和一旁的侍郎夫人说着,原本淡淡含笑的眼神无意问看向哭闹着的婴儿这边,也陡然一旺。

随着紫幽的目光转过去,瑶竹也变了神也,那个孩子身上……不知道从哪里惹上了邪祟,一股凡人看不见的黑烟正彳F那个孩子身侧萦绕不散,难怪哭得这样凶。

宋映真急得手足无措,正准备叫人去请大夫过来。

“宋夫人不用担心，我来抱一抱可好？”紫幽轻轻笑了笑，对着宋映真做出了伸手的动作。

“紫幽姑娘，这是怎么回事？”宋映真急得发昏，在一旁连连发问。

紫幽没有说话，只是仲 fII 手抚了抚孩了的额头，趁着宋映真不留神的刹那，右手食指迅如闪电一般轻轻按在了那个孩子的眼睛上。

孩子马上闭上眼睛安静地睡着了。

“夫人这两日可是去了别的地方？”紫幽看似无意地问道，“如今天气寒暖不定，只怕是受了寒风。”

“前几日抱着他去寒山寺拜过神佛，莫不是在那里受了寒气不成？”宋夫人喃喃，有些不安。

“若不是人人都说那里灵验，谁耐烦走那么远的路？不过紫幽姑娘你说奇不奇怪，哪有人将寺庙修筑在深山老林里的？”

紫幽笑了笑，只是叮嘱道：“小公子始终体弱，夫人多多注意，不要再去便是。”

酒过三巡，紫幽找了个借口走了出去。一见紫幽起身，兼渊立刻也离席而去。宋映真的夫君正要挽留，却被宋映真一个眼神给止住了。

难得见到自己的侄子如此上心，可不要打扰到他们。

瑶竹喃喃，“寻常妖怪没有这样大的本事，能用妖气附着在人身上吸取生气，除非……”

“是‘魔’！”紫幽心中一动，若真是魔物出世，只怕这世道再也难以安宁了。

正说话间，却看见一个碧衣女子匆匆转了出来，紫幽皱眉，侧过身子让那女子通过。那个青衣女婢走得很急，行走间竟然不慎踩到了自己的裙摆，低低地叫了一声，整个人便猛然往前扑去。

“小心些。”紫幽淡淡道，并出于惯性地扶了女婢一把。然而就在微风吹来的刹那，紫幽闻到了这个女婢身上传来的奇怪气味。

她猛然往后退了一步，那个青衣婢女原本半低着头，此刻却用一种非常奇怪的姿势将头抬了起来，一双毫无神采的眼睛直勾勾地看着紫幽。

瑶竹从紫幽怀中跳了出来，失声道："控尸！"

就在女婢纵身扑上来的刹那，紫幽指间一缕银白的光芒已迅如闪电一般地刺向了对方的肩头。

下一秒，对方指甲暴增，试图扼住紫幽的咽喉，紫幽连忙足尖轻点飞身后退，指间的银簪破空而出，将那女子死死地钉在了柱子上。

紫幽缓步上前，仔细地看着女子昏迷的面孔，"好似是宋夫人身边的侍女，我今日还奇怪，怎么不曾瞧见她在身边侍候。"

瑶竹跳到一边，也觉得困惑，"好似从前的确跟着宋夫人一起与我们见过面。"

紫幽缓缓一笑，看来有个地方，只怕真是非去不可了。

"这是怎么回事?"就在紫幽伸手想拔出发簪之时，身后忽然传来了男子清朗的声音，疑惑道，"刚刚那个人，不是姑母的侍女么?"

"你又要说是我想杀她么?"紫幽停了手上的动作，却没有丝毫介意的神色，她回过头，看着兼渊微笑。

兼渊站在一旁不说话，他缓步走进，伸手探出按在那个昏死过去的女子的脖颈上，只见一缕熟悉的黑气从那个被紫幽刺中的伤口袅袅散开，兼渊一伸手，竟然夹住了那缕无形无质的黑气。

虚空中扭动的黑雾如蛇一般挣扎，男子微微皱眉，低低念了一句咒语，将那缕黑雾直接收进了自己的袍袖中。

"此事或许和紫幽姑娘无关，但崔月莹之死疑点重重，姑娘不要混淆视听。"兼渊说话的声音含了愠怒，"这究竟是什么东西?"

"袖里乾坤。"紫幽颔首，"的确是有几分本事，不过，此事你还是不要插手。"

"姑娘未免太小瞧我了！"兼渊冷哼一声。

“是么？那紫幽改日再向公子讨教好了。”紫幽轻轻笑了起来，“烦请代为转告宋夫人,我就先告辞了。”

长风乱舞,眼前的女子早已经不见了踪影,只剩下她的那枚长簪流苏在风中发出清脆的响声,兼渊一惊,怕被人看出端倪来,伸手将发簪顺手拔下。

第四章

春夏之交,万物生根发芽葱葱郁郁,在肉眼看不见的地方,邪气犹如山岚一般逸散而出。

世上精怪妖鬼无数,紫幽素来只做一个旁观者。但如果真是邪魔所为……那么这件事,紫幽不能置之不理。

“这地方怎么让人觉得阴森森的,竟然还有寺庙修筑在这种地方?”瑶竹低声说道,此处人烟罕至,只有脚下的阶梯层层叠叠一路往山顶蜿蜒而去。可是纵使空山新雨,也让人觉得有胸闷之感。

“你何必管这种闲事,实在不行离开楚国就是了。”瑶竹回过头来,眼中不无忧虑,“这里面的东西,只怕比囚牛还要恐怖。,,

“先看看到底是什么东两在作祟。”紫幽不以为意。她有一种预感,此事只怕和幽冥血海有关。

瑶竹的神情倒是不屑一顾,眼中满是嘲讽,“你有要为天_卜苍生牺牲的宏愿,人家见了你,一样管你叫妖孽,有什么意思?,,

“到底是修行尚浅,尽说些孩子气的话。”紫幽扑哧笑…了声,她千年道行,就算情况危急,也有自保之力,然而城中千千万万的普通人,事到临头,他们又该如何?

天道之下,人人都有自己要承担的东西,避无可避。

“紫幽姑娘,我来还你的东西。”转过一层石阶,紫幽的脚步蓦地一顿,高大的树木下,仗剑飞行的青衣男子对她点了点头,神色倒是比从前几次温和了许多。

紫幽微微皱眉，走上前去，“我不是说过，你最好还是不要过问此事！”

兼渊没有马上作答，只是从怀中取出银簪交还给了紫幽，过了半晌，才低低说道：“除魔卫道，我同样义不容辞。”

“紫幽姑娘，这件事十分蹊跷，我已经传信给师门，相信不日便会有人前来相助。”

晚来风凉，吹起男子的袍袖在风中飒飒。

紫幽不发一言地继续往前，倒是瑶竹饶有兴致地打量跟在身后的男子。

走到深处，果然有一座小小的寺庙，掩映在花木扶疏之问，然而庙宇四周空空如也，连扫地的沙弥也没有。

两人围着寺庙走了一圈，发现寺中果然空无一人。紫幽站在宝殿中瞧了一会儿，伸手在漆红的柱子上一抹，手指赫然沾卜一抹鲜红，这是血迹。

“竟然在诸佛面前大丌杀戒。”紫幽叹了一口气，对着眼前鲜红的柱子出神。

兼渊皱眉，问道：“怎么，妖怪也信佛的么？”

紫幽微微笑了起来，并不答话。

“两位施主，本寺每隔五日便不再接待香客了。”是个中年男子的身影，手中还拿着一卷经书，黑色衣袍，穿着素约，分明是庙祝的打扮。

“哦，我们初来此处，并不知道贵寺有这样的规矩。”紫幽合掌念了一句佛号，静静审视着眼前的黑衣男子，不过三十出头的年纪，一张脸倒是精神。

兼渊笑了笑，大步走向前来，“我的姑姑是宋映真宋夫人，姑姑她说自己能中年得子，全靠在寒山寺中求得神佛庇佑，因此在下与拙荆二人……”

紫幽倒是不介意兼渊称自己为“拙荆”，只是怀里的瑶竹却忍笑忍得辛苦，一直在她手中扭来扭去。

“哦，原来如此……”庙祝原本戒备的神情渐渐松懈，露出了一缕奇异的笑容，然而提到宋映真的时候，庙祝的神色似乎有些疑惑，“两位也是来求子的？本寺中有一座神像专司夫妻之间求子之用，只要虔心祝祷，一定能让二位心想事成。”

“上次和宋夫人一起来的那位姑娘，如今可还好么？”蓦地，庙祝低低地问了一句。

“大师何故有此一问？”兼渊故作诧异，“青玉回去之后就一直精神恍惚，姑母瞧她或许是病了，就准她在房中修养着呢。”

“是么？我只是瞧着那位姑娘神思有异，所以才多嘴一句罢了。”庙祝喃喃地念了一句，微微颔首对两人说道，“两位请稍等，那座观音像供奉在本寺地宫之中，我去拿一盏灯笼来，也好照明引路。”

“有劳大师。”兼渊双手合十，“若真是有用，兼渊必定重重供奉香火。”

“公子客气。”庙祝笑了笑，似乎并不在意他所谓的香火钱，他也不耽误，大步就往殿后走去，“待我先去后院准备一下，稍后再引二位前去。”

不一会儿，庙祝走了出来，手中提着一盏明灭不定的灯笼，“两位请跟我来吧，佛像供奉在寒山寺的寺底下，那里幽暗深邃，小心脚下。”

那盏灯笼……绝对不仅仅是用做照明的。澎湃的死气从火焰中跳跃而出，隐隐还有哀哭惨叫之声。

“此处地形奇特，凡尘中的光火都无法照亮，还请两位跟紧我，不要迷失方向。”

紫幽抱在怀中的白猫陡然咬住了主人的衣袖，示意不要再继续走下去了。紫幽顿住了脚步，冷冷地看着前面的男人，冷声说道：“你究竟要带我们去哪里？”

这暗道幽深昏暗，偶尔能听见水滴落在岩石上发出的声响，然而庙祝手中的灯笼却只能照亮三步开外的地方，身处此间根本不能分辨方向。听见紫幽冷声喝问，兼渊一惊，不动声色地往紫幽身侧靠拢，手中的长剑不停地发出嗡嗡示警之声，直对着那个中年庙祝的方向。

紫幽足尖轻轻一踢，在黑暗之外的地方，分明有什么东西被紫幽踢中，竟然发出了哗啦一声脆响，不知道紫幽踢碎了什么，有一团东西从黑暗中滚进了兼渊的视线内——是一块破碎的人骨，不知道那人已经死去了多久。

“我早就看出你们不是普通人，自投罗网，那可就怪不得我了。”庙祝也开始撕破面皮，一脸狰狞地看着两人。

那双眼睛……紫幽看着庙祝的眼睛，这个不过四十的中年男人，竟然有着年老的浑浊双眼。

“锁时之术！”紫幽皱眉。

凡人千百年来生生死死，对于长生的执念和不老的追求几乎是每个人心中的魔障。

这世上……唯有“锁时”能够将凡人的容颜生生逆转，时隔数百年之久，紫幽没想到还会再看见这种邪术。

庙祝阴恻恻地笑了起来，手中的灯笼迎空抛起，那一点幽光非但没有在空中熄灭，反而迎风蹿起，犹如一条通体发红的蟒蛇。

“快退下，这是鬼火！”兼渊横在胸前的左手一挥，夹在指尖的符篆立刻逆风而去，一条巨大的水龙在空中显露身形，龙蛇交战，每一次的缠斗都发出轰然的巨响。紫幽一怔，看着兼渊忽然伸出手，将自己拽到了身后。

兼渊合拢食指与中指，抵在唇边喃喃地念着咒语，“天地自然，秽气分散，洞中玄虚，晃朗太元……”清冷的风不知从何处吹来，兼渊宽大的袍袖在风中飒飒，漆黑如缎般的长发散在肩头，嘴唇翕动。那是……净天地神咒！紫幽脸色变得古怪起来，在九重炼狱下，也曾有人为自己念过这个咒语，眨眼间，竟已是岁月如流。

随着兼渊反复念诵，在空中漂浮的黑气蒸腾起来，仿佛蛇行草中。身后的弱水剑出鞘，长剑锋利，那灯笼竟有了自己的意识一般，迅速后退。然而弱水急如闪电，一道银光在空中乍然划过，转瞬又归于平静。

“嘶”的一声，那盏纸灯笼竟然被三尺青锋绞成了碎片，当中的一点火焰也悠悠熄灭。

“你们……究竟是什么人?”灯笼被破,庙祝仿佛承受了巨大的痛楚,竟然忍不住痛呼出声。

兼渊手指一动,只听“砰”的一声重响,剑柄对着庙祝的后脑勺狠狠地敲了下去,庙祝便软软地瘫倒在了地面上。

紫幽和兼渊对视了一眼,彼此的神色反而凝重起来——黑暗中,有什么东西动了起来。那种悪率的声音在洞穴里无限放大,让人浑身发麻。

兼渊看不见黑暗中的一切,然而女子的眼神却微微一变,在泥土之中,分明有什么翻涌着,似是要破土而出,不过片刻工夫,就看见一双早已腐烂的手从泥土中伸了出来,在空中发狂一股地虚抓着。而原先散落在四周的骨骸也哗哗地动了起来,似乎是想拼凑在一起。

“是纵尸。”紫幽低声对身侧的兼渊说道,“想必是将那些人骗来此处杀死,然后控制他们的尸体当作守卫者。”

“你先走……我收拾完这些纵尸就去找你。”兼渊皱眉,横剑挡在了紫幽身前,“不过是些小角色罢了,我能应付,但是那前面的东西……你自己要小心。”

紫幽一怔,这么多年来从未有人和自己说过这样的话。

兼渊看得皱眉,低声喝道:“还不快去?”

紫幽看了看四周,摇了摇头,“你看不见这些东西,只怕会吃亏。”

男子笑了笑,从怀中掏出一张符纸往空中一抛,在落地的刹那,符纸竟然悠悠化作了一盏盏简陋的明灯。

黑色的雾气立刻被光线驱散,男子看着瘴气中渐渐显露出残肢断臂的尸体,眼中显出了一丝愤怒。

看这些人的衣着打扮,都是些寻常农户人家的孩子,不知道这个庙祝用什么借口竟然骗来这么多年幼的孩子,残忍地在这里杀死聚成尸阵。

谁也没有发现,原本被剑柄敲昏的庙祝此时竟然睁开了眼睛,勉力从黑暗中支起身予,轻车熟路地从地道中转了出去。

这次来的两个年轻人，看样子绝非是自己能应付的。既然如此，不如早早逃了。

假如可以借这两个人之手除去底下那个东西，自己可就真的自由了。最好是两败俱伤，自己坐收渔翁之利。庙祝在心底痛快地想着，一边快速地翻箱倒柜，将一枚小小的玉佩翻出来贴身藏好。

“这个时候才想着要走，是不是晚了一些？”庙祝浑身一震，他的心脏陡然传来一阵抽痛，有什么东西在大口地嚼食着他的五脏六腑，整个人痛得连话都说不出来，只有用力地按住自己的胸口。

那是个尖细如孩童般的声音，带着天真和残忍，“我让你白白享受了那么多年的岁月，也该回报我了。”

“怎……怎么会！”庙祝的眼中露出了震惊的神色，大喊道，“你的本体，不是应该封印在佛像之中么？”

“愚蠢！”空中有细细的声音狂笑着，那种声线介乎成人与幼儿之间，甚至辨不出男女。

一团团的黑气从庙祝体内遁逸而出，犹如薄纱一般将男子层层包裹了起来。

两人已经走到了长廊尽头，就在正前方的位置，是一座巨大而空旷的洞穴。

在洞穴深处，一座高耸的观音佛像倚墙而立，慈眉善目，一手持一金色器物，上下两端对称状如刀戟，上有祥云如意图案。

紫幽看着那个奇异的手势，眼中陡然闪过一丝沉重，这分明是跋折罗手印，降服一切天神邪魔。

“是……在那里面么？”危险就来自眼前的佛像，实在让人难以想象。

“得罪了。”对着佛像低语，紫幽深深吸了一口气。

将双手交叠缓缓收回胸前，低声叱道：“开！”

佛像胸口轰然洞开，佛像手中握着的法器直直地落入破开的洞口中，一声凄厉的尖叫蓦地响起，似乎有什么东西想从里面逃出来，却又被法器截断了出路。

佛像里面是一团肿大的肉球，肉壁上面，全是一张张痛苦的面孔！那些面孔在肉壁上沉浮不定，表情充满了怨毒和憎恶。那些面孔有男有女，年纪也大不相同，然而无一例外全都被束缚着，露出狰狞的表情，发出可怖的笑声。

紫幽不敢大意，虚握住的双手陡然撑开，有明灭不定的光芒在指尖涌动，如丝如缕地在空中汇聚成倒扣着的结界，死死地封住了那一团魔物！

紫幽张嘴吐出自己的本体明珠，婴儿拳头般大小的清净琉璃珠在空中绽放奇异的光芒，那些触手般的藤蔓在碰触到光壁的刹那便急速收缩了回去。

很快，紫幽的面色陡然一变，这是……死灵！庙祝通过从邪魔处获得的力量在这里举行血祭，用那些凡人的鲜血为自己永留青春，而邪魔则收取这些人的魂魄化为己用！这些人也变得生生世世不入轮回，永远被这个魔头所驱使。

这样阴邪残忍的术法……难怪魔道不容于天地之间，委实太过阴毒狠辣！

那些死灵近乎发疯一样往紫幽的灵珠上冲撞而来，紫幽忍不住往后退了一步，胸口顿时涌起一阵浓烈的血腥味。一见女子似乎有所体力不支，被困住的死灵越发拼命撞向结界。

“妖孽放肆！”有男子的声音从背后响起，一张明黄的符纸破风而来，贴在了紫幽的结界之上。原本摇摇欲坠的结界便和符咒的力量交融在一起，他们原本修习的都是道家术法，封印得到外援，女子终于长舒了一口气。

紫幽微微一怔，回过头去。兼渊拔剑出鞘，那样凛冽的剑光竟然穿透了结界，那一剑呼啸而来，夹着万钧之势轰然砸下，将那张符篆一举钉入了妖物体内。

刹那问妖物只剩下一层干枯的皮囊留在原地,那些挣脱了束缚的鬼魂狂啸一声,齐齐在空巾飞舞着,不过片刻的工夫就消散在r天地之间。

紫幽素来只当他为人自负,没想到这个沉默寡言的男子竟然有如此修为,凌空一剑,夹着雷霆般的气势。

将宝珠缓缓纳入腹中,紫幽一张脸苍白如纸,眉目间露出淡淡的倦意。

两人对视了一眼,都松了一口气。

紫幽有些站不稳,兼渊一怔,正想伸手去扶,然而化作人形的瑶竹已经抢先一步。

“你的身体……”

“不碍事的。”即便垂髫的少女满是担忧,紫幽也只是淡淡一笑。

兼渊轻声说道:“此地不宜久留,先出去再说。”

兼渊的纸符咒已经用完,庙祝用的那盏明灯也己摧毁,他们只能一路在黑暗中跌跌撞撞。紫幽看着兼渊缘好几次撞在石头上,却始终咬牙忍着不哼声,终究忍不住掩七自笑了起来。

从口中吐出的明珠华光万丈,竟然在片刻问便驱散了周围弥漫的瘴气。兼渊一怔,低声道:“多谢。”

两人从暗道中搜寻了一圈,再回到寺庙巾也不曾见到那庙祝的身影。紫幽皱起了眉,心底有些不踏实。

“不是说邪魔狡猾多端吗?怎么觉得今日的事顺利得出奇?”兼渊看了看四周,止想从怀中掏出符纸寻人,才发现自己匆匆而来,根本不曾多带符纸。

“的确有古怪。”紫幽颔首,抱着瑶竹站在日光之下轻轻笑了起米,“不过你也真是莽撞,就敢这么两手空空的来降魔?”

兼渊一怔,看着对方白衣似雪地站在大殿之中,神态安然,竟似是壁画上的飞天女仙一般。

“你是担心……”兼渊一怔,电光火石之间仿佛也明白了什么,那个庙祝，难道才是真正的关键所在？

"不见了。"紫幽从暗道中跳了出来，神色也紧张起来。紫幽喃喃，口义气道，"但愿不足放虎归山。"

两人缓步走'卜山来，天色早已漆黑。

"紫幽姑娘，抱歉。"蓦地，身后忽然响起兼渊低沉的声音，"崔月莹的事，或许是我错怪姑娘了。"

紫幽失笑，微微摇头表示自己并不在意，只是看着一路往山脚蔓延的阶梯失神。

默默走在女子身后，兼洲眼中一动，俯身捡起了一枚梧桐树叶，悄悄拔出长剑，对着自己的手指缓缓划出一道伤口。

不过是片刻的工夫，在风中起伏摇摆的草丛里亮起了点点萤火，还有更多的从黑夜深处层层涌了上来，漫天的星光洒落，那些明灭光芒的萤火虫沿着长梯仿佛是照明的灯火一般，还有一些围绕着紫幽的衣袂飞舞。

一向喜怒不形于色的女子眼中的惊喜清晰可见，回过头去，看见那张带着淡淡血迹的梧桐叶正在空中片片碎裂，吸引着更多的萤火虫往此处汇聚而来。

兼渊还未说话，瑶竹反倒先笑了起来，那样清脆如铃的笑声在山林中更显悦耳，"公予真是有心，如此良辰美景，就连我们也从未见过。"

"就当是兼渊对两位赔罪吧。"兼渊微微一笑，"降魔卫道，我一直以为自己不失偏颇。经过此事，才知道天心正道，我依然长路漫漫。"

紫幽低声笑了出来，伸手轻轻抚弄着手中的白猫，"秉持善道，心念为正。虽是妖物，却也早已通达天地之理。心有鬼魅，人心诡谲不辨，自己便是妖魔鬼怪。是人是妖，在大道而前，又有什么分别？"

"姑娘高见。"兼渊对着紫幽施了一礼。

"公了，"紫幽颔首行礼，"我们去宋夫人府上再走一趟吧。"

来看过的大夫也不知请了多少，就是看不出个所以然来，只女了说是得了失魂症。

兼渊站在窗外，看着床上和衣卧着的女子叹息。

“只怕我也无能为力。”紫幽探下身子看着名唤青玉的女子，二魂被封，除非杀死邪魔，否则魔气牵引，她根本难以醒转。

“有人来了。”站在窗下的男子眼神微动，出声示警。

紫幽颔首，轻轻抬手在女子体内注入了一道灵力。

看完青玉，两人回到了红尘阁。

屋内，只有一寸红烛静静燃烧。倒是兼渊好奇地打量着红尘阁，这里的货架错落有致，每一层空格上都空无一物。

窗外蓦地传来淅沥雨声，紫幽忽而一笑，手指一点窗栊，便有斜风细雨倒卷而入，夹杂着空中四溢的花香，连兼渊都不禁深深吸了一口气。

紫幽微微笑了起来，“难得红尘阁中有客来访，瑶竹，你去将我埋在梨花树下的两壶梨花白取出来。”

瑶竹“扑哧”一声笑了出来，起身盈盈往后门取酒去了，口中还念念有词道：“道长可能饮酒？”

“无妨。”他想了想，忽然问道，“敢问紫幽姑娘究竟出身何处？姑娘的发簪上有清心神咒，也可徒手接下兼渊的五雷神符，在下实在百思不得其解。”

“当年曾被修道之人照拂，略懂皮毛而已。”紫幽缓缓一笑，当年在幽冥血海，她曾和子言论道。一正一邪，一道一魔。原来大道自然，果真有互通之处。

矢道紫幽不愿细说，兼渊也不追问。

“姑娘酒量真是不错。”已经喝到面颊微红的男子，看着对而神色如常的紫幽，忍不住赞叹了一句。

“我曾有旧伤，每到四月法力衰弱，身体病痛缠绵，唯有喝酒才可暂时麻痹痛苦。”

“哦?”兼渊挑眉,看着明灭不定的烛光出神,“姑娘法力高深,怎么会受那么重的伤?”

紫幽失笑,“公子好奇么?”

知道自己失了分寸,兼渊一时讷讷,仰头喝了一杯。

紫幽再一次笑了起来,或许是难得有这样的雅兴,她低声道:“七百年前,离开幽冥血海的时候,黄泉之下的罡风吹散了我一半修为。”

黄泉下的罡风?兼渊的神色陡然一变,那是传说中幽冥下的飓风,没有仙魔之体,被九天罡风一吹只怕是千年修为都会付诸东流。

眼前的这个女子,究竟是什么来历?

然而,就在他TF欲开口的瞬间,窗外却传来了簌簌之声。成群的鸩鸟飞扑而来,神色凶厉。

“有人用了引魂幡。”黑暗中举着酒杯的女了微微一怔,霍然变色。

“道长,这杯酒,只怕今次是喝不成了。”白玉酒杯砸向窗口,转瞬成了一只鸩鸟,混入其中。兼渊颔首,“我们也跟上去吧。”夜色寒凉,乐菱听见有人轻叩房门。不由皱眉,这么晚了,外面雷雨交加,还会有谁找上门?却还是过去开了门,推开门一看,外面站着的是一个年轻男子,一张脸苍白如纸,十分虚弱。

乐菱忍不住低呼出声,“你是谁?”

“打扰姑娘了。”对方施了一礼,“暴雨倾盆,还望借姑娘的贵舍暂避。”

十六岁的小姑娘,骤见这样俊秀的少年,视线自然无法转开,对闺阁少女更是有着说不出的吸引力,忙不迭道:“公子快请进吧。”

次日一早,董格巷的一户人家外围满了人,据说这家的女子一夜暴毙,更诡异的是浑身上下的血都流干了。验尸的仵作吓了一跳,直说是有邪祟!

一时之间传得满城风雨,就连住在朱雀巷深处的紫幽都有所听闻。

紫幽俯下身,细细地查探女子的面容,才十六岁的少女,五官精致,脸上竟有笑意,不像是魂归西天,仿佛只是沉浸美梦。

谁又能想到眼前的这个女子浑身的血液都已经被人抽干了?

在她的脖颈处,有一个兽咬的伤口。

“你来了?”紫幽头也不回,低声道。

“看来昨夜,我们还是晚了。”兼渊皱眉,在背后出声问道,“果真……是上次的邪魔?”

“真是罪过,是我失察。”紫幽叹息,“这一次,只怕真是如你所说,要掀起一场血雨腥风了。”

兼渊心头一震,“苍生伺辜?”

紫幽微微点头,看来上次两人联手一击,魔物的确受了重创,所以才不得不吸食女了的血液来补足生气。

“看来,它并不想离开王都。”兼渊看着女子的尸首,开口道。

“或许它是想要留在这里报仇。”兼渊不置可否,“也好,挪门也说会派人前来相助。”

天绝山位于王都青勉的东南方向,快马加鞭也得六七日的脚程。

密室中,一脸坚毅的男子恭敬地站在一角,“师兄,兼渊师侄传来的信我已经看过了,说是王都出现了邪魔,还望师门能出手援助!”

想起有关邪魔的可怖传说,清风沉默了片刻,将那张黄纸叠好放在身侧的烛台,火舌一点点舔舐了字迹,这才舒了一口气,“师兄,这件事,是人间的一场浩劫,也是天绝山的一个机遇啊!”

“那么,这件事就交给你去办吧。”清素叹了口气,吩咐道。

“是。”清风微微行了一礼,转身退出。

大殿外,才刚刚走了不远,已经有弟子从暗处走了出来,恭敬地对清风行礼。

“据说兼渊师叔去了王都之后,和一个女妖来往甚为密切,弟子们竟然查不出她的来历,也看不透对方的原形。”

“大隐隐于市,既然敢栖身在王都之中,你们看不透她的原形也不足为奇。”清风脚步不停，一边说道，“先不要打草惊蛇，待我领人去了王都之后再作打算。”

“是，弟子知道。”那道人很快就隐去了身形，清风也径自往自己房中走去。

紫幽才推开门，却发现门外不知何时站了一群道士，瑶竹也化作了人形，正警觉地看着那群人，然而对方只是站在门外，似乎并没有动手的打算。

这些人……看打扮依稀是天绝I上l出来的。

紫幽皱眉，“道长有何贵干？”

“在下道号清风，叨扰姑娘了。”清风一见紫幽推丌门，心底就已经觉得有些讶异了，王都之中竟然有如此修为深厚的妖怪。

“师叔和这妖孽客气什么！”后面的一个年轻道人横眉倒竖，怒骂道，“妖孽放肆至极，不但存城中吸食人血，更是胆大妄为夺魂摄魄！”

紫幽没有说话，低低地笑了出来，笑容之中有着说不出的寂寥和冷清，她微微扬起下巴，靠在门柱上对着那年轻的道士说：“敢问这位小道长，说我吸食人血，夺魂摄魄，可有证据？”

“证据？收服妖孽还要讲什么证据！”道士嗤笑一声，“降妖除魔又非官府断案要讲究罪证确凿。世上的妖孽杀一个便少一个，这是替天行道之本分。”

“呵！”紫幽冷笑一声，“你派若今是你这样的人，日后教统传承堪忧了。”

“你！”那道士气得发怔，忍不住便要拔出剑来，然而手才堪堪举起，却被站在前面的清风用拂尘压住。

“师叔！”年轻人惊怒交加，还想再说什么，却被清风严厉的眼神压了下去。

“事关重大，我等并非有意寻衅滋事，而是青勉城中发生这样的事，委实很难对楚王交代。”清风倒是言语恭敬，他如今的历练和眼力都早已不是新入门的道士所能比拟。

眼前的女子，浑身上下不见丝毫妖气，不能小觑。

紫幽一笑，那笑意像是春日绽放的素白梨花，随时都会被微风拂去，“道长想拿我回去给楚王一个交代？可就算是抓了我，王城之中依旧不会太平。”

清风叹了一口气，拂尘一甩，“贫道也是无法，如今王都之内怪事连连，楚王大为震惊。唯有先请姑娘陪贫道去天绝山走一遭，也可力证自己清白。”

清风话一说完，所有的道士手中的长剑纷纷出鞘，存门外结成了北斗七星的阵势。

“姑娘，贫道并不想与姑娘交手，只要姑娘肯移驾天绝山儿日便可。”

紫幽没有说话，她的眼睛看着辽远的天空，“人间正道，真是荒谬啊。”

话音方落，女子的长袖一甩，飞身扑到了北斗阵中。那是道教引以为豪的法阵，十一人联手布阵，一生万物，流转不息。

清风胸有成竹的笑意还未升起，却看见那个来路不明的白衣女子身形犹如鬼魅一般，在阵法之中宛若闲庭信步。

紫幽一把抓住处在阵眼的清风，左手死死地扼住对方咽喉，低斥一声，“滚出去！”

清风的额头立渗出豆大的冷汗，慌忙道：“姑娘，我们只是请你去天绝山说明事情原委而已，绝无恶意。”

紫幽冷冷看着清风，眼中嘲笑意味更甚，“张天师何等高风亮节，道统传承，到了你们这一代，当真不堪至极。”

“紫幽，紫幽……”就在这一刻，原本蹲在屋内的白猫疾声呼道。白衣女子不知为何肩膀开始剧烈颤抖起来，在她如玉一般白皙的皮肤上，一道道肉眼可见的裂纹在皮肤上蔓延开来。原本气势如虹的女子陡然用手按住自己的心口，面上露出了痛苦的神色。

紫幽的手一松,清风便双指并列如剑,直刺女子额心元神。

紫幽足尖一点飞快后退,避开了致命一击,却也落了下风。清风低叱一声,法阵再度运转。

就在此时,一道青色的剑光划过。那一剑剑势来得刁钻,一举就找到了阵法的弱点,旋身一过,抄手揽住紫幽的腰身,借势一荡便回到了红尘阁内。

一见紫幽回来,瑶竹连忙去扶。在看清身影之后,瑶竹忍不住吃了一惊。

“公子,你怎么来了?”

兼渊没有说话,只是微微颔首,沉声说:“紫幽姑娘恐怕是旧疾复发了,你扶她回去歇着吧。”冷冷的风吹起兼渊宽大的衣袍,犹如流云碧水,说不出的清俊雅致。然而他的脸色却前所未有的严肃,一手持剑,护在两个女子身前。

“何必呢?”紫幽说话声都略带急促,轻轻咳嗽道,“我本来便是妖孽之身,你何苦要为我出手得罪师门?”

兼渊回过头看着她,“我记得姑娘曾经和我说过,是人是妖,不过是一念之间。”

紫幽忽然低低地笑了起来,这一次,那单薄的笑意终于染上了一点暖意。

看着来势汹汹的几位师兄弟,兼渊拔剑出鞘,站在红尘阁中冷冷一笑,“师叔,此次只怕要你白走一趟了!”

“师侄,你可知你自己现在在做什么?”清风眉头一皱,喝问道,“你袒护这个妖孽,难不成是要和整个道门为敌?”

“师叔,我与紫幽姑娘相交多时,她心怀慈悲,曾与弟子一起降服寒山寺中的邪魔。如果师叔要抓紫幽姑娘回去交差,弟子实难从命。”

他话音方落,紫幽已经缓步走到他身边,长袖被风吹起,送来一缕清凌凌笑声,“道长未免也太过小瞧紫幽了,即便我有伤在身,竭力一搏,纵使玉石俱焚又如何?"

兼渊拜入掌门师兄门下修道,一身道术不在掌门之下。再加上妖女法术高深莫测,这些弟子可都是天绝山未来的希冀,绝不能就在这种地方折损!

清风这样想着,终于变了脸色,恨恨说了一声,"好,好得很!我们走!"

"师叔?"众人不解,然而看见清风道长头也不回地离开,他们也只好默默地跟上。

"师叔其实并非恶人,只是为了壮大天绝山一脉,执念太深了。"看着一行人渐行渐远的身影,兼渊摇了摇头。

"我明白。"紫幽看着兼渊,"只怕给你添麻烦了。"

"两位若不嫌弃,不如就住到姑母的别院中去吧。"兼渊蓦地说道,"紫幽如今身上有伤,万一交手,更是麻烦。"

紫幽犹疑了一下,"只怕住进去,会给宋夫人带来无谓的麻烦。"

"无妨,姑母平素都不住别院,那院子左右也是闲着的。"兼渊笑了笑。

"也好,我有一些疑问,也的确是要验证一下。"紫幽终于颔首,"那么,就叨扰你了。"

第五章

将紫幽带到客房中休息，兼渊便起身告辞，“今日两位就暂且在这儿歇下吧，待晚膳的时候，我再派人将饭菜送到你们房中来。”

他除了要回去向姑母说明，还有一事，他必须传信给师父清虚道长，如果能说动师父，是最好不过了。

斜阳夕影渐斜，紫幽不知什么时候醒了过来，恍惚听见庭院外传来重重的敲门声。

“表哥，表哥……”砰的一声，原本合拢着的窗栊被大力推开。

“怎么回事？”紫幽蹙眉，将瑶竹抱在怀中，不悦道，“瑶竹，你又去惹是生非了？”

“哪有，我刚才一出去，便瞧见个疯女人！”瑶竹有些委屈，“看样子似乎是认得宋公子的。”

“哼，大胆妖孽，我表哥的宅子你们也敢闯进来。”紫幽正疑惑，却看见窗外不知何时站了一个身穿绯红色衣衫的女子，十七八岁的年纪，面目娇俏。

“这只白猫可是不折不扣的妖怪。”红衣女子的眼神惊疑不定，“你到底是人是妖？”

“是人是妖，难道如此重要么？”紫幽微微笑了起来，眼神中却带着让人捉摸不透的意味。

“自然重要，妖怪害人不浅，如果你只是被蛊惑了，就赶紧离开那只猫。如果你也是妖怪，我就一并降服你！”

“你表哥?”紫幽伸手抚摸着手中的白猫,神色淡淡。

红衣女子不屑地看了一眼紫幽,“表哥就是心软,才会对你们这些妖物有同情之心,我盯没那么好说话……”

女子话音末落,手巾一柄绯红的长剑已经倏然出鞘,锋利的长剑以惊雷之势毫不留情地往紫幽的胸口洞穿而来。

紫幽不闪不避,就在长剑快要刺进心口的刹那,虚空里另一柄银色的飞剑破空而来,呼啸着将绯色的花蔷剑生生击开了三寸之远。

“墨蝶,你怎么还是如此莽撞!”熟悉的声音在耳畔响起,带着不轻不重的斥责意味。

“紫幽姑娘,让你受惊了。”兼渊推开门走了进去,对着紫幽颔首表示歉意。

“表哥!”红衣女子不满地叫出声来,“你怎么老是帮着这群妖孽?”

“放肆!”兼渊的声音里含着薄而锋利的怒意,“你做事还是如此张狂!紫幽姑娘是我请来的客人,你一见面就用花蔷剑,是要作甚!”

“我只是看见别院里有妖怪,怕对姑母不利,谁知道会是你请来的客人!”墨蝶一边控诉,一边斜眼打量那个女子,“表哥,她到底是谁啊?”

兼渊无奈地叹了口气,知道自己表妹自幼被家人宠惯了,性子骄纵,但本心不坏。

“让你见笑了。”兼渊看了看紫幽娴静的神色,放下心来,“这是我的表妹,名唤墨蝶。”

“自然不会。”紫幽笑了笑。

这样明媚亮丽的女了,就像是一朵在目光卜浓烈绽放的艳丽花朵,浑身上下连一丁点阴影都没有。不曾经过世事无常,才能嬉笑怒骂,骄纵任性。

兼渊舒了一口气,转头向墨蝶:“你不好好待住府里,跟到王都来做什么?”

“你忘记了,我是出米完成师门历练的呀。”墨蝶撇撇嘴,有螳委屈地说道，“我是想来找表哥帮忙。”

“师`历练？”兼渊皱眉，那是宋家的规矩，修习每到一个阶段，便要出门完成任务，以证明自己的能力可以单独出门降服妖魔。

“王都里最近很不太平，你没事也不要乱跑。”叮嘱完毕，兼渊还是觉得有些不放心。

“公了。”紫幽缓缓起身，“我想去看看青玉姑娘。”

兼渊颔首，墨蝶也跟了上来。

一路上，墨蝶还是忍不仲好奇问出了口，“表哥，你是不是遇到了什么麻烦事？”

兼渊点了点头，“姑母身边伺候的青玉，你还记得吧，目前看来是被魔气所控制，至今昏迷不醒。”

“其实，我想到了一个办法。”紫幽沉默良久，低声道，“我没有肉身束缚，全凭一缕神魂修出人身，如果潜入她的识海，说不定能找到破魔之法。”

“不行！”兼渊脱口而出制止道。这事绝不像是紫幽轻描淡写的几句话就能解决的，他不能眼睁睁地看着她冒如此大的风险。

“无妨。”紫幽将手按在女子的额头上，看着他，一字一句地说道：“我的神识进去之后，本体就交托给你了。”

兼渊心头一震，长久的沉默无语，片刻后，才口义息着问道：“你明知道宋家是降魔世家，我又师从天绝山，还放心将自己的本体交到我手巾？”

紫幽头也不回，“宋家是降魔世家，天绝山正统也罢，又与你何干？我是将这一切交给自己的同伴，并非交到你身后的身世背景之中。”

墨蝶在一旁听得目瞪口呆，她从未想过，一个妖怪竟然会为了维护凡人，不惜冒着丧命的危险。

铜炉内烟雾袅袅，一缕奇香顿时迎面而来。

返魂香是上古的奇物，据说能够感召已绎死去的亡魂重回人1廿。

“万事小心。”看见紫幽准备施法，兼渊忍不停担心道。

只见紫幽的身体渐渐散发出纯白的光芒，她的手指静静地贴着青玉的额头，直到自己的身体如青烟一寸一寸地消失在空气之中。

等紫幽彻底消失在空气中，一颗明珠悠悠地在兼渊眼前发出光芒。

那颗如婴儿拳头般大小的明珠纯白无垢，看久了，竟然让人生出目眩神迷之感。只是明珠之上，却有丝丝缕缕的裂纹遍布其上。

瑶竹在一旁看着，那颗灵珠绝不是寻常之物，对修道者而言，有着难以抵抗的诱惑力。

兼渊的神色如常，只是小心地将它收藏在了自己的衣袖中。

一团团模糊的光影在自己眼前转过，紫幽觉得自己从未像现在这样紧张过，红尘世事，她看过的背叛和猜忌太多了，用人性来抵抗魔性，真的会有用么？

日头早已西斜，窗外的霞光一点点漫进屋内。兼渊守在室内，不敢离开半步。

“表哥，那我们现在该干吗啊？”墨蝶抿了抿嘴。

兼渊将灯烛又挑亮了一些，沉吟片刻，“不是我们，墨蝶，你赶紧离丌青勉王都，回到宋家的祖宅去。”

“为什么？”墨蝶脱口而出。

兼渊微微笑了起来，“我并非嫌你碍事，而是有叩F事，只有你刁‘办得到。”

“什么事啊？”墨蝶一听兼渊并不是嫌弃自己无用，很快又转忧为喜，“表哥你只管说。”

“家中祖传的帝钟你可还记得？”兼渊的神色变得凝重，一字一句地说道。

“我知道了。”原本天真灿烂的少女也收起了笑颜，郑重地点，了点头，“我此刻就驭使花蔷赶回祖宅。”

说完少女祭出绯色的飞剑，飘忽的身形犹如闪电一般消失了。

一直沉默旁观的瑶竹忽然丌口，“你支开她，是不想让她涉险吧。”兼渊颌首承认。“也好。”瑶竹深碧色的H艮睛犹如一口湖泊。因为墨蝶的离开，没有阖上的窗户外倒卷进一阵寒风，兼渊起身正准备关上窗，原本躺在床榻上的女子却蓦地出声。

兼渊屏息，竟觉这一刻，比一生还要长久。

“紫幽?”兼渊小心翼翼喊了一声，然而对面的女子毫无反应，只是茫然地看着他。

女子环顾四周，却蓦地抬手掩面，忍不住失声痛哭。

兼渊轻咳了两声，从怀中掏出一方手帕递给女子，这才低声问道：“你怎么了?”

女子哭了一会儿，接过兼渊的一方素白手帕就往脸上擦。

“紫幽?”兼渊忍不住再次唤了一句。她将自己的魂魄转入对方的躯体之中，然而如今醒来的不是青玉，难道也不是紫幽?

眼前的女子吓了一跳，看着兼渊陡然冷冽的眼神，一时之间也有些怯怯，“你……你要干什么?”

兼渊没有理她，而是转头看向一旁不动声色的瑶竹，“这是怎么回事?紫幽被她困住了么?”

“不，她成功了。”白猫深碧的眼眸里闪过一丝担忧，殊无喜意，“她唤起了青玉几生之前的记忆，自己反而陷入了沉睡。”

女子惊呼了一声，F意识往后退了一步，一双水灵灵的大眼睛里满是惊慌，“猫，猫在说话?”

“哼!”瑶竹‘不屑地看了她一眼，“猫会说话有什么奇怪，你死了那么多年还会说话，岂不是更吓人?”

“死了那么多年?”被唤醒的魂魄还不曾记起全部的过往，然而在瑶竹的讽刺之下，女子的神色陡然一震，“对啊，我早就已经死了，我在衰褚山的断崖上跳了_卜去……”

兼渊与瑶竹对视了一眼,这是他们计划的一部分。

女子低头看着自己的手,只觉得不可思议,喃喃道:“我怎么会在这里,师兄呢?”

一人一猫面面相觑,自然无法回答这个问题。瑶竹有些不耐烦起来,逼问道:“你是谁?”

百年前死去的魂魄茫然四顾,总算回过神来,“我是谁?海……海安,我叫海安。”海安?这个名字,似有耳问。兼渊一边领着她回自己的宅子,一边粗粗地将这件事的大略说了一遍。

“我们不想魔物继续杀戮无辜,唯一的办法就是让被邪魔附身的人甘愿放弃肉体,重入轮回,引出寄主,才有机会歼灭邪魔。”

瑶竹跟在一旁焦躁不安,都已经过了这么久,紫幽还是不能夺回这具身躯的控制,她如今的力量究竟衰弱成什么样子了?

更何况,白猫眯着眼睛注视着身侧的兼渊,将本体灵珠交托给这样一个人,真的安全么?

海安笑了笑,已经过去了百年之久,再世为人的感觉原来是这样的。呼吸到清冷的空气,漫天繁星沉浮不定,连踩在地面上的沉稳触感都叫人这样怀念。

看着宅子,青衣女子目光却渐渐凝重,“这宅子是师兄设汁的?”

“这别院,的确是逸辰先生的手稿。”兼渊略略蹙眉,应道。

七国之内,只有天府的逸辰先生在宅邸设计独步天下。据传天府一生只有三个徒弟,那也算是史上一段传奇了。

女子蓦地笑了起来,那样凄冷的笑声,仿佛有无穷无尽的哀恸和追思,甚至更复杂的爱与恨。

海安原本清润的眼神竟似带着癫狂,逸辰,逸辰……百年之后,你果真名扬天下,你我三人俱成白骨死灰,如今剩一F这雕梁画栋一砖一瓦,来成全你要的功成名就。

“姑娘认识逸辰先生?”兼渊脑中灵光一闪,紫幽一定是看见了什么,才会唤醒眼前这个女子的灵魂。

“自然认识。”海安的手轻轻在拱门的石头上划过,眼神复杂,“那是我的大师兄,也是我一生唯一爱过的男子,我怎会不认识?”

兼渊眼神一变,原来如此,海安,是天府老人的孙女,也是他唯一的女弟子。在天府老人去世之后,悲戚过甚,最终死在了袁褚峰上。

据野史所传,逸辰先生终生未娶,也是因为那个过早死去的小师妹。

“原来是海安姑娘。”兼渊轻轻扣着剑柄,略略施了一礼,“久仰大名。”

“哦?”女子微微皱起了眉,情绪有所平复,“我已经身死百年,有什么值得公子久仰的?”

“你的师兄为了纪念你修了一座桥。”瑶竹伸出爪子揉一揉脸,它活了几百年,对这些典故自然如数家珍。

兼渊想了想说:“定钧有一个村庄经常洪水泛滥,无论怎么设计都会被冲垮。举国之1人J的]=:匠都束手无策,最后还是逸辰先生想出一个法子,他修筑的大桥用锁链紧紧扣住,大雨来袭时桥存水而飘荡却不会被冲走,这种浮桥在七国之内被运用广‘泛,可谓造福民众。

“而第一座由逸辰先生亲自设计并且督造的桥梁,据说就是为了纪念他的师妹。”说起逸辰先生的情意深罩,只怕现在还为人称道吧。

“那座桥,叫什么?”然而,在听见这样动人情深的典故之后,海安的眼中非但没有露出丝毫喜悦,一张脸反而变得越发苍白,颤声问道。

“逸莲桥。”

据说逸辰的师妹最喜欢莲花。

“逸莲?”海安轻轻笑了起来,“他果然是要用这个名字的,也对,那原本就不是他的东西。”

“姑娘?”兼渊一惊,眼前的女子如柳絮委顿风中,竟直直地往地面倒去。兼渊伸于扶住女子的肩膀,止觉尴尬,那个昏迷过去的少女竟然抓住了兼渊的手，兼渊下意识想将手抽出去，却在耳畔听见了一个熟悉的声音，“兼渊，快扶我进去。”

兼渊一怔，就连瑶竹都忍不住蹿了过来，此刻醒来的女了，一双眼睛幽深莫测，分明是紫幽。兼渊唇角终于扬起一丝笑意，索性搂仲了女土的腰，小心翼翼地搀扶着往房中走去。

“你怎么样了？”兼渊的眼中满是焦急。

紫幽摇了摇头，“不要紧的，青玉的灵魂被魔气困住，只怕短时间内是醒不过来了。我只好唤醒海安那一世的记忆，要她自己做个了断才好。”

兼渊倒了一杯茶递给紫幽，低声：“也好。”

“这心结，只怕难。”这一次，一向镇定的紫幽眼中也带着几分忧虑。

紫幽看到的，是百年前发生的种种。

袁褚山上，薄薄的冷风从树林中窸率吹来，披着一件狐裘的少女焦灼地走来走去，不时踮起脚尖眺型。过了半个时辰之久，终于有一辆马车往女子这边缓步而来。

少女立刻跳起脚尖欢呼道：“爷爷，爷爷……”

那马车竟无人驾驶，只有一条细细的链条牵着马的脖颈，链条的尽头一路往马车内部延伸而去。

听到少女的声音，青色的车帘里伸出一只细长的手，无声无息地拢起窗帘，少女一怔。

那是个面容俊秀的少年，十五六岁的样子，眉眼清俊。

老者慈祥的面孔从车市巾探了出来，笑呵呵地对女子招了招手，“海安，今天怎么只有你一个人，逸辰呢？”

名唤海安的少女皱了皱眉，悄悄吐着舌头抱怨，“还不是爷爷要他出去搜寻古宅的飞檐雕刻么，他出去描花样了，现今还没回来呢。”

老人笑了起来，“这是我在楚国新收的弟子，叫云鹤。海安，如今你是师姐了，可要好好照顾师弟。”

“师弟?”海安心底咯噔一响,这么多年来,祖父收的弟子其实只有大师兄一个人而已。

对于自己孙女突变的脸色,天府自然看在眼中。他在心底幽幽叹了一口气,面色上不露分毫。自己的这个孙女一直倾心于逸辰那个孩子,作为祖父,他自然希望自己的孙女能有个好归宿,更何况逸辰的确天赋异禀,无论在哪一方面都是继承衣钵的不二人选。

可是这个孩子,存看见他的那一刻,就知道自己不能置之不理。这样的天赋和悟性,比起跟在自己身边十几年的逸辰,实在有过之而无不及。

鼓足了勇气,海安终于走到云鹤面前,抿唇说道:“爷爷说,让我带你去你住的房间。”

云鹤不过才十五六岁的年纪,眼神却迥异于海安从前见过的人,那样的清冷和死寂,仿佛这天地之间只有他一个人而已。

“多谢。”云鹤颔首,清冷地跟在海安身后。…向白诩明艳的少女,竟然也生出了几分白惭形秽。

“隔壁是师兄住的地方,这也是爷爷的意思,说是让你们二人熟络一些,有什么问题,也方便互相商讨。”海安伸手一指对面门户紧闭的房子说道。

对方进屋后,放下随行的包裹就说:“师姐如果无事可以廿。去了,我想歇一会儿。”

她何曾叫人这样驳了面子,一时气愤不过,甩袖而去。

次日,海安愤愤地和师兄说起那个新入门的师弟如何的冷淡无礼,恃才傲物。

逸辰宠溺地笑了笑,似乎并不在意,“师父收了徒弟是好事,如今你也要有个师姐的样子才对。”

逸辰早已见过了凌云鹤,那是个身姿瘦削的男子,无端端地让人觉着清雅。他认识的达官贵人不计其数,然而似眼前男子这样清贵出众的人,当真罕见。

“凌师弟。”逸辰不急不缓地走了过去,“师弟在这儿做什么?”

凌云鹤微微颔首以示礼节,“我看这块十地比别处要湿润些,所以我想……在这里挖一个池塘出来。”

逸辰还未说话,海安已经倒抽了一口冷气。

云鹤不以为意,神色很是认真,“日后在这里种上莲花,明年仲夏,百荷绽放,不是很美么?”

海安正想斥责他异想天开,才来衰褚峰多久,就有如此狂妄的想法,真把这里当自己家了不成?

“的确甚美。”逸辰悠悠地笑了起来,一个温柔的眼神扫过来,示意海安不要多嘴,“只是这件事我也做不了主,毕竟还是要请示师父才是。师弟好雅兴,若衰褚峰上当真能有莲花盛开,秋天也能留得残荷听雨声,妙哉。”

“师兄所言甚是。”一直神色冷淡的云鹤终于露山了一丝笑意。

祖父说,云鹤是自己任楚国无意发现的。那时,云鹤坐在市集上,于头飞快地用木头编织着什么,走近发现那是个奇怪的盒_了,中间一个圆形的钥匙孔。那个孩子,竟然就用那样的简陋的工具做出了一个木制机关锁。

天府老人起了惜才之心,将这个孩子从楚国带了回来收作弟了。

这个刚人门的师弟,每曰最大的乐趣便是天府老人每日授道的两个时辰,也只有在那个时候,他们三个师兄妹才有机会坐征一起。

海安可管不得这些。每日闲来无事,便央求师兄带自己出门游玩。

记得有一日,师兄说不如邀小师弟一起,海安自然说好。

“不必了,师兄和师姐自己去便好。”门内的人扬声回答,那样淡漠的语气,仿佛他们不过是过路人罢了。

这样孤僻的人,平素最大的爱好便是设计宅邸,那两年从衰褚山上流传出去的图纸不知道有多少张,王公贵族都追捧这个年轻人的设计,举国上下都以能停上云鹤设计的府邸为荣。

不得不承认,这个小师弟的确与众不同。可越是这样,海安却觉得这个师弟越发让人讨厌。爷爷因为他天赋出众对他纵容便罢了,可是海安发现师兄最近都变得有些奇奇怪怪了。

逸辰住的屋子与师弟毗邻,有时两人常常足不出户,每日在房中不知做些什么。一日海安实在忍不住好奇偷看,发现两人止坐在屋内安逸地下棋。

修长的花树在两人肩上投下一片绿荫,那场景竟然说不出的和谐。远处青山缈缈,白云两去,天地似一时寂静下来。

“你输了。”云鹤面无表情地开口。

逸辰拈起一枚棋子沉吟良久,唇角才露出了一缕淡淡的笑意,“是我大意了。”

“输了便是输了,哪有那么多理由。”云鹤细长的手指将黑了一枚枚捡了回来,冷冷说道。

这样不留情面的话语,逸辰似乎并不生气,只是用折扇抵住下巴露出苦恼的神色,“和师弟下棋真是费神,我一边要想着如何赢你,一边想着请教师弟。”

“嗯?”云鹤挑眉。

“师弟身上,似乎有莲花香,素闻女子身上才有女儿幽香呢。”逸辰朗声笑了起来。

“只会逞口舌之利。”云鹤不置可否,将最后一枚黑子放进棋盒之后才抬起头来,“师兄说过若是输我三局,便要应我一个要求。”

两个人你来我往,海安站在门口呆呆地看了一会儿,瞧见有落花花瓣被风吹落,悠悠跌在云鹤的肩头,逸辰自然1叮然地伸手拂去了对方衣襟上的落花,倒似是彼此认识了很多年一样。

海安拢在袖中的双手紧握成拳,冲至面前娇憨地说道,“师兄,我都寻了你半日工夫了,原来你是躲在这儿和师弟下棋玩,师兄不是说好要陪我下山去逛庙会么?”

逸辰不禁露出有些为难的神色来,他的确是答应过师妹要陪她去逛庙会。

可是这一次，他也是难得能约师弟出来下棋。

“师兄，都说好了要陪我去，不去我可告诉爷爷了。”海安跺脚撒起娇来，说者无意，逸辰的脸色却是不易察觉地变了变。

袁褚山是连王赏赐给天府老人的东西，这些年来在机关数术上苦心钻研获得的成就，给天府带来的不仅仅是荣耀与尊崇，还在无形中积累了一笔庞大的财富与人脉，这些东西最后理所应当地会随着海安的出嫁作为嫁妆一起送出去吧。

那是藏在他心底最深处的隐秘，和外表卜体贴入微的大师兄完全不一样，却也是真实的自己。

“师兄和师姐既然有约，不妨先走便是。”坐在对面的云鹤似乎刚刚一直在失神。

“可这局棋还没有下完，胜负未分。”逸辰微微蹙眉，但还是起身跟了海安走出去。

“师兄，小过是说笑而已。”

海安蹦蹦跳跳地跟在逸辰身边，示威一般含着笑意回过头来看了一眼，却发现云鹤俯 F 身正去拾一朵合欢花，压根连瞧都不曾瞧这边一眼。

再回首看看大师兄，他也依然是从前一样，一张侧脸温润如玉，唇角的笑意像是二月不曾散去的一缕暖风。

当真，是自己多心了么？

柳风窈窕四月初，湖边的柳絮渐渐纷飞如雪。兼渊陪着东看看西瞧瞧的海安，将青勉逛了个遍，好不容易海安走累了，嚷嚷着说要去喝茶。

兼渊自然由着她，只是心下好奇，这样天真活泼的少女，在她身上究竟遭遇了些什么？

“三位要点什么？”店伙计把桌面擦干净了，殷勤地问道。

“你这里，有没有花茶？”四月芳菲，天气最是寒暖不定，海安似乎是畏寒之人,一个劲儿地捧着泥金手炉。

“有嘞,梅花制茶,姑娘可要尝一尝?”那伙计面有得色地说道。

果然是上好的茶叶,有淡淡的梅花香气从杯中传来,让人觉得心神愉悦。

“的确是好茶。”海安赞不绝口。

兼渊静静地在一边喝着茶。

“我记得天府老人的孙女在袁褚山郁郁而终,看你这个样了,倒不像是那种体虚病弱的。”瑶竹说话素来直接,却害得兼渊被茶水呛了一下。

“瑶竹。”这样问一个已死之人有些太冒昧了。

海安笑了起来,倒也并不介意,“我并不是病死的,袁褚山后面有断崖,当日是实在气不过,从上面跳下去的。”

瑶竹凝眉道:“可是因为你的师兄么?”

海安放下茶杯,浮生往事从眼前…幕幕地涌现,犹如幻觉一般,转眼间白云苍狗,原来已经过去了那么多年。

“我当初以为委曲求全便能挽回一切,谁知道……”海安回忆往昔,语气中也颇有惆怅,“如果早知道有这一日,或许当初也未必会一时气愤跳下去了。”

“咦,后悔了么?”瑶竹看得出海安原是个天真少女,不曾经受岁月无情的折磨,如今回魂也依旧丌朗天真。这样的年纪,这样的心性,最是肯为男女之情百死不悔的时候。

“当时年少,所以才将情爱看得那样重。”海安又倒了一杯茶水,眼中却有着难以言说的嘲弄。

她正要继续说,神色却猛地僵硬起来。兼渊一怔,随着她的目光往街角望去:那是个一身黑衣的男子,容颜依稀有几分熟悉的俊美,二十上下,见兼渊和海安都在看自己,唇角忽地勾出一线笑意。

“那是谁?”兼渊一怔,悄然问道。对方的模样的确是在哪里看过的,只是~时之间却怎么也想不出来。

可是坐在她身侧的女子没有回话，她坐在喧闹的市集中看者那个转瞬即逝的身影，一滴泪无声无息地落在手背。

“你瞧不出来了么?”瑶竹到底敏锐一些，只是神色也有些迟疑。对方浑然便似一个普通人，身上根本没有半点异类的气息。“寒山寺我们还斗过法呢，这么快就不记得了?”

“那个庙祝!”兼渊悚然一惊，别过脸装作什么都没看见。这个时候贸然行动，只会辜负紫幽的一番苦心，紫幽果然赌得没错，她唤起了这具身体里已经流逝的灵魂。

可是那个庙祝，原本望之如四十许人，为何许久不见竟然越发年轻起来?岁月在他身上不仅未曾留下痕迹，反而在不断地倒流逆转?

“那便是你的师弟?”瑶竹问道。

沉默半晌，海安终于再次开口说道:“那个人，是我的师兄，逸辰。”

这一次不止瑶竹，就连兼渊都皱起了眉头。

女子叹了一口气，开始继续给两人说起过往的回忆。

逸辰叩响门扉的时候，别院的两个老人依旧相谈甚欢。一个自然是他的师父天府，而另一个却是端木家的长老。端木家世代经商，富可敌国。

话锋一转，端木森问起云鹤可有婚配之人，逸辰只觉得心口一紧，面上不露丝毫情绪。

就这样满怀心事地走回自己的院落，却发现师弟的门虚掩着。

就像被什么东西所驱使了一样，逸辰推开rJ走了进去，只见半幅寒梅傲雪摊开在桌子上。

逸辰见了都不由得称奇，一副寒梅傲雪图当真画得好，凌寒独自开，一任群芳妒，一想起执笔的男子清冷如谪仙的姿势，逸辰心里便一暖。

“师兄，你在这儿做什么?”正准备离去，却被不知道何时回来的云鹤捉了个正着。

“师弟原来不仅在机关构筑上天赋出众，就连丹青一道也造诣颇高。”逸辰故作镇定，微微一笑，“这番过来，自然是有事寻你。端木家的长老，你可还记得？”

云鹤略一思索，点了点头。

“端木老先生有一个孙女，据说是远近闻名的美人，名唤端术蕊，所以……”

“所以师兄便来做媒人？”云鹤唇角蓦地浮现出一缕讥讽的笑意。

逸辰一惊，只好说：“师弟若是有了心上人，或者不喜欢端木姑娘，直说便是。”

云鹤而色变了变，“还请师兄转告师父，替我回绝了端木先生的一片好意。”

逸辰点头，伸手拍了拍他的肩膀，“我知道了。”

然而存逸辰拍上肩膀的刹那，却看见冷冰冰的少年膝盖一软，整个身子竞往后倒了去，逸辰孺地冲上前来扶住了摇摇欲坠的云鹤。

宽火的手掌抚上额头，逸辰有些苦恼起来，“怎么这么烫，我扶你先去休息一会儿。”

“熬一碗姜汤便好了，师兄不必担心。”云鹤不自觉地阖上了眼睑，低声道。

“那怎么行。”逸辰皱眉，看着云鹤逐渐陷入睡梦中的面孔，眼中闪过一丝笑意，“不必担心，有我在。”

逸辰从前也看过几本医书，所幸知道发烧应该服些什么草药。

袁褚峰地势并不算高，尤其后山，草木生长旺盛，想来寻几味草药不是什么难事。

只是师父曾经严令禁止，任何人都不许靠近后山……罢了，管不了这么多了。

呼吸着山林中清冷的空气，逸辰的一颗心却再难以平静下来，一边拨开身边齐腰高的荒草，一边想着心事。

不能止息的欲望，对权势的渴求和想要得到认可的心情，犹如荒地中疯长的野草在心中放肆生长。

山崖其实并不算陡峭，因为人迹罕至早就长满绿草苔藓，滑不溜手难以站立。逸辰咬牙，抓住生长旺盛的藤蔓小心翼翼地往上攀爬起来。果然，所需的草药在山崖间处处可见，倒也没费什么神就采到了。

爬着爬着，一种莫名的战栗陡然从掌中传来，颤巍巍地收回右手，却发现握在自己手中的分明是个拳头大小的铜钟，样式古怪得很，铜钟的顶端还有手柄，仔细打量了半晌，在铜钟的内部，几个细如蚊蝇的小篆却分外清晰。

“振动法铃，神鬼成钦。”逸辰不自觉念了出来。

原本想要将铜钟放回原处，刹那，仿佛有什么东西在自己手指上刺了一下。逸辰一惊，索性将铜钟放入怀中，沿着藤蔓小心翼翼地爬下了山坡。

转瞬之间，乌云翻涌，阴沉沉的天空似乎用悲悯的目光在观望着衰褚山。要下暴雨，逸辰不敢再耽误，快于快脚地就往同赶。

他趺趺撞撞地回房，草药已经交给厨房去煎煮，想来师弟是不会有什么大碍了。

就在这时，却隐约听见什么东西发出了急促的声响。

逸辰一惊，那个帝钟静静放置在书桌上，却自己发出了诡异的响声。

青色的钟声上一股黑气迅速蔓延，犹如蟒蛇盘旋缠绕在钟身上。但是帝钟的手柄处，一点青光死死地压住了黑气，两股气几番冲突之后，黑气又渐渐消散在了逸辰的视野中。

逸辰怔怔地看着，心底陡然生出一缕恐惧，这到底是什么东西？

只见帝钟上的铜锈层层剥落，一张面容扭曲的人脸从帝钟上浮现出来，露出狂喜的神色，“林灵素那个牛鼻子，以为将我镇压就能天下太平，却不知道这天下正邪之道此消彼长，就算困得住本座一时，本座也终有出世的一日！”

“你，你是什么东西？”逸辰往后退了一步，恐惧地望着帝钟上那张骇人的面孔。

“我？”那人脸低低笑起来，笑声隐秘而低回的声线，一步步引诱人心，“我就是你啊。”

“虽然袁褚峰上人人称你为大师兄，可师弟才华逼人，你这大师兄的尊荣，到底还保得了多长时间？”看着男子的脸色渐渐苍白起来，那怪物笑得愈加开心了。

邪魔最丌始便是由怨气凝聚而出，人心深处的贪婪与罪恶又不断孕育着它，它能看透任何人心中隐秘的欲望。

“无稽之谈。”男子出声反驳，町足一张脸已经苍白，“师弟天资本就在我之上，师父倾囊相授也是理所应当。师父教他的，也一并教给了我，素来‘视同仁。”

“一视同仁。”坩方竟然幻化出了一张面孔，那样清俊素雅，连看他的神色都一模一样，淡淡疏离，欲言又止，“可是师兄，你看我与师姐，可曾一视同仁？”那是云鹤的脸，隔着虚空凝望着逸辰。“闭嘴！”男子抓住铜钟甩入抽屉，再狠狠合上。那是他隐秘不能对人言的心事，任何人，都不该知道！

第六章

“你总算是好了。”云鹤醒来的时候便听见逸辰长舒了一口气，随即额头上的毛巾被人换了下来。

云鹤一晾，睁开眼睛的刹那便看见一碗褐色的药汁，逸辰从背后扶着他，端着瓷碗递到他的唇边，低声说道：“醒来便好，这药再服上几次，就没事了。”

“生病了瞒着做什么。”逸辰还是忍不住指责起来，“幸亏在后山找到了药草，才退了烧。”

“后山?”云鹤有些茫然，忽然想起自己刚入山的时候便听天府老人说过，严禁门人往后山去，他蓦地反问，“你竟然去了后山。”

“嘘 J”逸辰微微笑了起来，将药碗放在桌子上，回过头来对云鹤解释道，“后山之所以为禁地，据说是因为师娘在后山失足而亡，所以才将那里划为禁地。这事可千万别叫师父知道了，否则一定会责罚我的。”

云鹤半晌后才极轻地笑了笑，低声说：“好。”

那一日他们说了很久的话，云鹤终于肯谈一谈他的过去。那种过去，逸辰其实多半已经猜到。寻常人家的孩子没有这样冷冽的眼神，也不会有这么强的戒备之心。

他本是被牵连的王孙贵胄，满门抄斩，乳母将自己的儿子推了出去，却抱着云鹤连夜逃亡，最后乳娘病死了，他只得靠做竹篾木匠手艺养活自己，若不是被天府老人看中，他这一生，恐怕也就一直在村庄之中隐姓埋名地活着。

但,那又有什么不好?

躺在床榻上的男子病得昏昏沉沉,却罕见地露出了柔软的目光。他少年时出身显贵,即便忽然没落,也依然有云淡风轻的高华。这种气度,让人几乎不能直视。

逸辰不动声色地别过脸去,如同衣衫褴褛的乞丐,陡然触碰到厂举世罕见的奇珍异宝。那一刻,竟觉得无比心虚。

第二天的下午,授课完毕之后,老人忽然叫住了逸辰。

老人叹了口气,眉宇问隐隐有忧虑的神色,“你这几日可是去了后山?”

逸辰一愣,随即摇了摇头,“师父,徒儿不敢擅闯禁地。”

“没去过便好。”老人迟疑了一下,这才说道,“那个地方,你们无事不要靠近。辰儿,我瞧你这几天心神不定,可有什么事?”

“多谢师父关心,只是师弟染了风寒,我一直在照顾他,所以才疲倦了些。”逸辰回答。

“那便好,你去吧。”老人挥挥手,露出了疲倦的神态。

“等会。”天府忽然又唤住了逸辰,皱眉说道,“王都最近传来消息,说是要在国内宴请出名的工匠艺者同台竞技,在机关术上你造诣己经可以独当一面,可我却有些迟疑。”

“师父是想要师弟与我一同前去么?”逸辰的脚步一顿,回过头来恭敬地说道。

“不。”老者缓缓摇了摇头,“这一次,你们师兄弟之中只有一个人能前去王都。”

“一切听凭师父决议。”逸辰心中一动,师父已经说得足够清楚了,他自幼跟随在老人身边,自然知道对方想表达什么。

“你们两个人,其实都是我的得意弟子。”天府的声音波澜不惊,“我只希望你们师兄弟二人能够一直和睦。”

之后逸辰绝口不提这些事，云鹤隐隐听到风声，但他素来不在乎这些虚名。出身贵族世家，看见那些荣华富贵如过眼云烟，比常人容易放下得多。

衰褚山依旧维持着往昔的平静，山中不知寒暑。如果师父永远做不出抉择，师弟与师妹都陪伴在自己身边，那该有多好。

“他果真要在这里挖一座池塘?”海安大吃了一晾，如此耗财力物力的事，就因为云鹤想在夏天的时候赏莲花?

看着海安怒气冲冲的样子，逸辰不由失笑，“你这是干什么去?”

“真是见鬼，你们也由得他胡来。我和爷爷说去，家里再有钱，也不是这个用法。”海安气鼓鼓地甩开逸辰来抟自己的于，十分愤慨地说道，“我上次瞧见一支簪子好看，爷爷都舍不得给我买，如今要挖出一口池塘来，真是莫名其妙!”

“你真是小孩子脾气。”逸辰再度笑了起来，“师弟画了那么多张图纸，你当真以为是白画的么？你日日游山玩水的时间，人家可是走遍了整个王都设计宅邸，那些钱，远远够他为自己挖出十口荷塘来了。”

海安看着眼前的男子，十分不满，“你们都是魔怔了么，全都这样向着他。”

逸辰哈哈大笑，不再回答。

“莲花都开了，你为何依然闷闷不乐?”逸辰从池边走过，那样俊朗温润的姿态，一向都让海安失神不已。然而他的视线，却看着坐在赏莲的另一人，仿佛那人也是漫天白莲中的一朵。

云鹤趺坐在池边，伸手抚着盛开的莲花，歪着头道：“师兄多虑了。”

虽然依旧疏离，神色却缓和了许多。

“师父这两日似乎忙得很?”没有等对方回答，云鹤又问。

“的确，定钧有一条大河，那上面修筑的桥年年部抵不过一场洪水。有时桥梁被冲垮，还有无辜村民被卷走，无奈之下只得来请教师父了。”逸辰想起那桩烦心事也不由皱眉。

云鹤听逸辰讲完，不过片刻的工夫淡淡说道，“其实又有什么难的，这世上的桥全都凌空架在水上，为什么就没人想过用锁链绑住木块，在河面之上直接建造浮桥呢？”

逸辰神色霍然一变，片刻后，忍不住赞叹道：“师弟果然天赋异禀，这个办法，只怕是连师父都想不到吧！”

云鹤笑了笑，只是收回视线依旧漫不经心地看着眼前的莲花。

“举国匠人之争，师父想让你去。”

“我不想去。”云鹤毫不犹豫地开口拒绝道。

“师兄，爷爷叫你呢。”海安欢快地推开门，可是屋内空无一人。

海安并不是第一次到逸辰房中来，他住的地方依然整洁干净，就像小时候一样，好像并没有什么改变。

海安眼中的光芒一黯，可现在的他们，再也不像小时候那样亲密无间了。她喜欢师兄，袁褚山的人也都认为他们两个会成婚。

可是师兄心底究竟是怎么想的，她却一点也不知道。

蓦然问，她似乎听到一声清脆的铜铃轻响。

接着，书架顶端的卷轴滚了几滚，不偏不倚地砸在了海安怀中。绑住画轴的绸带早已散落，海安歪了歪头，有些好奇地将画轴缓缓摊开来。

画面上是大片大片的莲花，白衣黑发的男子，眉目清冷，横卧在一叶扁舟上伸手折莲。

海安一颗心像是快要从胸腔里跳出来，这幅画上没有落款，她也看不出究竟是出自谁的手笔。

“你瞧见了，这个人心底根本没有你。”不知道从哪里传来一阵笑声，海安吓了一跳，茫然往四周看了看。

“你看不见我的，可你看见了你一直想看见的东西，还不够么？”那个尖细的声音再次在耳畔响起。

“你到底是什么东两？”海安的戒心很高，非要找出说话之人不可。

有小鸟扑打着翅膀从窗外飞了进来，停在窗拢上蹦来跳去，“我在这座山林里住了很多年了。”

说话的竟是那只小鸟，山林之中有精灵小妖，并不是什么罕见的事，海安反倒也不觉得害怕了。

“其实，不是没有法子的。”那声音越发低沉而温柔，充满蛊惑。

那细密的低语像是无处不在的风声，兜头将海安笼罩其中。

正踟蹰间，却有清风从门外倒卷而入，央杂着浓浓的草木气息，回过神，却发现自己睡在床榻上，外头鸟鸣莺啭。

难道自己在做梦？

海安起身，一路往天府老人居住的地方赶去。

“哦，我原以为你会劝我让逸辰那孩子去。”老人诧异地看着自己的孙女。

“师兄他……”女子嗫嚅半晌，终究还是说道，“师兄跟着爷爷的日子的确很久了，但是平心而论，天资禀赋，的确是师弟更高一筹。此次派人前往京都，若是让师兄去虽不会辱没名声，但真要一举震惊四座，却还是要靠师弟才行。”

“待爷爷再考虑考虑吧。”老人不易察觉地叹了一口气。

师兄，你别怪我。

海安并没有立刻回到自己房中，而是往逸辰住的别院而去。

“没错。”她一脸的焦灼，“我本来是要去给爷爷送粥的，从门口无意听到师弟说自己远比师兄更有天赋，无论如何，这次帝都之旅，也应该是由他去。”

逸辰的肩头‘震，然而他放下手中的棋子，勉力笑了笑，“师妹，你可是听错了？”

海安急了，恨不得赌咒发誓，“这次去京都代表什么，师兄你应该比我更清楚吧。”

"我知道了,师父有自己的打算。"逸辰的唇角微微上扬,"我们做弟子的,只有遵从的道理。"

待送走了海安,逸辰的眼神陡然阴沉下来。他不信云鹤会说出这番话,可师妹她已经丌始猜忌了。

"你还在不在里面?"他回过身,对着抽屉里的铜钟火喊。

"呵,怎么,现在需要我的力量了么?"黑色的魔气从里面蹿了出来,冷冷审视着对方。

"你到底是什么东西。"再一次见到对方诡异的身形,逸辰还是忍不停觉得心惊。

"我是邪魔,也是你。"黑色的烟雾不断扭曲变形,"不过,林灵素那个老道给我取了一个名字,叫将夜。"

很多年前,那个和自己斗法不分昼夜的青衣道人,似乎是这么叫自己的,他管它叫将夜,因为觉得喊魔头实在是太无趣了。

真是可笑,明明是个儿人罢了,封印自己三个月之后就死去了,可是残留下来的法力却将自己困了如此之久,可恨,可恨!

"我说过,我一定会帮你的。"那个细细的声音笑了起来,"你会得到你想要的一切,甚至得到更多。"

逸辰不置可否,"师父从小就教过我,天上不会掉馅饼。"

将夜看着他的眼睛,尖锐的指甲点在向其眉心,"当然是有代价的,在你有生之年你会功成名就,名扬四海。你的雄心壮志,最后都会…实现。我要的报酬,就是你的躯体,我会依靠它凝练元神,得到更多的力量。"

逸辰紧紧抿着的唇角像薄而锋利,他看着屋外一点点黑F来的天空,良久才低低吐出了一个字。

他说,好。

几日后在云鹤的房中,他看见了那只会飞的木鸟。

逸辰讶异地看着眼前在空中扇动着翅膀的飞鸟盘旋了一圈,然后又静静地回到了云鹤的掌中。

对方却眉头微蹙,似乎还是觉得有什么不满意的地方。

“已经是鬼斧神了。”逸辰由衷地赞叹,这种技艺就算穷极他一生也无能为力。

云鹤笑了笑没有说话,但看得出来,他也极为满意自己设计的东西。

逸辰装成爱不释手的样子,出声道:“不如借给我玩几天可好?”

“师兄如果喜欢,拿去玩就是了。”

铜钟里的邪魔抽离出半个身子,冷冷看着那个木鸟。

漆黑的雾气包裹了那只垂_卜羽翼的木鸟,看不见的脉络彻底改造了其中内部的构造。

烛光明灭,犬府老人发现了桌子上孤零零放着的一只木鸟。眼中浮出一缕淡淡笑意,伸手将那只巴掌大的木鸟放在手中把玩着。

这只看似寻常的木鸟,脚爪其实是一个隐形的开关,只要扭动灵活的脚爪便可开始飞翔。

老者猜是逸辰又偷偷去云鹤那里拿了这些小玩意儿,想逗海安开心。

粗糙的手掌把玩着手中的器物,这样做工精密的仪器,凑近看了,天府越发称赞起云鹤的技艺来。虽然不过是孩子气的玩物,但齿轮咬合,榫孔交接之处天衣无缝。这个孩子,拜入自己门下不过三年而已,竟然到了如此地步,实在叫人叹为观止。

然而老人不曾发现,就在自己的背后,一道被扭曲了身形的黑色人影倒映在窗纸上,说不出的狰狞可怖。

夜色微凉如水,宋家的别院外一轮明月当空,仿佛就是从屋檐之上升起的一般。

一条黑影身手敏捷,不过是足尖微微点地,黑影就从地而跃到了檐廊之上。

“来了。”紫幽面色凝重地望向窗外,低低说道。

兼渊颔首，示意自己已经准备妥当，弱水剑锋利的剑芒对着紫幽的前方，警惕而充满杀意。

“你自己千万小心。”兼渊不无忧虑地看着紫幽，这一步棋，最险的便是这一招，一旦失控，不但邪魔会失去最后的掣肘，紫幽恐怕也难逃一死。

紫幽微微一笑，然而神色分外坚定，“这件事，总归是要有人来做的。”

“那么，一切小心。”兼渊再不犹豫，足尖一点就往后退。他对这座宅邸十分熟悉，很快身形迅速消失在了黑暗之中。

房檐上的男子眼中血光更甚，就是这个男人，竟然凭着一介凡人之躯，生生压制住了自己百年之久。

这个男人，竟然以自己的身体为结界，将邪魔压制在了心中如此之久！

这次如果不是侥幸发现了那个碧衣的女子就是他师妹的转世，怕是要被压制更久。

“只要让你再一次杀了你的师妹，你就应该会彻底崩溃了吧。”兼渊低低地笑了起来，自言自语道。

兼渊上次一剑灭杀了他的魔胎，这些年苦心经营积蓄的力量付之流水，但庆幸的是逸辰的心智终于到了快要崩溃的边缘。

蓦地，一个窈窕的身影从黑暗中走了出来。

那是个碧衣如莲的女子，身边并没有那个可恶的男人跟着。屋檐上的人俯下身，唇角的笑容越发狰狞。他轻轻一晃，整个人快如闪电地冲到了女子面前。

“师兄，这么久不见，再见面你竟是要杀了我？”然而在对方的利爪就快要刺破自己脖颈的刹那，面容恬静的少女忽然笑r起来，“在杀了师弟之后，你还要杀我么？”

那样熟悉的笑容，似乎还带着年少时的天真，来自百年前熟悉的容颜如刀刃一般刺进了男子的瞳孔，翻涌的血红一点点溃散，原本扼住少女咽喉的手缓缓松开，这一刻，被妖魔附身的男子露出了恐惧的神色，一步步往后倒退。

“住手,住手!”厉声的呵斥竟然从同一具身躯里发出来。

那个而色阴郁的男予左手抓住自1己的右手节节后退,那具身体里而的两个灵魂也在彼此缠斗扭打着。

“真是荒谬,都过去这么多年了,你还要护着她?”男子一直退到了墙角,他佝偻着身子剧烈地喘息着。

“师兄,我是你从小看着长大的师妹啊!”青衣女子焦灼地呼喊道。

师兄……是谁,谁也曾这样呼唤过自己,缈缈的记忆从脑海深处再度浮现出来。

“不用再去找师父了。”背后忽然传来冷冷的笑声,云鹤回过头来,手中的灯笼因为动作过于迅猛而晃动起来,连带着那一点烛光都飘忽不定。

云鹤疑惑地看着对面的男子,低声问道:“你怎么也在这儿?”

然而对方没有回答他的问题,伸手指了指房间,阴阴笑道:“师父他已经死了啊!”

素来镇定的云鹤一惊,推门走进屋内。那是一只在空中扇动着翅膀的木鸟,鬼斧神工一股的技艺,却因为浸染上了大片的血液而显得分外诡异。

那只飞鸟的足下,有一道细而透薄的银丝。就是那一道线,在老者把玩这只木鸟的瞬间弹了出来,割断了老者的咽喉。

云鹤的目光很快从木鸟上移开,在书桌上,老者的素衣早已被鲜血浸透,却看不见任何伤痕。

“师弟,你看,你把师父杀抻了呢。”逸辰忽然狂笑起来,扬起手,云鹤立刻便被一股巨力重重砸住脖颈上。晕倒的最后一刻,他依稀看见对方的影子狰狞可怖,已然不似人类。

海安推开门的刹那,眼前的场景让她连连发出尖叫。

爷爷昨夜说自己要钻研经典,想出制止定钧洪水冲塌大桥的法子,不过是一夜的工夫,原本慈眉善目的老者竟然满身是血地躺倒在桌子上。

“杀死天府老人,如今人证物证俱在,凌云鹤,你还有什么话说?”明镜高悬,一身官服的知府神色十分凝重,此次被杀死的人德高望重,必然要严惩凶手。

跪在堂下的男子抬眸,眼中忽然露出了一丝笑意。他一身伤痕累累,只怕在牢中已经被人用过刑了,如今逆着日光,那张脸却依旧清洁高雅,仿佛袁褚峰上莲花盛放。

一阵痛楚涌上心头,云鹤仰起头,一双空洞的眼神似是在看着逸辰,又似是穿过眼前这个人,落在一片虚无的空气巾,“师兄,你这是何苦呢?”

他的声音里听不出悲喜,就似往日闲谈。

逸辰缓缓转过身,再也不看那人一眼,只是对着知府说道:“大人,那上而放着的木鸟的确是云鹤所制。这一点整个袁褚峰的人都可以作证,他天赋极高,所以才‘能做出这样巧夺天工之物,旁人是断不能仿冒的。

“云鹤,师父对你不薄,如此薄情寡义,心计狠毒,你日日安寝,难道不会器梦缠身么?”那几句话,当真斥责得正气凛然,就连围观的民众都不觉瞠目。

“逸辰,我真是钦佩你。”云鹤心底似有一把很钝很钝的刀了在割,那种迟钝的疼痛,让他眼中的光芒彻底熄灭了。这是他第一次唤他的名字,想来也是最后一次。

一身是血的云鹤从牢狱中醒来的时候,身穿湛蓝长衣的逸辰止站在牢门外静静地看着他。

牢狱之巾,浑身血污的云鹤抬起头来,他嘴角的笑意,依IU清若莲花。

“师兄,我问你一个问题,我曾经为自己描过一副画像,不矢¨怎地却再也找不着了。”

“那幅画像,一直放在我的房中。”逸辰肩头一震。

云鹤得到了答案,始终没有睁开双眼看他一眼。

次日,凌云鹤被斩立决的日了。狱卒才发现,那个骄傲的男子已经咬舌自尽了。

“师兄,你是不是,已经疯了?”等到重回袁褚 LI_『的时候,逸辰在断崖上,找到了抱着云鹤与师父的画像的海安。

“海安,不要胡闹了!”逸辰竭力克制自己的怒意。

“师兄,胡闹的那个人,究竟是我还是你呢?”海安蓦地笑了起来。

“海安。”看着她步步后退的身影,男予再也忍不停低呼了一声,“你在怪我么?”

女子闻言,目光凝定在逸辰的眉眼中,眼中无尽凄凉,“师兄,这一切都是你的了,你高兴么?”她的眼睛扫过男子漆黑的瞳孔,那里分明有恶鬼的影子。

“这样不好么?”逸辰的神色渐渐黯了下来,喃喃道,“师父和师弟都已经不在了,我还是会娶你为妻,也不会辱没师父的名声。”

海安不可置信地看着眼前的男子,怎么会,她怎么会爱上这样一个人?

她的一颗心像是被人狠狠敲碎了一样,只觉万念俱灰。海安的身躯犹如垂死的飞鸟,一头栽进了万丈悬崖。

“海安,海安!”逸辰飞奔上前,却只看见山崖涌起的茫茫白雾迅速吞噬了那一袭红衣。面容清雅的男子跪伏在地,心痛得几乎说不出话来。

从回忆抽身回来的逸辰,猛地笑了起来,执着功名的自己,过了百年迟迟不肯赴死的自己,那一点堪不破的执念,如今,又执着得了什么?

他望着眼前的少女,仿佛义回到了从前在袁褚山的一切。

“百年前的事,海安,你可愿意原谅我么?”

海安的肩膀微微一震,她的眼中陡然有晶莹的眼泪从脸颊边滑落。

“在那之后,我得到了想要的一切。这世上,再也没有人能与我一较长短,然而,你不知道我有多么痛苦啊。”

“这就是他心底的邪魔?”瑶竹倒抽了一口冷气,那个男子的背部竟然挣扎出一堆腐肉,眨眼之间,翻涌的血肉瞬间幻化成一簇黑烟,一路盘旋而上。

这个被魔控制了几十年的男子，在这一瞬，竟然爆发出了如此强大的力量，硬生生逼出了体内的心魔！

“它想做殊死一搏。”兼渊的眼神凝定，眉头微皱。

两个人还在低声说着什么，然而那一团魔气已经如倒开的花朵，转瞬间便将青衣女子罩了进去！

“紫幽！”蹲在墙头的白猫悚然一惊。

在青衣女子的体内，依稀也有一道白色的身影显露出了身形，那团邪气蓦地发出一声嘶哑的嚎叫声，只听见刺啦一声响动，那团包裹着的黑烟迅速往后急退！

“不好！”兼渊忍不住低呼了一声。

紫幽竟然强行抽出了自己的魂魄，试图在这个时候彻底剿灭邪魔。

那一团模糊的黑影中潜藏了数不清的妖魔鬼怪，不停地幻化出骇人的面孔，然而它们的眼睛无一例外，死死盯着紫幽。

生死交错的刹那，隐身在暗处的男子见到黑雾汹涌而来，再也忍耐不住仗剑而出，一击试图刺穿黑暗之中的结界，然而飞剑一震，弱水竟然禁不起这一撞，剑身发出不堪受的嗡鸣声。兼渊愕然，急忙抽剑后退。

兼渊持剑在四周布下天雷法阵，那一团黑雾沉浮不定，隐约只能看见素白的衣袂在浓雾中翻滚不休。

紫幽的右臂挣扎着伸出了结界之外，只是那团雾气却更加来势汹汹，拖拽着对方继续沉了下去。

黑暗中，依稀传来一阵得意的笑声，整个浑浊的结界蓦地鼓动了一下，仿佛有什么东西即将破茧而出。或许是想要彻底将紫幽吃进去，邪魔的精力全部集中在了紫幽身上，连周围护身的魔气都淡化了不少！

兼渊那种不祥的预感越发浓烈，此刻再也顾不得其他，左手食指与中指并拢抵在眉心，金色的暗纹在眼中流动得越发炽烈。灵视是道家的禁忌之术，极有可能导致双眼失明，然而此刻他是顾不得了！

眼见结界终于露出了一线缝隙，兼渊手中的长剑破空而去，弱水一击得手，又将结界刺破了少许，毫不迟疑地将手中的明珠丢人黑影中，刹那问金色的亮光如利刃般刺穿了乌黑的魔障。只见悬浮的灵珠倒映出万千世界幻像，混沌不明的怪物号叫着想要避开灵珠的光芒。

紫幽微微笑了起来，死死地扼住了邪魔的咽喉。

邪魔发出可怖的叫声，霞光万道，琉璃珠借着雷阵之势将九天雷力全部轰向那道黑影。

“你不是想吃了我么?”紫幽清润的眼中也带了一丝戾气，兼渊这才发现那魔物正一口咬住了紫幽的左臂。然而紫幽却不管不顾，左手用力更甚，掐断了对方的脖颈。

就在天穹之上展开这场殊死斗争的时候，站在庭院中的两个人仿佛看不到周遭发生的一切。

“师兄，我未怨恨过你。”碧衣的海安伸手捧住逸辰冰冷的面颊，眼中满是悲悯，“师兄，谁都难免有做错事的时候，只要你愿意正视因果。”“我是错了，错得离谱，错得万劫不复。”男子的眼神开始变得清明，那一刻，仿佛仍 lu在衰褚山上，他依旧是温柔敦厚的大师兄。

这一瞬间，原本英俊倜傥的少年三寸青丝寸寸灰白，肉眼可见的皱纹瞬间爬满了脸庞。再接着，男子的肉身就化成了一缕青烟化作虚无。

魔阵被破了，瑶竹心中一喜，解脱了执念而去的男子一瞬溃散，没有了肉身，邪魔也就失去了寄居的躯舍，力量势必大减。

海安抱着自己的师兄，也心满意足地闭上了眼睛。百年后，他们将会在黄泉之下重逢。师弟是否也在奈何桥上等着他们?

两股清风交织缠绕，一瞬远去。

沉寂的夜空中绽开普通人肉眼无法看见的巨大花朵，那些汹涌的灵力犹如烟花四溅，照亮了漆黑如水的夜空，王都中的修道者们纷纷抬起头，错愕地看着这场远比凡尘烟火更为奢侈的幻境。

王都百里之外的书院之中，一袭青衣的书生停下手中的笔，也抬起头看着王都的方向出神。

“紫幽，是你么?”那双漆黑的眼眸里隐隐有神光离合，长身玉立的男子望着漆黑的夜空，眼中陡然闪过一缕惊喜。

兼渊撕升结界之后，只看到紫幽一个人，邪魔却不见了踪影。

紫幽没有说话，只是示意大局已定。她从袖中伸出右手，向皙如玉的掌心上，有一线殷红如血的痕迹突兀地截断了掌纹，紫幽素来镇定，此刻也不禁变色。这，究竟是什么东西?

“如何，成功了么?”瑶竹急切地迎，上去，见两人平安无事地回来，这才彻底松了一口气。

“无妨，它已经被镇压了。”紫幽亮出袖中的一面镜子，那上面雕刻中炼狱火海的景象，分明是泰山府君的铜镜，不曾想她原来一直带在身边。

瑶竹点了点头，“这面镜子和从前封印它的帝钟都是神物，原来你早就带了它防身，真是吓我一跳。”

兼渊看着白衣女子在风中飒飒的身姿，一时也是感慨，“贪心的人，多半没什么好下场。”

紫幽回过头对兼渊颔首，“的确，得陇望蜀，到头来可能都只是一场空谈。”

“你们两个打什么哑谜。”瑶竹不满地伸出爪子拽住紫幽的袖子。

紫幽对卧在墙头的白猫笑了起来，“逸辰爱他的师妹，也爱着自己的师弟。同时，也舍不得自己的功名利禄。所以最后，才会被邪魔引诱，走到今日。”

一念成魔，到头来，终究不过是一场空罢了。

第七章

长风夜寂，不远处忽然传来飞剑破空之声。那是一柄浅红色的长剑，在黑夜中微微焕发出清冷的光芒。

飞剑来得很急，停下来的时候，红衣女子已经满头汗水，一见两人便急切说道：“表哥，天绝山和族里都知道了王都的事，恐怕稍后就要赶过来了。”

“你快逃吧！”望着紫幽经历大战后虚弱的身躯，墨蝶脱口而出，“天绝山将你们的事通知了家族，几个长老都大为震怒，只怕天绝山和宋家联手，这一次无论如何都不会放过你了。”

“你是说，师叔和祖父，想要在这个时候诛杀紫幽姑娘？”兼渊的脸色铁青得吓人，一字一句问道。

墨蝶无奈地点了点头，她性子再娇纵，却并非不辨是非。

“无论如何，多谢你了。”紫幽笑了笑，原本清冷的眼神渐渐温软起来。这世上的女子，多数从未叫自己失望过，就像是疾风从草原上呼啸着刮过，然而她们的韧性和善良，却一直是不可被摧折的信念。

“墨蝶说得对，你现在赶紧离开这里！”兼渊看着一望无际的漆黑夜空皱了眉，如果师门这一次真的和家族联手对付紫幽，只怕自己也难以护她周全。

紫幽稍稍一笑，扶着瑶竹对着兼渊与墨蝶颔首，“我知道你们是一番好意，墨蝶姑娘能赶来报信，紫幽感激不尽。天地茫茫，缘分或许就尽于此刻了。”

她用力按住心口，轻轻唤了一声：“瑶竹，此事已经了结，我们是时候离开了。”

兼渊一怔，他自然知道她的意思，想要开口挽留，然而却再也找不出任何的理由，只好叹息道：“那么，你以后又有什么打算呢？”

紫幽嘴角有淡淡的笑意，然而那笑意落在对方眼中，竟然有种说不出的清冷，“四海漂泊，数百年来，我都是这样的，没有过去，也不会有未来，不想牵连任何人，也不愿在任何人的生命中留下印记。”

最后那一句，像是感慨的呓语，却让兼渊心口重重一痛。

“无论如俐，保重。”话已至此，兼渊摸出一张黄符，“日后有困难，便焚烧此符，无论如何，我必赶来。”

那是一个其貌不扬的平安符，点缀着明黄的流苏，然而却被兼渊珍而重之地放在心口，可见非寻常的联络符巢。

紫幽莞尔，“那么，后会有期了。”淡淡的笑意就像是黑夜中盛开的“朵青莲，F一秒，她白如栀了的身影逐渐消失在无垠的夜色中，只剩卜瑶竹最后扭过头看了‘眼兼渊，一双深碧色的眼里看不出情绪。

兼渊愣愣地呆立在原地，过了半响，墨蝶才拽了拽他的衣袖，“表哥，她都已经走了，我们也出去吧。否则时机一晚，她恐怕就走不掉了。”

“嗯。”兼渊这才回过神来，转身往门外走去。他的神色如常，似乎并未对紫幽的离去有任何伤怀之意，墨蝶这才悄悄舒了一口气，看来师兄并没有对她动什么绮念。

夜色已浓，然而紧张的气氛并没有冷却的意味。位置偏僻的别院，已经站了不F十数个人。

“兼渊，你身为天绝山的得意弟了，也是宋家年轻一辈中最为出类拔萃的一个，怎能执迷不悟，被妖物所引诱！”清风道长轻轻咳了一声，又改口道，“兼渊，师叔知道你必然只是一时糊涂，现在交出那个妖女，此事大可回去之后从长计议!”

“师叔,她已经离开了。”阴影里,兼渊的身形渐渐浮现。

站在一旁的中年男子皱着眉,低沉问道:“你当真是被妖物迷惑了?”

“父亲。”兼渊恭敬地行了一礼,又转身对着清风道长问安,脸上的神色看不出喜怒,淡淡道,“事情的始末,我回去之后必当仔细奉告,其中曲折道义,想必父亲师叔都能看得明白。”

“好得很。”巾年男子的神色倒是颇为震怒,冷哼了一声,“你如今倒是越发出息了,那为父和清风道长倒要洗耳恭听,看你到底有什么理由,为了替妖女出头,不惜逼退自己的师叔,做出如此大逆不道之事!”

清风道长此刻才出声说道:“先回道观再说,今夜的事,谁也不准宣扬}1J去,听见了没有?”

兼渊的脚步蓦地一顿,然而回过头去,那个白衣女子,只怕是……再也不会有相见的一天了吧。

男子的眼神刹那变得寂寥,唯有夜风乍起,吹起几片落叶在空中盘旋飞舞,最终还是无声地委顿在了泥土之中。

大堂内,兼渊跪在中央,对着两位长者将最近发生的一切都细细禀明了。

“糊涂!”兼渊的父亲一拳砸在梨花木八仙桌上,连半满的茶水都晃出茶盏。

“妖便是妖,你岂知她到底是何居心?”老爷子越说越生气,厉声呵斥道,“你可知邪魔一道,从未有除根之说,那个女人……”

“咳!”坐存一旁须发皆白的老者轻轻咳了‘声,制止了对方即将脱口而出的话语,是兼渊的师父清虚道人开了口,“兼渊,你自幼便与我道家有缘,否则我也不会破例收你为徒,这件事,你可知道你错在何处?”

“弟子不知。”沉默半晌,兼渊恭敬回答。

“的确,妖魔并非都是不善。”道长叹了一口气,知道自己的弟予此刻已经心魔深种，如果不能及时纠正，只怕日后还要受到更多的灾劫，“但是修道之人最重修心，你如今凡心已动，难道还不知错？”

儿心已动？

被那几个字重重一压，兼渊竟然说不出话来。

老者眼中神色肃然，指责也越发严厉起来，“兼渊，道家崇尚一心悟道，以心怀天地为己任，你如今这般模样，岂非辜负为师当年一番苦心栽培？”

“去思过崖悔过吧。”与兼渊的父亲对视一眼，老人F了这样一个决定。

思过崖是天绝山惩戒弟子最常用的地方，也有犯了错的弟了被关进思过崖中悔过，一关便是十数年之久的。

“是，弟予领命。”不再争辩，兼渊转身离去。

思过崖虽然冷清，但是住了儿日，兼渊倒也很快便适应下来。他远远望着洞窟外涌动不休的云海，默然不语。若人生种种不过是白云朝雾，来了又散，便是不留痕迹，但至少，总还有这双眼睛曾经见证过吧。

抬头看见三清道尊无喜无悲的面容，兼渊再次缓缓闭上了双眼。

一路上瑶竹都一反常态地沉默着，她有一种奇怪的错觉，紫幽的身躯已经腐朽和溃败，或许这一次的降魔，真的带给了她太大的伤害。

就这样不紧不慢地赶了几目的路，让人奇怪的是，无论是天绝山还是宋家，谁都没有派人来阻截她们。

横城已经是交接之处了，然而因为地理环境优越的缘故，不同于边境别地贫瘠荒凉，这座位于中原地带的城市依仗山水之利，竟然繁华得叫人瞠目结舌。

“呀，姑娘是要打尖还是吃饭呢？”马车才刚刚停稳，就有店小二迎了出来，一见掀开帘幕的是个女客，立刻乐呵呵地问道。

“要几样素淡的小菜，不用荤腥，如果有酒的话，上一壶来。”

“好，姑娘这边来。”店小二殷勤地引着紫幽和瑶竹两个人往楼上雅座走去。

挟了一筷子的笋丝，瑶竹有些百无聊赖地望着窗外的风景，然而眼神一错，却看见数匹骏马一路飞驰而来，领头的是个青衣官服的男子，面容俊朗，瑶竹的眼中忽然闪过一丝笑意。

“真是有趣，你瞧那人。”

“多嘴。”紫幽的目光略略扫过窗外的男子，自然也看出了不妥，然而只是收回视线，制止了瑶竹。

瑶竹却不肯罢休，招手唤来店伙计。

果真是精乖的人，一来便乐呵呵地哈腰，“小姑娘你想知道些什么？”

初来乍到想要知道当地的趣闻隐秘，果然最直接的就是问店伙计了，“方才走过去的那人，年纪轻轻的便能身着绯色官袍？”

那是用来划分官阶的另一种方法，正三品以上紫袍佩金鱼带，正五品以上绯袍佩银鱼带，这样年轻便能位居正五品官员，也难怪瑶竹会觉得奇怪了。店伙计一时也来了兴致，瞧掌柜的不在，便絮絮叨叨地说了起来，“那是当今岳丞相的女婿，岳丞相对自己的女儿宝贝得不得了，背后的势力深着呢。”

“岳志的女婿？”瑶竹皱眉，“他的女儿蛮横骄纵，便是在青勉也是Hj了名的，倒不知竟然也许了人家么？”

“哎哟姑娘原来是从王部来的呀。”店小二吓了一跳，连忙劝阻道，“左相的名字哪里是我们能直呼的！”

紫幽看着男子的背影渐行渐远。人人都说岳莺儿蛮横任性，其实她倒瞧过那个女子一眼，并不是什么任性骄纵之人，只是，不像是个宰相府家的大家闺秀罢了。

这样的烟柳繁华之都，却也一样有僻静清冷的去处。那是位于城南的一条胡同，名唤乌衣巷。

这样清冷之地，反倒更适合自己藏身。原本看中了一间民宅，也是后面有个小小的庭院，四四方方，只有两二间厢房。但是麻雀虽小五脏俱全，那庭院中央还有一口井，紫幽看得十分满意。

正准备买下的时候，怀中的白猫从女子的臂弯中挣脱出来，头也不回地往乌衣巷深处跑去，紫幽也跟了上去。

正在这时，却看见拄着拐杖的老人颤巍巍地走了过来，一面焦急地喊道："姑娘，那地方可去不得啊？"

老人瘦削的面孔上闪过一缕胆怯，还是好心地提醒这个外来的女予，"这地方，半夜总是听到有女子哀哭，实在吓人得很。我瞧你面生得很，想必是寻亲找错了门庭吧？"

老人隐约听见那女了对自己道了一声谢谢，再抬头，那台阶上何曾还有人影？

老人四处看了看，想起对方怀里抱着一只白猫，还有那不似凡人的气质，一张脸顿时变得惨白，拄着拐杖头也不回地逃离了王府门前。

瑶竹四处瞧了瞧，肯定地点点头，"就是在这里了。"

紫幽转身往后院走去，越是达官贵人的府邸，里面的走向就越发错综复杂，庭院深深深几许，无穷无尽，难怪有人称"一入侯门深似海"。

瑶竹跟在后头走了几步，直觉有些异样，似乎有些什么进入视线边沿，便叫头四下探看。

阴影中，有一个紫衫的女子坐在长廊外怔怔出神。那是个极其美丽的女子，有着秀丽的容貌与端雅的坐姿，身上穿着簇新的紫绸绛丝银鼠褂，不声不响地坐在那里，像是一幅江南烟雨巾朦胧的水墨画。

坐在长廊外的女子显然也看见丫怀中抱着白猫的紫幽，但也只是淡淡瞥了一眼，再一次将目光投向了虚无的空气中。

紫幽悄然走了过去，"这口井里，有什么东西么？"

紫衣的女子肩头一震，脱口而出："你看得见我？"

"真是了不得，这样大的日头，竟然还有鬼魂_存外而游荡？我都快要看走眼了。"那只白猫竟然口吐人言，声音清脆而稚嫩，像是个十二三的小女孩。

“我看得见你并不稀奇。”紫幽笑了笑，只是有些许疑惑，“青天白日，你不怕太阳么?”

女子摇丫摇头，将手臂伸出了廊外，炽热的阳光无遮无拦地照射在女子的手臂上，她却并没有像寻常鬼魂一样魂飞魄敞。

“好像在我死了之后，就一直不怕太阳。”女予有屿茫然和呆滞，“我在这里徘徊了好多年，很多事都快不记得了。”

“那么，你还记得自己的名字么?”紫幽凝视着她，一字一句地问道。名字是凭证与信物，在一切具体可感之物都消失之后，呼唤出对方的名字，说不定还能寻回失落的过往。

少女想了想，“我的名字，叫作琳琅。”

紫幽眉头微皱，一点青碧的暗光在眼瞳深处亮起，紫幽的眼睛能看穿三界六道，即便当年远在幽冥血河下，她也能照见三千世界，更何7兄区区一个凡人的训廿今生。

然而这一次，她的眼神却渐渐凝重了起来，“你走不出这个地方么?”

一条无形的锁链扣住了女子的脚踝，显然并非凡尘之物，泛出淡淡银包的光芒，一路往古宅深处延伸着。

“你怎么知道?”女子抬起头，眼巾闪过一缕诧异之情，一双柳叶眉微皱，越发显得楚楚可怜，“我已经困在这里好多年了。”

紫幽俯下身，并拢右手的食指与巾指，指尖轻轻点在虚空中，低喝了一声，“显形!”那句简短的咒语犹如刀刃一股割裂了空气，有什么东西随着这道灵力簌簌响动起来。

紫衫女予张大了双眼，第一次看见如此奇怪的东西。

瑶竹微微眯起眼睛，立刻朝着那条锁链指引的方向奔跑而去，紫幽也跟了过去。

在经过几个小小的庭院与长廊之后，紫幽被那条铁链牵引到了另一个地方。这里的一砖一瓦都有一种古怪的华丽。精心修剪过的化圃争奇斗艳,各地汇聚的名花价值千金,还有各色的锦鳃在清澈的水巾摇曳着华丽的鱼尾,一层垂落的滕蔓犹如帘幕一般悄然遮住了拱门。

“里面没有人。”知道紫幽此刻法力大不如前,瑶竹将自己所得到的信息告诉她,“应该是结界之类的东西吧,只是我怕里面有埋伏。”

紫幽颔首,悄然走进,发现里面鸦雀无声,也感觉不出有什么妖精鬼怪之类。但是非常明显,这已经不是那个世界的王府了。

空荡的庭院犹如深锁闺阁的妙龄女子,年华美艳却无人欣赏。推开紧闭的门扉,紫幽终于看见了锁链一路延伸的尽头:那是一双石榴石的耳环,样式简单古朴,质地虽然不错,但也并不是什么稀世奇珍。

在梳妆桌上,颗颗浑圆饱满的珍珠随处散落,翡翠玉石黄金珠宝更是数不胜数。那一双耳环被掩埋在珠宝之中,毫不起眼。紫幽俯身拈起那一对耳环,耳畔有细碎的金玉敲击之声。

那被寄托的执念,那个女了二曾经遗忘过的一切,全都封印在这对耳环之中。瑶竹长舒了一口气,这次果然没来错地方,只要能得到这对耳环,紫幽便可以再支撑了一段时间了。

在这个隐秘的地方,紫幽的眼中倏然闪过一缕红光,血腥昕暴戾。

紫幽猛地按住了自己心口,不可思议地往后退了一步。那一刹,几乎能察觉到心脏不受控制地剧烈跳动起来,有什么蠢蠢欲动。

“怎么了?”门后传来一声低吁,显然足方才坐存长廊畔的女子跟了过来,只是不知道看见了什么可怖的东西,对方在门外徘徊着,不敢走近。

“这是你的东西?”紫幽摊开手心,紫衫女了神色越发惊慌,她摇了摇头,“不足我的,身为王氏的长女,我怎么会用那样的饰品?”

豪门贵胄家的女子,怎么会佩戴这样一对耳环,未免也太失礼数了。

小心翼翼地将石榴石耳环收起,紫幽抬肩,轻轻笑道:“你想不想知道是谁杀了你?”

琳琅怯怯地点了点头。

在对方迟疑着点了点头后，紫幽的瞳孔中陡然闪过一缕亮光，她静静地凝视着对方的瞳孔，一幕幕悲欢离合如走马观灯一般从眼前闪过。

那是七年前的上元节，寻常女子尚有在街上抛头露面的机会，然而大户人家就始终认为这是伤风败俗的事，千金贵女自然应当养在深闺，如白玉不染尘埃。

而上元节，就是这些女子们一年中唯一有机会上街游玩的机会了。脸上戴着面具的女子和身边的侍婢们满怀喜悦地打量着眼前的一切。

喧闹的人声此起彼伏，挑着担子沿街叫卖胭脂首饰的货商，还有在花灯上悬挂着灯谜的一路高高竹栏，漫天花开星落，那场景美得竟不似人间。

“小姐你瞧。”那是一对蝴蝶银簪，工艺自然远不如她平日用的东西，只是心思别致，那一对蝴蝶羽翼镂空出细密的花纹，锻造得极薄，走起来想必双赳颤颤巍巍，别有一番姿态。

女子拿在于里把玩了，一会儿虽然觉得有趣，却并未露出什么动心的神色。掌柜的一见对方虽然不用首饰，但是一身衣着华贵，连那丫鬟都戴着一对米粒大小的碧玉耳坠，便知是有钱人家的小姐。

然而对方忽然出声问道：“你们这儿除了卖这些首饰，：丈房四宝有没有？”

生意人精乖，忙答应道：“自然有，自然有，姑娘请稍等。”

说罢转身掀开帘子走了进去，不一会儿便捧出一方易水砚台出来，献宝般说道：“姑娘觉得此物可还入得了眼？不敢糊弄您，这可是我们店里最好的一块砚台了。”

丫鬟怜儿自然不喜欢砚台，无意中却看见一对点翠耳环，颜色青嫩，做成祥云状，十分精致。

正想伸手去够，却不料那盒子摆得格外高螳，竟然踮起脚尖都拿不到。正想叫掌柜的过来，不料已有一双手从身后伸了过来，轻轻松松将那点翠耳环拿下来递给自己。

丫鬟怜儿一惊，下意识地便往后退了一步，那分明是双男人的手，指节分明，衣袖宽大。逆着手臂看去，却是个十分俊俏的少年郎。

一时不知道是不是该伸手接过，反倒是那人先开了口，唇角有温柔的笑意，“这耳坠十分适合姑娘，素净典雅。”

“这砚台不错，掌柜的，多少银子？”然而看见那方砚台，对方的目光就从怜儿身上转开。

“岂有此理，公予不曾瞧见这是我要的东西么？”那浅粉衣裙的女子回过头来，有些不悦地说道。这一回头，两人都怔住了。

这男子一身灰色长衣，看上去朴素得很，然而琳琅是何等家世，一眼便看…这种浅银灰是楚国苏州最有名的绸缎，男子用来束发的发簪上嵌着一颗指甲火的蓝宅石，一样十分名贵。

那男子显然也吓了一跳，只因琳琅今日出门戴了一张木雕的罗刹面具，红绿交加，狰狞可怖。此刻蓦地一回头，那少年吓了一跳不说，他身后的小撕也是抽一口冷气。

“哎哟公了，吓死我了。”那小厮一听她清脆的声音，一颗心这才放下来。上元节的而具多式多样，倒难得会有哪个女儿家选了这样叫布吓人的。

身后跟着的丫头忍俊不禁，甲.就在一旁偷着乐了。

“姑娘喜欢砚台？”男了有些犯难，巧妙地将话题一引，“这家店的珠宝是最好的，姑娘可有瞧过？砚台到底不适合姑娘家。”

“谁说女儿家就一定得喜欢首饰？我偏要那一方砚台。”女子微微扬起下巴，出声反驳道。

“就算在下得罪了，但请姑娘不要和在卜置气。”浅银长衣的男子倒也反应得快，知道自己刚才的话或许冒昧了些，然而心里到底还是觉得对方不过是小女子心性，面上不由也露了一些端倪。

“谁和你置气。”女子心底又气又觉得好笑，“南山飘素练，晓望玉嶙峋。

公子既然能喜欢易水砚，为什么我就不能也是真心喜欢？”

那原本是前人称赞易水砚台如玉一般晶莹绮丽，男子不曾想到对方还有几分见识，这下也不由得尴尬起来。

两人对视了一眼，少年做出懊恼的样子，恭维道：“原来姑娘也是此道中人，那么在下就不敢再横刀夺爱了。”

“谁稀罕和你争，你若真想要，给你便是。”女子低低笑了起来，转身说道，“怜儿，我们走吧。”

外头的灯会依旧热闹非凡，宛如星河倒悬着奔入凡尘。

“刚刚那位公子倒是极为英俊。”怜儿一边笑着，一边觑那女子的面色，“小姐觉得如何？”

“胡说什么呢！”女了恼羞成怒，一时加快了脚步，不愿回答。

“姑娘。”

然而才走了几步，却听见后面有一个熟悉的声音在背后唤道，她欲装作没有听见，谁知道怜儿竞扯住了她的衣袖，还时不时地回头看看那人追上来了没有，女了低声斥道：“怜儿，你真是越来越放肆了。”

“且听听看他要说什么啊。”怜儿眨了眨眼睛说道。

他原米是邀她去看河灯，据说将莲花灯放任护城河中一路飘出去，只要莲花灯没有半路沉人河中，那么许下的心愿就一定可以实现。

一路上怜儿最是活泼，不停地说笑话来听，引得几个人欢声笑语不断。但是琳琅看得出来，那少年郎的目光其实一直留在自己身上，不曾转移。

时间好似比往日过得要快一些，一夜的工夫，她原本能绣出大半幅海棠春睡图，此刻却仿佛不过是和那人说了几句话，走过一条长街罢了。临别的时候他要送她回府，她自然说不用，只是顺口问了一句公子贵姓。

他说他叫赵楠，父亲是礼部尚书赵约恒。琳琅面上不动声色，而心底里却是一喜。他是礼部尚书家的公子，那么勉强也算是门当户对。

不过她是王家的女儿，婚姻大事从来由不得自己做土，她的宿命宛如棋子，走的每一步都不受自己心愿的支配。

琳琅在临别是摘下了自己的罗刹鬼面具，被遮挡了‘个晚上的面容此刻在月光下微微地焕发着光芒，犹如开到极盛的牡丹花，美得惊心动魄。

他自然是心生爱慕的，偶然的邂逅和命中注定的缘分，彼此又都是出身富家，郎才女貌，一见倾心简直是理所当然的事。

母亲为她挑选京城有名望的年轻子弟，她原本是该嫁给和王做妻子的，然而和王另有新欢，坚持要娶那个女子为妻。

王家虽然心中不满，但是总不敢去指责王室的决定，只得另作他选。她听着父母在一边数落，心底却比任何人都开心。几张庚辰帖上，有一张分明写了赵楠的名字。

他是吏部尚书的公子，纵然不比王氏尊荣，但年少有为，礼部尚书更是朝中要员，嫁给他虽不是最好的选择，但也并非多难堪的事。更何7兄女儿既然露出了这个意愿，父母自然乐得做顺水人情。

暮春时节，仿佛满园春色也关不住心底怒放的花朵。日后她嫁给他，便是人人钦羡的金玉良缘。更重要的是，比起自己的，rL个姐姐作为联姻的棋子，嫁给素未谋面的男人，她已经算是极为幸运的那一个了。

至少她要嫁的那个人，是她自己真心想要交托一生的良人。

可谁也不曾想到局势变动得如此之快，新王登基三年之后，难以忍受门阀贵族把持朝政架空王权，同年十一月，楚王诏令左丞相王涛人宫探望自己的女儿，在晚宴中途发难，斥责王涛纵容族人贪污受贿，愧对皇恩。满朝文武多依附王谢两派，谢家的家主谢耀辉选择了沉默不语，王家势单力薄难以招架楚王与谢氏联手，最终落得个削去爵位富贵云散的结果。

但是让谢家万万没有想到的是三个月之后，谢家也被御史大夫上奏通敌叛国，满门抄斩。

一时之问，王谢两家接连遭到铲除，朝野之中人人白危，乌衣巷多少风流富贵，最终也化作了落红满天，消散在历史的洪流之中。

“哈！”看到这里，瑶竹再也忍不住了，“王谢两家倒台，想必你那位赵公子怕自己牵连，干脆早早撇清了干系。你苦等他来接你，所以心底的执念不消，一直被困在了此处！”

琳琅有些惘然，半晌，女子的手才按住了胸口，“我是在等一个人，可是他迟迟没有来，后来就起了一场大火。”

紫幽与瑶竹对望了一眼，“那么，我们帮你去找到他吧。”

找到那个男人，了结她多年的夙愿，那么这份执念最后就会化成精魄，修补紫幽如今难以支撑的身躯。

一念及此，瑶竹便难得的摩拳擦掌起来。

“人海茫茫，真的找得到么？”

“自然可以。”紫幽微微一笑，“只要你愿意，我们便能帮你找到他。可是琳琅，你要知道，鬼魂之所以能在人间盘桓，靠着的就是那一点不甘和念想。”

女子抬起脸，唇角的笑意苍白如纸，“我也想知道，当初，究竟是谁杀了我？”

这一桩生意，便算是接下来了。瑶竹满意地笑了笑，准备出门去找几条鱼来打打牙祭。

因为紫幽将耳环从结界之中带了出来，虽然锁链仍在，琳琅却能跟随紫幽一同走出那座荒芜的宅院了。只是一旦离开王宅，她就变得和寻常鬼魂没有差别，害怕日光，只好隐匿在那对耳环之中。

“你去找这附近的妖精鬼怪问一问，不过是七八年前的事，他们想必也都还记得。”紫幽敛眉，有条不紊地吩咐道，“我去衙门查看卷宗，官府门面上自然不会说，但事事记录在案却是铁律，细心找一找，总有蛛丝马迹。”

紫幽趁夜去了衙门，官府本来便是煞气重的地方，守夜的门神双眼圆睁，尽心职守护卫门庭。紫幽不想和他们起冲突，便施了个隐身咒悄悄从后院翻了进去。

夜色已深,紫幽一路走来,看见连仆人都已经歇了下来,倒是书房里隐隐还亮着灯火。她好奇起来,走过去看了一眼,隐隐觉得那年轻的郎君似是在什么地方见过似的——对方不过二十七八的样子,俯身批改公文,摇晃不已的灯火,显得那张脸格外清俊。

紫幽心底隐隐生出一丝敬意来,名利场所是真正的染缸,一心为百姓着想的官吏何其少见。

太守大人看完了最后几分案卷,小心翼翼地搁下笔,准备回房休息去丫。

想必夫人此刻已经睡着了吧,赵楠将蜡烛吹熄,心底这样想着。外人都说太守夫人骄纵蛮横,其实鸢儿是个很好的妻子,只是不像楚幽其他女予那样一味地讲究贤良淑德顺从夫君而已。

她出身名门,赵相却不愿意过于约束自己的女儿,所以才让她在外面坏了名声,毕竟一个女了说话耿直、行为张扬算不得什么好事。

他还记得自己初见赵莺儿的时候,她在赵相府不远处搭了个粥棚,亲自施舍稀粥向饭给人家。寻常人家都是意思一下博个好名声便罢了,她却真正足亲力亲为,素面荆钗,但是笑得格外明媚。

自己或许就是在那一刻忽然对她动r心吧。

纵然她与自己最初爱过的那个女子不同。

如今的自己已经得到了一切,他有了一个美貌活泼的妻子,不久之后便会有一个孩子,一家三口幸福团圆地生活下去。

父亲当年允诺的东西,他都已经得到了,这样,就已经足够了。

就在他步伐霍然加快往房内走去的时候,无端端的一股冷风扑面而来,廊上的风灯摇曳,卷宗库原本锁住的大门被风吹开一线,今日的月色难得的清凉,所以男予立刻便看清了黑暗的卷宗室内一个白色的人影。

层叠的卷宗密密麻麻地摆放在书柜内,那一袭白色的剪影犹如幽灵一般侧对着自己,依稀看出是个年轻的女子,细长的手指逐页地翻动着卷宗,无声无息。太守陡然一怔,一股莫名的寒意从脊背一路冲了上来,直觉脑海中一片空白。

“什么人!”那一声喝问仿佛惊醒丫一场幻觉,太守明明记得那个女子似乎抬起头看了自己一眼,可是就存推门而人之际,室内已经是空空如也,只剩得冷风裔旋,翻动着书页哗哗作响。

他提着灯笼一步步走过去,心底已经不再恐惧,却有一种比恐惧更为浓烈的感情控制了他,仿佛有一双无形的手悄然按仲了心脏,那种扑通的心跳声犹如巨鼓一般在耳畔回响,几乎吐他不能思考。

那卷宗分明被人翻动,积满薄灰的书页上有几个清晰的手印,而被人翻到的一页,那上面记录的是十几年前王家之事。

乾和十四年,横城工氏谋逆,满门抄斩,女眷流徙三千里发配边疆充为军妓。男子十岁以上斩首示众,不满者发配宁古塔为奴,永世不得人京。寥寥几笔,便写尽了一个家族的破败与悲哀。

太守手巾的提灯坠落,浑身战栗。

第八章

深夜的客栈之中，紫幽躺在床榻上闭日小憩。瑶竹原本守护在一旁，不知是听见了什么响动，忽然睁丌眼站了起米。

窗外依稀有黑影飘米，在对方的于指即将碰到窗栊的刹那，瑶竹已经准备飞身扑上。

但对方似乎察觉到了什么，身形急速后退，瑶竹:辽刻撞丌窗户，跟随那一缕黑影急速追了上之。

床榻上，睡容安宁的紫幽手指丌始颤抖起来。无穷无极的黑暗犹如湖水‘般汹涌而来，那是她数百年来的记忆，此刻如走马观花一般从眼前闪烁而过。

幽冥黄泉深不可测，她是冥河教主身边的女史，为教主看守珍宝阁，不入红尘，不沾因果，受阿修罗众敬仰。可是茫茫地狱之中，却永远只有血色滔天。

她参悟了数百年，依然悟不透轮回天法。清净琉璃珠无知无觉，本应该道行一日千里，但自从教主闭关之后，她的修为便停滞不前。

千百年来，阿修罗一族只在黄泉血海之下生活，与世隔绝，不生不火。

她甚至连形体都不需要，唯一要做的就是锤炼神力，变得更加强大。但何其寂寞啊，在血海之外，地狱之上，还有些什么呢?

遇见子言，是在她五百岁的生日之后。她离开珍宝阁，站在血海之上凝视着彼岸的游魂。三生忘川之上，无数亡灵浑浑噩噩地等待着转世轮回。

只有那一身青衣道袍的少年，眼中有纯澈而温柔的笑意。在一群污浊的灵魂之中，他灵魂散发出的纯白微光，让人几乎无法移开视线。

那一面之缘，便种下了此生无法了结的因果。

三百年内，她与他谈笑风生，探讨道法。那是黑暗幽冥里，紫幽唯一的光。所以数百年后，她才会不顾一切地撕开了两界结界。那一战，他背出仙界，她叛逃血海，从此两人成了三界的罪人。

凡尘中兜兜转转，寻不回了，那些在结界里散落的三魂六魄，再也寻不回了。

这百年红尘反复，在记忆中许许多多的面孔都已经变得模糊，但唯独那人的面孔异常清晰。

“紫幽姑娘，紫幽姑娘，快醒醒啊，着火了！”耳边似乎传来谁焦灼的声音，肩头被人剧烈地晃动着，紫幽缓缓睁开眼睛，然而摇动她肩膀的那个人却大吃一惊，那双原本清如冰雪的瞳孔如今浑浊不堪，那种衰老，肉眼可见。

“紫幽姑娘，你怎么了?”琳琅倒抽了一口冷气。

紫幽踉跄着推开窗子往下望，楼下的火焰燃烧得极为缓慢，并不像是寻常的火光舔舐木头一路蜿蜒，反倒像是有生命的东西在沙沙蚕食着什么！那种响动极为细微，周围仿佛根本没人发觉这座客栈已经被火龙包围，只剩下客栈外一群淡青色的身影时隐时现。

那不是寻常的大火，是南明离火！紫幽心口一痛，竟然半分都使不出力气来。

幸亏方才琳琅叫醒了自己，否则再耽搁下去，只怕自己会在睡梦中被i文场大火烧死。

“琳琅，你的元神附在哪生，我带你Ⅲ去！”紫幽眉头一皱。

“来不及厂。”琳琅抓着窗户，摇了摇头，“姐姐，我为你引开这些道士，你先走吧！”

“胡说！”紫幽一急，漆黑的长发在夜空中无风自动，那一刻，分明有缕缕红痕在对方清澈的眼底无声蔓延，“我们一定会活着离开这里。”

琳琅往楼F瞥了一眼，如巨蟒一般扭动的火光，记忆里似乎也曾见过这一幕，点点将绝望的人烧成灰烬。

“小姐，你活该，你活该！”

“怜儿，我没有，我从来没有将你当作下人看待过……”

“赵楠，赵楠……”

那样纷乱的话语犹如利刃般透心而过，琳琅断断续续地说道：“姐姐，如果你还能再见到赵楠，请你转告他一句。若有来生，便不必再遇见了。”

紫幽心底一紧，困住琳琅的那一根冰冷的锁链竟然一寸寸地断掉了，那些苦苦挣扎的执念和不堪，竟然在这一刻烟消云散化作了飞灰，那个面容羞怯的少女微微俯下身对紫幽行了一礼，然后头也不回地朝窗外飞身而出。

“妖孽，这个时候想逃，不觉得太晚了么？”在琳琅的身影飞跃而出的刹那，清风冷冷笑了起来，“放箭！”紫幽肩头一震，即便是藏身在窗栊之后，箭矢上含着的呼啸灵力也让她觉得骇然，天绝山这次为了拔除自己这个祸根，竟然摆出了这样大的阵仗！

就在琳琅扑出去的刹那，埋伏在房梁上的人用连珠弩生生将她钉在了墙面上。

琳琅想回过头看一眼紫幽，然而她连抬起的手都最终无力地垂了下去，燃烧的南明离火一点点吞噬过来，女子的身躯最终化成了一缕灰烬。

三魂七魄，彻底消失在了天地之中。

紫幽脚步一晃，心口传来阵痛。原来自己根本无法守护住任何东西，千年前为了一己之私牵累了子言，千年后，还是要连累他人到死。

蓦地，有尖锐的笑声在耳畔响起。熊熊烈火已经烧至身畔，但随着那个声音的响起，一股阴冷的空气在屋中拂过。

“将夜？”紫幽心口一阵刺痛，几乎呻吟般叫出了这个名字。

“和我做一场交易吧，我把力量借给你，我们联于杀掉那些可恶的道士怎么样?”他似乎对紫幽很感兴趣,不急不缓地说道。

“我没有,我没有。”紫幽咳嗽起来,茫然无措地辩解道,“我没有要他们死。”

“这群人要的,是你的本体啊!”将夜疯j毛地笑了起来,女子枯涸的眼睛里灵气再次蔓延,然而这一次,分明有不祥而诡异的黑气在眼中氤氲。

趁着琳琅跃出窗口吸引众人目光的时候,紫幽衣袖一拂,原木熊熊燃烧的南明离火竟然似是被狂风倒吹退后了几步,不过是眨眼的时间,紫幽已经从窗户外跃到了另一处屋顶上。

“妖孽果然狡猾多端,快,放箭!”清风面色铁青地看着一道白影从自己眼前划过。竟然牺牲了自己为她引路,这个贱婢究竟有什么本事,竟然让这么多人为她效命!

紫幽的身上已经燃起了淡淡火光,清风面色一喜,再微弱的火苗只要沾染在妖物身上,都能将对方彻底化成一团灰烬,这是天绝山数百道士修炼的精火,这次为了对付紫幽,可谓是倾尽了一派之力,只求炼化出对方的原形。

然而奇异的是,号称焚尽三界不沽之物的南明离火像是烧在了一团云雾中,竟然一点点地消失在了空中。

反观紫幽,原本清冷的眼神里满是血红的光芒,一缕黑气在对方的血管中游蹿,分外狰狞可怖。迎着背后一轮满月,紫幽毫无感情地注视着院子中的一群道人,眼底露出了狂暴的杀意。

“放箭!放箭!”不愧是身经百战的天师,清风很快就觉出了异常,南明离火对她失去了作用,此时此刻唯一能做的就是立刻射死眼前的女子,以绝后患。

紧接着,无数隐藏在暗处和明处的道人们亮出手中的弓弩,箭像是流云飞石一般,毫不留情地对着紫幽呼啸而去。

可是无人发觉,紫幽拢在袖中的双手早已彻底扭曲变形,一列列的骨刺挣扎着从皮肉中透了出来,原本细如水葱的十指此刻犹如一柄柄锋利的匕首。

“嘻嘻，嘻嘻。”耳边似乎有孩童天真而残忍的笑意，紫幽心口一震，难以置信地看着自己露在月光下的一双手，这是魔化！

因为怒火几乎焚烧了理智，平日强行镇压住的邪魔此刻也寻找到了反噬的机会，竟然源源不断地将魔力传输到自己的体内。

“杀了他们，杀了他们！”天地之间陡然沉寂下去，只剩下无数人哀戚而怨恨的诅咒声在耳畔回荡。

紫幽站在屋檐上俯身看着一群青衣道人，面色冷漠而尖锐。半响，嘴角终于露出了一缕锋利的冷笑，“你放心，我必替你杀了他，神魂俱灭，你们便可从此再不相遇了！”

“还有你们！”紫幽的唇角艳得就像是血染过一般，她抬起手，轻轻一指清风所在的方向。

清风大惊，看着对方瞳孔中几乎快要汹涌而出的黑雾倒抽了一口冷气，“妖孽，妖孽！”

然而纵身掠过的紫幽并不曾大开杀戒，反而是扑进了离火之中。她素手翻飞，竟然在周身设下了结界。

清风倒抽了一口冷气，她难道，是想杀了自己么？

紫幽素白的衣袂在火中翻飞，这样炽热的火焰中，就连邪魔都难以支撑，将夜怒斥道：“你莫不是疯了不成？”

“呵。”紫幽神色如常，坦然说道，“如果我真的要葬身于此，那么将你一同炼化此处，也是一桩善事。”

将夜一惊，这才发现自己竟然中计了，对方根本不曾被蛊惑。将夜咬牙，南明离火炽热，若真的被困在此处，只怕就真的要被烧成灰烬了。

不远处，琳琅的灵体早就没了声息，但并没有像寻常鬼魂一般立刻灰飞烟灭，仿佛被某种无形的力量护住了。即便如此，却也可见女子的身躯已经出现片片裂纹，只怕是支撑不了多久。

紫幽惊鸿一瞥，立刻出手将对方的魂魄收入耳环之中。然而不过是分神的刹那，将夜破空而出，借着她的手毁掉了结界，凌空飞到了半空中。

清风冷笑起来，妖孽便是妖孽，怎么会束手就擒！祭起的法器光芒万丈，逼得紫幽不敢再往前走一步。只要此刻能够捉住这妖孽炼化出原形，那么天绝山岂止扬名，届时天下道宗都要对天绝山俯首称臣。

但，很快，清风得意的笑容随着滚滚而来的乌云而倏然凝固在唇角，闪烁的雷电如蛇一般在天空扭曲，水桶粗的紫雷轰然砸下，一群道人竟然被那束雷电逼得毫无还手之力。

紫幽怔怔地站在庭院中，看着那一缕电光割破了火海，生生将汹涌的火光强行逼退了十丈之远！

然而雷电主人的这双眼睛，她却比任何人都记得清楚。暌违了数百年之久，那样温柔的注视却始终一如往昔。

剑光照亮了来人的面孔，刀削般的面孔有深邃的线条，笔直的眉骨和鼻梁让对方的五官带着难以接近的冷峻，然而，在看见紫幽的刹那，男子眼底浮现出的笑意好似火焰融化了冰雪，带着如沐春风般的和煦扑面而来。

“子言……”紫幽颤巍巍地伸出手，那个冰雪般的女子，竟然有晶莹的泪珠从脸颊滚落。她眼中血红的脉络似乎有了灵性一般，极为畏惧眼前的这个男子，几乎在刹那之间，一身魔气立刻退散得干干净净。

青衣道人站在远处对着她微笑，却始终不曾靠近，过了半晌，那个男子才低低叹了一声：“紫幽，许久不见了。”

女子没有说话，这一刻，竟让人不敢相信眼前所发生的一切，究竟是真实，抑或是一场幻梦呢?

“你怎么会在这里?”紫幽喃喃。

男子手中的剑尚未收鞘，那样一击已经让人心生畏惧，他看着紫幽的眼神却温柔包容，“我一直都在找你，只是我的魂魄不全，法力大不如前了。”

“我，我不知道你存找我。”紫幽对着子言，一直觉得心中有愧，“如果早知道,我会前去寻你的。"

"足么?"男了笑了起来,只是眼神却暗了暗。

然而数百年的错过,没想到竟然会与对方在此地重逢,女子完全忽略了一切,目光中只有交错的复杂情绪。

子言蹙眉,外头围拢的道士已经悄然将箭矢对准了两人,年轻的男子微微一笑,一柄飞剑在天空幻化万千,千缕剑芒对准了每个人的咽喉。

"还不快滚!"子言冷笑起来,手指在半空中虚划了一个弧形,作势要把剑芒落卜。

清风咬牙,高声喝道:"快退!"

一群人来得快去得也快,刹那问便走得干干净净。子言只是沉默地看着,并没有上前阻拦的打算。反倒是紫幽眼中光芒莫测,隐隐暗哼了一声。

"为何,你的心里竟然起了杀意?"子言一眼便看穿了女子心中所想。

"这些道士尚不足为论,但琳琅为我而死,我不得不为她讨个公道。"紫幽敛眉。

男子叹了声,半晌,才低声说道:"那么,几日后我亲自陪你去走一遭吧。"

府衙深处的书房内,依旧有一点烛光闪烁着微弱的光芒。男了将手中最后一卷案宗看完之后,终于长舒了一口气。

外头传来叩门声,赵楠淡淡道:"进来吧。"

门扉被人推升,是个笑容明丽的女子,只是大腹便便,看来已经有了身孕。

"我等了好久也不见你回房歇息,想必是还在看公文,所以炖了一锅鸡汤,你先歇一歇。"

"多谢夫人。"赵楠连忙站起来扶住对方,一边说道,"这些小事吩咐F人去做就好了,夫人如今有孕存身,不好再这样操劳了。"

"都是夫妻,你还要谢我?"女子失笑,从怀中掏…一方丝帕替男子拭去额头上的汗水。

赵楠笑了笑,不再说话。得妻如此,夫复何求?

伺候着大君将鸡汤喝完了,女子却并没有要走的打算。赵楠疑惑,皱了皱眉。

‘‘我在这儿陪着你,等你看完了折子再叫我起来,我们一起回去歇息。”莺儿将碗筷收拾好,她其实是个极明艳的女子,就算此刻有孕在身,也依旧楚楚动人。

夜半时分,整座官邸早已人声寂寂,空旷的庭院内蓦地传来一阵轻轻的脚步声,那样轻,几乎让人以为是幻觉。

赵楠回过头看了看已经熟睡的妻子,一颗心越发悬在了空中。悄然推开窗栊,庭院内只有草木发出的簌簌声响,空无人踪。就存他准备退回的时候,有一双手陡然扼住了赵楠的咽喉。

然而,男子非但没有恐惧,反正更勉强着说道:“是你么,琳琅?”

紫幽的眼中升起一缕嘲讽,虚握的右手一分分收紧,赵楠只觉喉头发甜,然而就在这生死一线的时候,却有一道亮光劈了下来,赵楠依稀看清是一柄长剑,扼住脖颈的力量倏然退去,赵楠立刻卡靠在窗户上,拼命喘着粗气。

那是个年纪大概只有二十出头的少年人,一双眼睛如寒潭明玉,面容也牛得俊俏,只是总让人觉得有些高高在上的意味。

“紫幽,你糊涂了!”远远地,仿佛听见那男子有些无奈地在斥责对方。

然而白衣女子似乎极为气愤,“难道任凭他快活如意么?”

男子眸光微动,侧过身挡在了赵楠的身前,“紫幽,你如此偏激,迟早会以身成魔的。”

紫幽并未再争执,然而双手结印,却分毫不曾有退让之意。

子言叹息了一声,“就算赵楠有负王琳琅,那也是他们二人之间的事。人世间一饮一啄都有定数,轮不到你替她做主。”

“我曾答应过她的。”紫幽心口再次隐隐作痛，脑海中再次浮现出那个碧衣女子毫不犹豫扑向火焰最后被万箭射死的惨状。

子言心中微微叹息，几百年的时间，他原以为紫幽经过红尘中的历练，不会再似从前一般任性固执，然而这些年，即使变得越发清冷淡漠，她骨子里的执着还是没有改变。

过分的追问是非对错，对凡人之间的感情看得如此之重，一如当年在九幽黄泉。

予言叹道，“紫幽，是否红尘之中你看见的凉薄寡性太多，所以你看人看事多数通透，却终究是阴暗。这世上很多事，从来不像是表象那样简单。”

“子言，你觉得失望么？”紫幽笑了一笑，眉宇间也有些怅然，“就算再过百年，我也依然如此。你想让我不闻不问，所谓天道若是如此，那么只怕是要让你失望了。”

子言蹙眉，眼中的神色复杂，“紫幽，我只怕你到时悔之晚矣。”紫幽微微一震，一时竟不能答。“在横城地界，很多人都知道，这位虽然年轻又声势显赫的太守，其实是一位颇有作为的好官。”子言伸手一指对方，低声道。

“当年出卖自己心爱之人求取权势富贵，这样的人岂会做到爱民如子？”紫幽蹙眉冷笑。

“我没有！”一直默不作声地听着二人的谈话，好不容易顺平了气的男子再也压抑不住，张口说道，“我没有，我从未做过丝毫对不起琳琅的事！”

他终于认清隔着袅娜月光的女子，分明就是当日在库房内翻阅陈年案卷的人！

“姑娘，并非人人都是你心中想的那样卑鄙。”男子愤然起身，原本怯于对方，此刻再也顾不得了，竟然站起身来探出窗外，大声辩解，“我与琳琅情投意合，当年若不是她在流徙途中病逝，无论如何我也会娶她为妻。”

“当初我不过是三品侍郎的儿子，我又能如何，我又能如何！”说到后来，赵楠已然颓然地倒坐在梨木太师椅中，声音哽咽。多年之前王家一朝风云流散，谁也不可能再力挽狂澜。然而对于自己没能救出心上人之事，这些年来赵楠始终不曾释怀。

“可我辜负她，我还是辜负她。”赵楠喃喃道，神色惨白，“她当初要我去救她，我不敢，我不敢去。”

他当曰收到了那封书信，可是如果真的和琳琅私奔，等待着自己的又将是怎样的命运？

那一夜，他辗转反侧，最终还是将手中的信放进灯烛中，任凭火焰一点点吞噬了泪痕斑斑的信纸。

他翻来覆去地只说了这几句话，紫幽凛冽的神色却蓦地一怔——在他身后，原本被紫幽施了咒术的女子竟然醒了过来，踉踉跄跄地试图走到自己夫君身畔。

“他真的该死么？”子言的声音沉静如水，却带着秋日溪水特有的寒意，“他从未允诺过什么，也从未答应要与那个女子同生共死。紫幽，世人爱惜性命是常事，你告诉我，此时此刻，你是否还是要杀了他？”

刚醒过来的妇人茫然失措，只看见两个陌生人站在窗外，而自己的丈夫却狼狈地半跪在地上。子言的话音方落，她便陡然明白过来，再也顾不得自己身怀有孕，急切地张开双臂挡在自己丈夫的身前，怒声喊道：“你们要做什么？”

“莺儿，你走开。”赵楠吃了一惊，连忙从后面抱件自己的妻子。他当年的确不是个好情郎，然而此时此刻，却觉得自己应该恪尽一个父亲与丈夫的职责。

紫幽茫然地看着眼前面带哀求的女子，和那个紧紧守护在身怀六甲妻儿面前的男人，眼神露出了疲倦。

是的，那个还未出世的胎儿是无辜的，这个孩子不应该一出生便没有了父亲，这个女人也没有错，她虽然蛮横娇纵，却是真心实意地爱着自己的丈夫和腹中的骨肉。那么，究竟是谁错了？“你当日，真的没有答应她，说你会带着她离开?"紫幽沉默了半晌,终于问道。

赵楠再次苦笑,仿佛胸口被人强行剖开,血淋淋的痛在胸腔内肆虐,"她曾经写信来向我求救,可是我辜负了她。我怕连累家门,也怕出了赵家的大门,将来要面对的东西,不是我能够承担的。"

紫幽眼中露出了讥诮的光芒,琳琅,你爱的,竟然不过是这样一个怯懦之人?说什么海誓山盟,到头来他依旧袖手旁观,任凭你如何苦苦哀求,他始终放不下自己的荣华富贵,安稳生活。

"如果你想杀了我为琳琅讨一个公道,那么,动手吧。"赵楠缓缓闭上了眼睛。

然而素来传言泼辣的相国小姐却高高昂起了头,愤怒地驳斥道:"凭什么!当年王氏掌权趾高气扬,他们家又何曾看得起赵楠。这些事我不是不知道,那个叫王琳琅的大家闺秀,临死的时候才想起向赵楠求救,全然不顾是否会牵连赵家满门!"

那个长相清秀柔婉的女子再也顾不得,一把拦在了自己丈夫面前,"如果你们要为她讨回公道杀了赵楠,那么,谁又为我和我的孩子讨一个公道!"

子言没有说话,只是静默地看着紫幽。原本就面色苍白的紫幽此刻神色越发苍白,犹如一缕幽魂一般。

半晌,她才静静开口,"你知道,你知道你的丈夫从前和别的女子有过婚约?"

岳莺儿站起身来,原本嫁人生子之后她早已被磨平了性格中的棱角,然而此时此刻,为厂保护自己的夫君,她一字一句地说道:"是,我知道!"

怎么会不知,当年王家声势何等显赫,自己的父亲不过是寻常的文官罢了,因为王谢两家被除,大量提拔外省官员入京供职,十年时间,父亲才熬到了宰相之位。

紫幽踉跄往后退了几步,终究还是下不了手。她无力与眼前莺儿的眼神对视,还有她腹中那个未出生的孩子。

子言微微蹙眉，眉宇问的神色却分外复杂，半晌，他握住紫幽的手，一路往无边的夜色巾迅疾掠过。

“你带我去哪里?”被子言带离官府，紫幽终于缓过神来，茫然地问道。

“有件东西，我想让你看一看。”子言叹息，出声说道，“你当日去王府，不知道可曾看见那株梨树？那下面，其实还有一样东西，你并不曾注意看过。”

几个呼吸的工夫，两人已经来到荒废己久的宅邸。明月冷冷悬挂空中，屋内蝉鸣四起，竟然比紫幽第一次来的时候要热闹许多。

“紫幽，你可曾想过，你当日看见的那个人，其实并非是横城王氏的女儿。”子言沉默了一会儿，忽然开口说道，“我之所以没有拆穿，是因为她并无恶意，只不过是个可怜人罢了。你如今执念己深，一心只想为她报仇，如若再不告诉你，恐怕你连我都要恨上了。”

他的手指在空中虚画了一个符咒，随着指尖的移动，那株早已经过了花期的梨树下竟然有土壤翻涌。

滚滚泥土下，竟然翻出一具女子的尸骸。紫幽探身望了一眼，顿时神色大变。这是王琳琅的尸体，为何，为何会在这里?!

子言冷冷地看着这一切，低声解释道：“她不叫王琳琅，她是王怜儿，是王家大小姐的贴身侍婢。”

男子的声音低沉，然而一字一句，似藏了刀刃，一下下刮过紫幽的耳膜。

她在七岁的时候，因为长得清秀被卖给王府做奴婢，贵族人家也喜欢给自己的女儿们在幼年时挑选适龄的婢女来照顾。一来可以有个玩伴，二则，隐有用婢女来为自己女儿消灾挡劫之意。

朱门绣户，全然不是在简陋的家中能看见的景象，汉白玉的阶梯层叠铺展，丫鬟仆人们穿着都十分得体，低着头的怜儿静静捏着衣角，不敢再四处张望。

娘说过，在旁人那里做丫鬟，就要懂得看主子脸色，不可忘了尊卑有别。

她还记得娘亲絮絮叨叨说起自己给人做奴婢的事，人的命，生下来便注定是要分三六九等的。可是，凭什么有些人就可以高人一等？她不敢拿这句话去问娘亲，因为知道娘亲答不出来，也怕娘亲伤心。

这一点孩童的不甘和疑惑，在见到自己要服侍的女子之后，越发浓烈起来。对方和自己年纪差不多大，然而小小年纪便已经养出绰约的风姿，倚在水榭栏杆上看池中游动的锦鲤。从未吃过苦头，才能有这般闲适的姿态。

小姐是个很温柔的人，虽然为人骄纵了一些，但是对怜儿却真的很好。有时候会借口说一些新衣服实在难看，就顺手丢给怜儿，奶娘在一边心疼地直咂舌，可是小姐却悄悄对她眨眨眼睛。

时间一长，怜儿就知道小姐其实并没有自己想象中那么快乐。她每日不能出门，只能在宅子里四处转转，天天要学习琴棋=B画针线刺绣，其实小姐一点也不喜欢这些，她每日从窗外看着被王府的飞檐切割的天空，露出十分向往的神色。

可是怜儿心底并不同情小姐，甚至看不起小姐哭哭啼啼的样子。

这些富户人家的一样首饰便足够寻常人家一年的花费，小姐还要说日子过得难受。小姐不知道自己才是真止地羡慕她啊！

正想着，耳边忽然传来一阵呼喝，为首的那个人正是小姐的乳母张氏。

怜儿有些慌乱地停下手中的活计，怯怯行了个礼，“嬷嬷。”

“哼，你现在知道叫我嬷嬷了！自以为得了小姐的宠爱，便狂得和什么似的。”张氏一直便看怜儿不顺眼，她原本想让自己的孙女给小姐做贴身丫鬟，谁知道却被怜儿抢了。

那一巴掌不偏不倚地打在怜儿的脸上，没有人可怜她，这宅子里勾心斗角的事数不胜数。

但是，错的明明就不是自己啊！

瘦弱的孤女低下头，终于忍不住放声大哭。可是，谁也不会怜悯她的哀哭，还有她发了狂一样的妒忌和怨恨。

那一日，明明也是她先遇上他的。他曾说那对耳坠很衬自己，也说自己十分可爱。然而那个男子，还是被小姐给抢走了。他们花前月下，他们情深似海，可越是如此，她的一颗心就像是被蚂蚁啃食一般，疼得几乎说不出话来。

可是她不能说，她不过是个丫鬟，没有王氏那样的家庭背景，没有小姐那样倾城的美貌。小姐竟然给自己取这样一个名字，还说楚楚可怜，让人心生爱意，其实只不过是讥讽她可怜的身世和命运。

她为他们牵线搭桥，为他们鱼雁传书，忍得这样辛苦，也不外乎是想见他一面而已。

寂静中，有人悄悄推开了后院的一道偏门，布衣的男子心头一喜，立刻迎上前去，却发现来的并不是自己满心期待的那个人，“咦？”

“小姐被夫人留在佛堂里说话呢，想必是在谈婚事呢。”青衣婢女掩面笑了起来，尽量用欢快的语气从袖中掏出一封书信递给对方，“这是小姐给你回的信，你快回去吧，莫叫别人看到了。”

“好，好，多谢怜儿姑娘。”男子连声道谢，伸手将信封宝贝一般放入怀中，正想转身告辞，似又想起了什么，取出一样物什放在女子手心，却是一对石榴红的耳坠，虽说不是什么名贵的玩意儿，但女子的欣喜却溢于言表。

“这是给我的？”

“劳烦你总是替我们传信。”男子微微笑了起来，的确是个俊雅清秀的郎君，此刻映着淡淡的月光，那眉眼看上去越发清润起来，“这是我在古芳斋看中的东西，想着送你做礼物，还望你不要嫌弃。”

“怎么会，我开心还来不及呢。”女子收拢掌心，舍不得松开。

站在门外等了半宿，王琳琅终于推开门走了出来，怜儿立刻迎上来问道：“怎么样，夫人怎么说？”

千娇百媚的大小姐微微敛眉，作势要去打那多嘴的丫鬟，然而到底绷不住笑，用纨扇轻轻掩面，低声笑道：“娘说，既然是侍郎家的公子，如果我又真的喜欢,倒也不是不行。她且去与爹爹商量,待紫琼姐姐的封妃典礼一过,便请他父亲来府上一叙呢。”

“呀,那可不就是成了么?”怜儿也笑了起来,“小姐没瞧见公子爷那样,人家可是望穿秋水。”

“是怎样?”琳琅虽然矜持,但到底也是好奇。

“他呀,可是连咱们府上那三寸厚的后门都要给望穿了。”怜儿捂嘴笑了起来。

女子也忍不住笑了起来,深闺少女,一生所求也不过如此,能够嫁给一个如意郎君,日后举案齐眉白头不离。

王家被抄家的那一日,是个大晴天。

男子全数斩首,女眷发配边疆充当军妓。琳琅从未想过有朝一日自己也会遇到这样的事,父兄入狱多时,敕令下来的时候,母亲在屋内悬了一条白绫。

母亲临死时曾问过琳琅,不如和她一起去了,一家人在黄泉路上也好有个伴儿。然而琳琅含泪摇了摇头,她的心里,依旧在等一个人。

她看着母亲严妆赴死的尸体,哭到喉咙里都快咳出血来。

这个家,说败也就败了。

之后的事,琳琅似乎记不清楚了。依稀有卫兵过来,将她和其余几个族亲女子抓了起来。

他们此去边疆,起码有三个月的行程,魏王恨透了王家专权,所以连那些旁亲远戚都不肯放过。只是谁也未发现,怜儿也混在这群女子中间。

琳琅的眼珠子一动不动,几个人被关押在王家的柴房中,琳琅甚至从来没有来过家里这个地方,只觉得陌生。守候的士兵一把锁关上柴门,只剩下几个女子哀泣不休。

“怜儿,你快走,快走！你只是个丫鬟,用不着和我一起被流放。”琳琅回过神来,握住对方冰冷的双手。

对面的女子摇了摇头,坚毅地说:"小姐,别怕,我暗中写了一封信给赵公子,我们想办法拖过这几曰,你不矢ll道吧,王家后而有一口枯升,跳进去就能活命了。我们要活着逃离这里,只要赵公子来了,我们就安全了。"

琳琅一怔,终于喜极而泣。哪怕希望是如此渺茫,然而,终究还是有一点盼头的。

主仆俩抱头痛哭,以为找到了绝境中唯一一缕日光。琳琅躺在柴房中装病,王家是大家,需要盘点财务查出余党,因此衙役们也乐得轻松,日子再往后拖延了几日。

那一天,是四月初八,琳琅却真的病了。她养尊处优十几年,从未受过这种折辱。

"怜儿,你去看看,他来了么。"已经病入膏肓的琳琅勉力撑起身来,急切问道。

可是坐在不远处的女婢恍若未闻,只是对着镜子细细地整理着自己的妆容。内室里女子的声音渐渐高了起来,似乎担心她有什么不测,"怜儿,怜儿!"

"呵,小姐,不管他来不来,你都再也看不见了。"怜儿再也忍不住,眼中闪过一缕疯狂的笑意,"他是我的,是我一个人的!"

"你以为我留在这里真的是想撮合你们两个?"怜儿的面孔变得扭曲,那些隐藏在心中己久的秘密此刻终于吐露,她甚至能想象在不久之后,王琳琅病死,最后赵楠一定会收留自己,"小姐,你自幼锦衣玉食,一顿饭便是我们一个月的口粮,你得到的够多了!"

怜儿一想到这些就激动,身躯都在颤抖,那些一直掩埋在心底的嫉妒和怨恨,在这一刻化作了狰狞的面目。

琳琅惊恐地看着背后女子露出的木柄,那是砍柴用的斧头,在那声喊叫冲破喉咙的刹那,一抹冰凉飞快地从胸口扩散,琳琅的意识立刻模糊,依稀只瞥见大片的红色遮天盖地而来。

她恨她，她一早就恨透了她。只是这些年来，那些抱怨和委屈，她从来不敢说给旁人听。

怜儿扔掉手巾的斧头，神色出奇的镇定。

她悄悄用锦被将琳琅的尸体遮盖起来，忽然笑了起来，临走的时候还故意打翻了油灯，沿着纱帐和地面凌乱的衣衫，那火苗如蛇一般蜿蜒而去。

谁又会知道，王府内那口枯井其实是个天然的密道，可以通过它逃出去呢。

果然，片刻后便听见有人呼喊着赶来。

她早就想好了所有的说辞，小姐因为不堪受辱，也怕连累赵公了，竟然自尽而死，只她一个人逃出来，无依无靠，又并非是王家的姻亲，还请公子收容。

这计划说不上缜密剧详，她却看准了赵楠不会弃自己于不顾的心理。只要能留在赵府，留在他身边，她就有无数的机会与可能，即便是嫁给他做妾室也好。她不想松手，不想放弃自己对他炽热的爱慕与渴望。

用力攀住枯井垂下的麻绳，漆黑一片的井底却毫无声响。怜儿一惊，已经觉得有些不安。足尖踏在地而上的那一刻，才发现竟然没有人，原本约好会在井底等着她们主仆二人的男子，并没有出现。

怜儿顿时慌了心神，不可能，他不可能不来。他们曾经说过那么多山盟海誓，许下过多少白头到老的约定，这个时候，赵楠怎么可能不来！

她说服自己镇定下来，弯下腰，她知道这口井设计有古怪，那些砖头其实是可以拆掉的。王家的先辈似乎早就想到了这条后路，而这个秘密不知道为什么没有代代相传，反而被怜儿无意间给发现了。

在摸索砖头的时候，她似乎踩到了什么东西，手中的火光一转，看清了整整齐齐堆在地上的纹银，被银两压住的，还有一封没有署名的信。

她就着昏暗的光一字字地看了下去，那上面连名字都没有写，只说她们能逃出去，最好是往边境去，那里无人看管，或许有一条活路。

怜儿怔怔地握着手中那封信，那熟悉的笔迹此刻看来竟然无比让人心寒，井底的她忽然狂笑起来，真是可笑，真是可笑！

那个男人，原来心底根本舍不得为她们土仆二人做出这样大的牺牲。王家兵败如山倒，谁人还敢和他们牵上一点的关系？

黑暗中，滚烫的眼泪灼烧了女子的容颜，井底陡然传来一声闷响，有艳丽的梅花渐染井壁上。

紫幽看完这一切久久不语，子言似是知道她在想什么，只是捏了捏她的手心，像是安慰般。

那一对寻常的石榴石耳坠竟然变了颜色，在耳坠中，好似也有一滴血一层层浸润升来，生生地将那对寻常的耳坠变成了绝世奇珍。

站在树下静默的二人仰起头，看见枝头忽然丌遍漫天梨花，而梨花的花期早已过去。

瑶竹不知道什么时候跑了回来，原来那日她连夜追了子言出去，子言无意杀生，不过是施展了一个法阵将她困了几日。谁知道一回客栈便发现了不对，那客栈外头一如往昔，但是四处分明有南明离火烧过的痕迹，任何妖怪住进去只怕都会心惊胆战。

幸亏瑶竹熟知紫幽的气息，知道对方还在横城之中，一路追踪，这才跟了上来。看到宛如谪仙的子言，瑶竹倒是没有多少惊讶，心里暗暗猜到，这就是紫幽心里的那个人。

原本那家客栈自然是住不了人了，子言自己在横城租了一个小院子独居，此刻倒也方便。

他们不会衰老，只会消失于天地之中。这无边的寂寥和灰暗如潮水般涌来，一颗心竟然觉得不堪重负。

多么可怕啊，永生永世地活着，活到哪一日，这场生才算是走到了尽头呢？

紫幽怔怔地望着予言，只觉一颗心终于渐渐安定下来。红尘百载，旧人归来，她终于在天地之中不再是孤身一人了。或许，两个人能够时不时说说话，聊一聊当年的旧事，闲暇时共饮一杯清酒，便足以慰藉这悠悠一生了吧。

子言静默叹了一门气，低声道："当年从黄泉之卜被天光打散神魂，我花了数百年时间才凝聚半仙之体。当年之事，我一直想对你说一声多谢。"

紫幽淡然一笑，自己未必能担得起吧。当年她强行劫掠对方神魂，闯入血河之时，黄泉逆流，血河汹涌，竟然生生将子言三魂打散。

她受到教主重罚，却始终一意孤行，宁可叛出阿修罗。

一回首已百年身，她从不曾后悔自己做过的一切，然而听见这样发白肺腑的言谢，心中还是有几分动容。

子言脱下身上的披风覆住对方的肩头，怜惜地望着对方。原来千言万语，也比不过轻轻问这一句，你过得还好么？

"紫幽，你如今伤势太重，只怕要好好休息才是。"到底是不一样了，对方的眼神中再也没有了当初在幽冥血海下的单纯清澈，而是充满了冷锐与坚定。百年的时问，他们擦肩而过了。

子言看着伤势颇重的女子，不由露出了怜悯的神色，"当初的事，你可曾后悔过？"

"从来没有，我只怕会牵累了你。"紫幽终于将心底的担忧说了出来。

当年他天劫将至，被送入地藏王处聆听教诲。然而在最后一刻，自己却出手打伤阴兵，强行将他带了出来。

百年来，她尽力想要找回对方的三魂六魄，却也在日复一日中怀疑自己所做的是对与否。假如在地藏王身前受训，是否好过三魂六魄飞散之苦。

子言一震，缓缓摇头，"无妨，我如今不是好端端地站在这儿么？"

"那便好。"紫幽微微笑了起来，"我总怕会连累你。"

"我金身已毁，百年后凝固元神，自当重回天庭受罚。但是在此之前，紫幽，我要将你送回幽冥血海？"子言轻叹一声。

紫幽露出了难得一见的疲倦，低低一笑，说道："子言，我如今已经再也回不去了。三个月前在王都，我用自己的身躯封印了邪魔。今时今日，我又如何能重回幽冥血海。”

“你以身封魔？”子言肩头一震，如果邪魔入体，便是一身成魔。如果无法压制，那么眼前的人，就真的再也回不去了。

小小的庭院陡然沉寂_卜来，只听见微风摇动花叶发出的簌簌声响，子言沉吟，“相信我，总会有解决的方法。”

转眼便是半个月后，河岸柳堤有雪白的飞絮飘扬。

“呀！”瑶竹陡然惊叫起来，不知道是哪里来的人，正迎面纵马狂奔。

紫幽蹙眉，正想施法让那马停下来，却发觉一阵钻心的痛再次从手臂蔓延到全身，那条红色的细线虽然用法术掩盖了痕迹，然而每每发作，却远比九重阴风带来的旧伤还要让人痛苦。

她一张脸苍白如纸，身形不自觉地往后踉跄了几步。却听得那匹大宛宝马长嘶了一声，原来是有人拉住了套住马头的缰绳，生生将那马往旁边掉转了一个方向。

那是个年轻的男子，穿着白色染青竹的长衣，一张脸逆着日光看不清楚，看上去是个文质彬彬的书生，然而谁知道对方竟生生制住了正发力狂奔的烈马。

他的背上束着一把长剑，倒像是在哪里见过。素白的衣服上有淡淡的青色，染了几株挺拔的竹子，看上去倒显得十分俊逸。

“紫幽姑娘？”隔着一层淡淡的日光，那白衣的男子忽然回头，低声唤出了她的名字，“紫幽姑娘，当真是好久不见了。”

“原来是兼渊公子，你怎么会到横城来？”瑶竹这一路上不待见慕子言，此刻见了兼渊，心底终于快活了些。

兼渊将自己来的目的一五一十说了出来，其实上次墨蝶来找自己，就是想寻找帮助的。谁知道反而冈为青勉一事耽误了下来，这一次他陪着墨蝶出门远行，实在没想到竟然还能重遇紫幽。

他转过头，“紫幽姑娘，当初一别，你说有缘便能再见，没料你我之间的缘分，果然｝艮深。”

他眉眼的笑意暖暖，紫幽也是一怔，宛然笑道：“的确，既然有缘，本该履行承诺请你再喝一杯梨花落，只可惜并无时日准备，只怕是要失约了。”

“无妨，你记得便好。”兼渊的笑意更深，“总不至于要赖我的一壶酒吧。”

紫幽笑了一笑，正想说那可未必，梨花落做工复杂，只怕不是一时三刻便能准备好，忽然大片的黑暗却犹如潮水一般席卷而来，她身躯晃了晃，竟然直直往前栽倒，迅速被青色的衣袖扶住，兼渊搂住瘫倒在自己怀中的女子，心中微动。

“呀，快扶回去，早知今日便不该同她出来！”耳畔传来瑶竹的惊呼声，抱着怀中的女子，两个人身影迅速消失在了原地。

空气里弥漫着淡淡的药香。

“她怎么会变成这个样子？”兼渊的手拢在袖中颤抖，声音里也含着难得一见的焦灼。

瑶竹斜斜看了他一眼，叹了一口气，这才将那些前尘往事都说了出来。

待知道了事情的前因后果，兼渊摒剑的手不自觉又紧了几分。

“是我害了她。”他蓦地坐在椅子上，一张脸｝写满了愧疚。

正说着话，忽然听见门外传来一阵脚步声，还未瞧见来人的样了，却已经听到对方清凌凌的声音在门外响起，“紫幽，你现在可觉得好些了？”

兼渊一怔，抬眼看去，只见到一袭青色的衣袂从门后显露｝:b来，逆着衣袖看上去是一张苍白如纸的面颊，秋水般明亮的眼睛一片清澈，犹如水墨淡捕的长眉斜飞入鬓，远远望去，竟然真像是神仙中人一般。

两人对视J，一眼，一时都有些怔松，宛如一镜两面，两个人站在一起，有着说不出的相似。

紫幽再次醒来的时候，兼渊的面色青白不定，半晌，他才一字一句地说道:“是我连累了你。”

紫幽失笑,说道:“好端端的,为什么这么说?”

兼渊苦笑,“如果我当时坚决阻止你那般行事,今日你也不会被邪魔入侵,加重伤势。”

紫幽见了兼渊总觉得比旁人亲厚些,或许两人携手除魔、生死并肩,那份情谊到底弥足珍贵吧。

“当日如不那么做,逸辰总有一日会被邪魔彻底夺取心魂,百年来他已经到了极限。一旦邪魔化身炼形,那//、天下迟早大乱。这事,总归是需要人去做的。你不能袖手旁观,我也不能。”紫幽似乎并不在意自己被邪魔入体这件事。

“那么,你此行前去魏国,又有什么打算?”兼渊看着一旁默然不语的男子,心情顿时变得有屿复杂。

他一直以为紫幽独来独往,却不知道原来她也有这样…个至交好友。

紫幽莞尔,对着子言坐的地方扬了扬下巴,“你说I吧?”

“魏国王氏有一件宝物,是一串风眼菩提子,此物最iJ－压制邪佞。”子言笑了笑,接着道,“只是魏国国君奄奄一息,却迟迟不曾立太子继承王位,导致王室内部一片混乱,此刻前去王宫寻找风眼菩提,恐怕未必是件易事。”

“你此行要去魏国,我与你同去吧。”不等女子反应过来,兼渊已经下定了决心,沉声说道。

“你不要总觉得对我有愧疚之心。”紫幽无奈,摇头拒绝道,“我们在这里,就应该分道扬镳了。明日我往东去通过水路转往魏国,而你要去的连国在楚国以北,我们并不是走同一条路。”

“是不是同一条路,难道由你说了算么?”兼渊不置可否。

紫幽一怔,倒不矢¨道他竟也有这样无赖的一面。

既然决定前往魏国,路上的行程便越发不能耽误了。儿人租了一条宽敞的乌篷船赶路,只是一路上气氛怪异得很。

日色正好，明晃晃的金色带着唑灼人的温度洒在天地之间，乘船的船夫都忍不住说果真是过了立夏，天气一下子便热了起来。

两岸景色倒映湖水之中，船行水上，好好的一幅山水图瞬间便又碎开了，船过之后，河面晃悠悠地平静下来，那景致重又叠合在一起。

紫幽淡淡笑了起来，她到底还是爱着人间三月芳菲，胜过幽冥下一成不变的孤寂。一山一水，一颦一笑，人是活的。

“你可觉得好些了？”兼渊从船舱外走了进来，关切道。

紫幽因为身子孱弱，所以一直卧在船舱内不曾起身。兼渊和瑶竹实在闲不下来，此刻不知从哪里找到一副钓鱼的工具，说是要自己钓鱼来烧了吃。

隐约有琴声和着清风而来，紫幽侧耳听了一阵，微微一笑，“当年一别只怕已有四百年之久，没想到竟然还有机会听他再奏一曲和风醉。”

“那位公子是你的旧友？”迟疑半晌，这句话最终还是从高检院的口里问了出来。

紫幽侧过头笑了笑，想起从前的那段日了，只觉恍如梦中，她低声说道：“的确算是旧相识了，几百年相伴，如何不算长久。”

“那后来，发生了什么？”兼渊叹了一口气，心想，既然她并不讳言自己的出身来历，幽冥下向.河教土的女史，身份尊贵，为何会出现在人间？

她忽然难得有了兴致，听着一边悦耳的琴音，一边和眼前的男子絮絮说起从前的一些旧事。她刚逃人人间的时候一身是伤，神体溃散，又受了罡风，最后只得靠着吸取人问执念为生。

那些绵长不绝的执念，修补着她原本的身躯。但为何会涉足凡尘，他们又是因何相识，紫幽却始终缄默不提。

兼渊静静地听着，她不想说的，他不再追问。

当夜，船上的人多数都已经睡了，紫幽却难以人睡，终是起了身。

紫幽的脚步很轻，所以站在船头的那个人并没有发现身后有人。他的声音随风来，“父亲，我知道了。”

在兼渊的身前，有一只扑打着翅膀的纸鹤，那是道家用来传讯和寻人的秘术，只是此刻扑腾的纸鹤停在半空中，隐隐有巾年男子低沉威严的声音响起，似乎是在洲斥什么。

“她是妖，你是人，难道这其中殊途有别的道理，你还要我来教么？”对方恼羞成怒，颇有恨铁不成钢之意。

乌篷船上，幽幽月色之下，一身青衣道袍的男子，依然眉目沉沉，毫无悔意。

今晚的月色格外好，薄薄的月光像是一层薄纱一般被风吹进来，紫幽缓缓闭上眼帘，这世上，其实很多事情，都是无可奈何的。

很快他们就离开了楚国境内，由澜沧江取道进人魏国。两国交通，多以水路更为方便畅通。几人租了一顶乌篷船，船上的东西一应俱全，一路上倒是颇像游山玩水。

那日傍晚，了言忽然说自己要离开一段时间，只怕是不能再继续陪着紫幽了。

“你自己要多加保重。”船头，子言嘱咐道。

“你要走？”紫幽一晾，诧异地问道。

子言颔首，说道：“我有些事，恐怕要去处理一下。幸好你在人间也认识了朋友，我便不用担忧你一路上无人照顾。”

紫幽没有说话，若是换了旁人，自然是各有各的理由。可是子言不同，他来自九重灭外，这个世间没有什么值得他放在心上。

可他既然要走，就必然有自己的苦衷。

了言却有几分忧虑，“紫幽，红尘之事牵绊太深，你一日日下去，只怕最后灵根尽失，到时便只能永世为妖，再不能重回幽冥了。”

紫幽默然，过了这么多年，子言依旧担心的是自己的仙籍，他还是不能理解数百年前自己为什么非要离开不可，他们之间始终隔着什么，不可逾越。

然而，当年错的那个人或许是自己吧。若非强行将他带离地府，又何至于落得如今下场？

她忽然想起很久之前，自己灵智初开，其实也就是个无忧无虑的小姑娘。子言闲来无事便会抚琴奏乐，他清俊的面孔悠悠地看着自己，还有手中潺潺的琴音，幽冥地狱那么冷，只得他们两个相互取暖。

瑶竹还是很怕子言，干脆就蜷缩在紫幽的脚边。

衣袂飘飘的子言仗剑远去，站在船头的女子便抱着手中白猫一路目送。

万顷碧波茫然不知尽头，白蒙蒙的雾气横贯江面之上，江风吹散她的长发，越发显得身姿伶仃而单薄。

数百年后的相逢，没想到依旧如此匆匆。

魏国的国君三子一女，最疼爱的据说便是阳信长公主殿下。但是因为魏王病重，魏王的两个儿了内斗得厉害，而幼子源结王与王妃也失去下落，整个魏王朝一片混乱。

如今，两位王子都在拉拢朝臣，为的就是能在最后关头力挽狂澜，争夺王位。

这些都是他们在进入魏国之后得到的消息，可是在得知魏王病重不治的时候，紫幽和瑶竹对视了一眼，彼此眼中都露出了十分异样的神色。

“你们认得魏王？”在找到客栈之后，几个人到楼上坐在一桌吃饭，兼渊开口问道。

瑶竹如今是本体，正有一下没一下地挥着尾巴，倒是紫幽原本去拿竹筷的左手停滞在半空中，片刻后才收了回来，“我活了这么久，就算与魏王有一面之缘也不足为奇。”

“我知道魏国有一道泼辣凉粉口水鱼，据说是地方特色。”兼渊忽而一笑，手指轻扣桌面。

瑶竹碧绿的眼睛一亮，神色立刻振奋起来。

兼渊笑了笑，点了几样清淡的小菜，又特意要了一碟泼辣凉粉口水鱼。

“放肆！”瑶竹正大口吃着饭菜，底下却传来一个冷冷的女子声音，惊得瑶竹顿时上蹿下跳起来。

兼渊蹙眉，还以为瑶竹是呛住了，正要倒一杯茶给她，没料到紫幽的唇角反而微微上扬。

“踏破铁鞋无觅处，得来全不费工夫。”她将手中的竹筷轻轻放下，眼中笑意盈盈。

兼渊随着她的目光看过去，却发现原来是个姑娘家戴着斗笠不疾不徐地走了上来。

那女子的紫色斗笠边缀了鲛纱，手腕上有一只翠绿镯予，看似不起眼，但是紫幽一眼就看出是冰种翡翠所做。

身后跟着的丫鬟一脸怒容，原来是后头年轻的公子哥正笑嘻嘻地和一群仆人跟在那姑娘身后，嘴里说着不三不四的笑话。

身旁已经有人看不过眼，正准备仗义执言，却被同来的同伴悄然按了下去，“别多事，这是三品大员赵大人的儿予，赵大人如今在大王子殿卜那儿十分得宠，我们平头百姓惹不起。”

女子显然也听见了那句议论，脚步一顿，不成不淡地问道：“你是赵尚书的儿子？”

那男子心底一喜，以为对方是害怕了自己的来头，一双手立刻变得不规矩起来，似乎是想掀开女子的斗笠，“这样美的脸，还不赶紧计小爷看看？”

原来是这女子方才进来的时候，鲛纱被风吹起一角，露出了小半张容颜被那纨绔予弟看见了。

兼渊冷冷一哼，正准备起身十甘助，却看见紫幽对他摇了摇头，“她会有法子的。”

果然，那女子低低笑了一声，微微扬起纤细的左手，那双柔弱无骨般的白皙手指一卜，佩戴着一枚颜色暗红的指环。

紫幽远远瞥了一眼,依稀看见上面镂了‘朵牡丹花纹。那少年郎便如看见了洪水猛兽一般,眼神陡变。

隔着淡淡一层鲛纱,女子冷哼道:“还不快滚?莫非要我叫你父亲来接你回去?”

“小人有眼无珠,有眼无珠!”那人狠狠掌了自己几个耳光,忙不迭地带着一群奴仆逃出了酒楼。

上了楼来,女子这才将斗笠摘下,轻轻舒了一口气。那的确是 一张美貌的面孔,只是一双眼睛沉郁无光。

“我在何处曾与姑娘见过么?”突然看到紫幽这边,女了不由挑眉问道。

兼渊的神色越发困惑,倒是紫幽微微一笑,“的确,我与你也算是故人了,既然相遇,不如一起喝一杯如何?”

那姑娘眼中终于有了几分兴趣,不动声色地坐在紫幽对面。

“我想与你做一笔交易,姑娘以为如何?”紫幽举起酒杯,莞尔。

“不必了。”对面之人似毫无兴趣,冷冷道。

“公主何必拒人千里之外?只要公主愿意,我必能让公主满意而归。”并不在意对方轻蔑的态度,紫幽一语道破了对方的来历。

“姑娘好大的口气,夸下这般海口,假如最终不能使客人满意而归,又当如何呢?”

“我们入城的时候看见城门上贴了一纸皇榜,看来也有些时日了,想必王室十分焦急。”紫幽轻轻扣着桌面,缓缓说出。

那张皇榜上写的是魏王寻访天下名医,但是魏王毕竟已经病入膏肓,普天之下竟无人肯揭榜入宫。

女子微微蹙眉,但的确是好气度。

“长公主出来不就是为了亲自寻访名医么,今日在这里遇上了也是一场缘分。长公主如果信得过我,便让妾身去试一试可好?”

“你真的能治好父王?”半晌,那个女子才吐出这一句话。

紫幽缓缓摇头，“五年前我曾见过你的哥哥，在延继海岸的淇滨渔村。”

“源结哥哥遇见的那个人，原来是你?”阳信颇为震惊，五年前魏王的病就已经是人尽皆知了，当时流浪江湖三王兄不知道从哪里寻来了一枚灵药，服下之后竟然生生压制住了父王的病根。

信阳最终松下了戒备，起身行了一礼，诚恳说道：“我听哥哥说起过你，他说当日之所以能取回蜃珠全赖姑娘。今日哥哥不知所踪，父王又病重垂危，无论如何，还请姑娘出手相助。”

“公主，生老病死是人生常态，还请节哀。”紫幽叹了一口气，王都之中的王气已经越发稀薄。当年那个意气风发的男子，恐怕也已经垂垂老矣了。

“我虽然不能肉白骨活死人，但是至少能让魏王有余力处理身后之事。他一生贤明英武，不能毁在子孙手中。”紫幽话中分明另有所指。

阳信怔住，心底也不由惭愧。父王至今昏迷不醒，两个哥哥都认为自己理当继位，可惜却没有王座的谕旨，只得彼此对峙。

“我是个生意人，没有道理做亏本买卖。”紫幽想起那个喜欢仗剑江湖的三王子，眼中也不由漫出一丝笑意，“等事成之日，我想要一串凤眼菩提子。”

“那是魏国传国的宝物，据说是佛陀坐化时手持之物，一直被锁在魏国的国库之中，只有用王座的印玺才能打开。”阳信握着茶杯的手陡然一晃，她缓缓说道，“如此秘宝，只怕非本宫力所能及。”

即便自己贵为长公主，也没有资格能轻易将如此的国之重宝赏赐他人。

紫幽似乎看穿了她心中的顾虑，淡然道：“长公主尽管放心，这样东西，只要长公主允诺，它必然便是妾身的了，只怕公主殿下心有不舍。”

阳信沉默，她漆黑的羽睫垂下，挡住了眼中如波澜的情绪，“不过是一串菩提子佛珠罢了，若我可以允诺，自然愿意拱手相让。”

“不妨拭目以待。”紫幽不置可否。

看着对方渐行渐远的背影，紫幽轻轻叹息了一声。源结竟然如此任性，一走了之。当年紫微星已经选定他，紫幽借了王势，没想到多年之后，王命竟然旁落他人。

那个少年，当真为了绯眠，连江山部弃之不顾了么？

阳信并没有立刻将紫幽带人王宫，而是从长乐宫的后门转了进去。

长乐宫并不在王宫之中，而是单独的一座奢华的宅邸，只有长公主执意一个人独居此处。

魏国五月的天气古怪得很，风吹在人身上依旧有轻微的凉意。推开门进去的时候，阳信正坐在屋内看书，见紫幽进来了便放下手中的书卷，轻轻说道："紫幽姑娘，你可知道我这次想和你说些什么？"

紫幽坐了下来，"我不知道，但是你终究是要说给我听的。"

阳信半晌后才认输般地笑了起来，"我听哥哥说过，你曾经丌了一家店，名唤红尘阁？

"哥哥看似大大咧咧，其实他是真正聪明。难怪父王一直希望他能接替自己，只可惜哥哥自由惯了，不喜王室约束。虽然父王恼怒，但我见过绯眠姑娘，他们二人，都不适合被皇宫束缚。"

她叹了口气，但是显然并没有要放弃的打算，"我没有哥哥那样聪明，有些事，我始终看不明白。紫幽姑娘，你这里有没有，可以让时光逆流的东西？"

紫幽一怔，半晌才笑了起来，"公主，谁也不会有那样的东西。如若真有，那么后世之人，又该魂归何处？"

阳信垂下眼睫，落寞说道："我不想改变什么历史，我只是有一件事情，非常的不甘心。"

"原来是心愿未了么？"紫幽敛眉。

阳信皱了皱眉，"那件事实在困惑了我太久，如果不问清楚，或许我的一生都会困在梦魇之中。"

"如此，那我便替你看看。"紫幽淡淡说道，漆黑的眼瞳里一点光亮开始明灭不定。

冷雨萧萧，荒山野岭之中有年轻的男子半跪在地上，年少时的阳信面容姣好，正凑在男子身边低低地说着什么。忽然，只一刹那，殷红的血液从长衣中层层渗出，在对方的心口，有一把匕首狠狠地插了进去。

紫幽没想到会看到这样的一幕画面，连忙收回神识。

只是红尘阁中的客人，总有不能与人言的往事。她见得太多，已不愿深究，凝眉细想片刻，这才道："没有人能逆转时间，但如果你只是想求一个你记忆里的答案，那么，我倒是能为你筹谋。"

她蓦地离开时，美丽的公主在帷幕深处出声："紫幽姑娘，我真是羡慕你。"

"哦？"紫幽脚步一顿，唇角有似笑非笑的意味，"羡慕这具不老不死的身躯？还是说自由？"

"不。"充满惆怅的叹息再一次响起，"我只是觉得，姑娘没有爱过人，所以看任何人的时候，眼睛都是清亮的。"

没有爱过，所以不知情爱是怎样穿肠毒药，引得世间的人百折不挠，甘愿一死。

爱过？紫幽勾了勾唇，不愿多说什么。世人求爱，宛如执炬逆风而行，终有烧手之患。说到底，不过是看不穿罢了。

"小心。"离去的紫幽正走着，忽听见后面传来一个声音，随即便被一股力猛地拉住后退了几步。

不用回头，也知道自己跌进了对方的胸膛，只是那隐忍的笑声着实叫人发恼。

兼渊比紫幽要高，那笑声从额头上响起，有种奇异的宠溺与温柔，"你再往前走两步，恐怕就要跌到池塘里去了。"

紫幽张了张嘴，顿时觉得十分尴尬，出神间自己倒是没有注意到。

男子松开拦住她臂弯的手，从上到下打量了她一番，眼中有温润的笑意,“什么事情叫你想得这样入迷?”

紫幽轻轻咳了一声,只好别过头去,不轻不淡地说道:“长公主请我帮她一个忙,正想着邀你一起会否唐突?”

“阳信公主要你帮她一个什么忙?”兼渊颇有些好奇地问道。他并非不知道紫幽做的是什么买卖,只是世间一切,终究是愿打愿挨。

紫幽叹了一口气,细细将这个故事说了一遍。其实她知道的也并不多,阳信不愿意透露。她只是从那个年轻并且骄傲的女了身上,看见了许多并不算美好的回忆。

“那么,她要付出什么样的代价给你?”兼渊轻轻道。

紫幽肩头一震,只得承认,“若一。切顺利,那么,她日后再也不会爱了。她的爱,最终会交换给我,成为供我吸食的力量。”

过了片刻,他伸手拉起紫幽,逆着光的面孔有暖暖的笑意,“我并没有说不答应。”

紫幽诧异地看着他,然而兼渊的神色如常,并没有厌弃,他淡淡说道:“如果这是阳信的心愿,那么你没做错什么。”

紫幽抓住他的手站了起来,“是么?从来没有人这么说过,子言都说,再继续下去,我真的要变成妖魔了。”

兼渊朗声笑了起来,“你本来也是个妖怪,有何差别?”

兼渊答应了紫幽,两人在第二大便避开了众人耳目,悄然到了阳信的房内。想必对方也已经期盼了很久,只见她化了一个很淡的妆,头发梳成灵蛇髻,清爽干净。

第九章

月上中天，屋外寂寂无声。

紫幽的手指按住阳信的额头，她手中举着一枚形似海蚌的东西，海蚌一指宽的缝隙里，只有无穷无尽的黑暗扑面而来。

这是从海上带回来的东西，依靠囚牛而生的蜃怪状如海蚌，能够显露一切幻想。这个能力和紫幽的本体倒是有几分像，然而蜃怪制造的幻觉只不过是海市蜃楼。而紫幽照见的，是三界六道中一切现实之物。

它会编织出一个最真实的幻觉，那幻觉里的人，脾性、习惯、性格，无一不与现实中吻合。只不过，终究是一个梦罢了。

为了做一场这样的梦，去询问一个就算知道也毫无用处的答案，当真值得用一生一世的感情来作为交换么?

蚌壳微微动了起来，依稀有一缕光幽暗的光从中吐露，原来是一颗极小的黑珍珠，光华幽微。蜃珠其实并无多大用处，那不过是蜃气凝结的东西，但是却有安魂之效，魏王当初重病，紫幽便赠了一颗蜃珠给源结，为魏王安守心魂，又强拖了五年的寿命。

兼渊与她配合默契，在蜃怪的光亮起的刹那，一张招魂符便贴在了阳信的眉心，紫幽抽回手，长舒了一口气。

随着蜃怪吞噬女子过往的记忆，空气陡然如水波一般扭动起来。在两人面前，是一条漆黑的大道，沿途有明瓦红墙，但是却显得十分冷清。而高悬在屋檐的宫灯在风中摇晃，越发显得鬼影重重。

紫幽没有丝毫犹豫,踏进了回忆之中,却发觉身后的那个男子也跟了上来。

紫幽抬头看了一眼兼渊,半晌,才问道:“你跟进来做什么?”

兼渊微微一笑,“我觉得好奇,所以就跟过来了。”

紫幽没有说话,兼渊也隐隐尴尬,怕被看出自己其实是在担心她。然而转念一想,自己又何必担心她会看出来?一个人要对一个人好,并不是什么见不得人的事。

他的神色随即又坦然,转移话题道:“我们怕是随着阳信公主到了后宫,只是不知道,为何会如此冷清?”

话音未落,就听见一行人的脚步声,两人对视一眼,悄然施了一个隐身诀。

一行肩舆从尽头迤逦而来,坐在上头的艳丽妇人珠翠满头,面貌十分美艳动人,只是眼中十分不耐。

“这法事做了十几日不止,王上到底还想如何?”她侧过头,和自己的侍婢抱怨。

内侍连忙左右瞧了一眼,“柳娘娘,这话可乱说不得。”

妆容严整的妇人犹自不平,到底还是闭上了嘴。一个死人,何苦与她置气。她的镂金干叶护甲敲在扶手上,发出咚咚的声响,那空荡的回声渐行渐远。

两个人潜伏在暗处的身形渐渐显露出来,兼洲忽然想了起来,“这是十三年前,魏国王后病逝的时候?”

紫幽点了点头,片刻,又看见一群人匆匆走来,围在正中的是个小姑娘,她一双眼睛红得像是兔子一般,小脸煞白,一群人看着她,眼中都露出怜悯。

知道是正主来了,两人默契地跟在了他们身后。

想必是因为刚刚守灵出来,她一路回到房间,静静地躺在床榻上,默默流着眼泪。

吱呀一声，身穿黑衣的少年推开了房门，一看见哭泣着的阳信，便急急忙忙走了过来，劝道："阿信，你不要再哭了，眼睛都肿了。"

阳信转过头来，停止了抽泣，"震鸿，你怎么过来了，叫人看见了多不好。"

震鸿笑了笑，"没人看见我进来的，王后病逝，我知道你不开心，所以特意来瞧瞧你。"

魏后病逝其实已经有小半个月了，只是魏王和公主殿下似乎都沉浸哀伤之中不能平复。

他从怀中掏出一个小小的泥娃娃，是个摩合罗人偶，十分憨态可掬。他递给阳信，小声说道："我在街市上看见的，十分可爱，就想着买一个来给你玩。"

阳信接了过去，勉强露出了一缕笑容，"谢谢你，可是震鸿，你还是快出去吧，叫人瞧见了可是大罪，我们都不是孩童了。"

那少年讷讷，站起身来看了对方一眼，"好，阿信，你自己好好保重身体。"

桌上的烛光在风中摇曳，那一点晃动的光影忽然扩展开来，铺天盖地地吞噬了一切。

眼前的场景飞速变换，再睁开双眼，才发现眼前是一座安静而古拙的寺庙，远处钟声悠扬，还有梵唱隐约能听见。

他们两人站在大雄宝殿外的台阶上，跪伏在佛祖面前的是衣着美丽华贵的阳信。

大片的日光从屋檐外一路洒落，佛陀怜悯的目光注视着众生。这时走出来一个缁衣僧履的和尚，紫幽越发觉得惊诧，如此清俊无双，只怕是当世难得的少年郎。如此卓越风姿，竟然看得透红尘妄念，遁入空门？

阳信双手合十对着那人行了一礼。

"施主有礼。"玄礼也弯腰还了一礼，"斋饭已经备好，叫人送去施主房中了，待会儿寺中要做晚课，施主若有兴趣，可在一旁聆听妙音。”

她微微颔首，一双黑漆漆的眸子盯着他看，“有劳大师费心了。”

紫幽蹙眉，从阳信略带娇羞的神情里看出了异样。魏国礼法并不如楚国苛责，但是，就算民风如何开明，堂堂魏国的公主喜欢上一个和尚，到底也不是一件多么光彩的事。

“施主多礼。”玄礼垂下羽睫，只是将她当作一个寻常的香客看待。

阳信脸上露出落寞神色，无奈地笑了笑，和侍婢小环一起往自己屋中走去。

紫幽蹙眉道：“阳信怎会喜欢上一个出家人？云泥有别，只怕不得善终。”

兼渊轻笑一声，“你觉得这身份很重要么？我总觉得，此事另有隐隋。”

紫幽斜斜瞥了他一眼，慢悠悠说道：“怎么，自幼在天绝山修行的道长，也懂人世间痴男怨女之情么？”

兼渊明显噎了一下，半晌才若无其事地说道：“我只是在天绝山做挂名弟子，并不是真的做了道士，更何况……”

“更何况什么？”紫幽含笑问道。

“更何况，就算是道士，我宋家也是娶妻生子的。”他一字一句地说道，瞧了一眼紫幽。

紫幽似乎并没有仔细听他在说什么，只是应付地点了点头。

天色很快就黑了下来，场景又开始变换。

这位公主殿下的人生，未免太跳脱了一些，紫幽叹气。

这一次，寺庙转换成了一座竹林。翠绿的竹叶遮天蔽日，在头顶被风一吹立刻发出沙沙声响。阳信的神色仓皇，一双眼睛里也有泪水在打转，此刻她被一群夜行衣装扮的刺客团团围住了。

眼见刺客的刀快要砍到阳信肩头，紫幽忍不住想出手相助，却被兼渊按住了手腕。

就在同时,一枚小小的竹叶从暗处悄无声息地射进了蒙面人的后背,那人哼都不曾哼一声,倒地身亡。

来人蹲下身轻轻看了一眼地下的尸体,念了一句佛号,“阿弥陀佛。”

“玄礼?”阳信惊呼出声,她扑倒在男子怀中,整个身子瑟瑟发抖,一双漆黑的眼睛里泪落如雨,“是柳夫人,柳夫人想要杀了我!”

对方一怔,原本想要推开对方的手臂,最后轻轻拍了拍她的肩膀,“已经没事了,不要害怕。”

男子安慰的话语犹如一缕燃烧的檀香,悠悠地浸到人的心里去。他微微皱眉,悄然举手,不轻不重地敲在女子的后颈上,阳信立刻昏迷了过去。

风中有细微的声响在头顶滑过,是个身姿曼妙的女子,一张脸也长得极其漂亮,只是冷冰冰地带着杀气,她蹙眉看着昏倒的阳信,低声问道:“发生了什么事?”

玄礼将怀中的女子置在竹林边,才对来人说道:“她说是柳夫人动的手?”

来人沉吟道:“白王后去世之后,宫中是柳夫人一人独大。夫人有二王子,但是宫里都说,王位恐怕依旧是嫡长子源结的。”

“王位之争,柳夫人心急也是难免,只不过,为什么选择了她?”玄礼的手指轻轻叩着竹身,继续问道。

“王室本来就是个肮脏的地方,管它做什么。”女子不屑一顾地回答,半晌,忽然问道,“你该不会,对她动了情吧?”

“胡说什么。”玄礼斥责道,轻轻将来人拢在怀中,“你明知道,我这辈子了爱的人,只有你一个,月希。”

那其实是个很古怪的画面,一个和尚抱着一个女子,低语着情深的密语。

月希回抱住对方,轻轻吻了吻他的额头,“沈康,除了你,我真的什么都没有了。”

男子叹了口气，轻轻理了理她被风吹乱的长发，“我明白。”

“你要小心，这次出手不要叫人看破了形迹。江左过几日便要上佛寺来为他母亲上香，切勿错失良机。”靠近男子的耳畔，将机密的情报一一细说，女子这才恋恋不舍地从他怀中挣脱，消失在竹林之中。

紫幽蹙眉，阳信爱上的是一个远比她想象中要复杂的男人。

阳信醒来的时候，身边只有玄礼一个人。他正将药罐中的药汁一点点倒进碗中，见她醒来，便笑了笑，“没有什么大碍，只是受了惊吓，所以才昏了过去。”

她无力地倚在他怀里，心口急跳，“玄礼，我喜欢你。”

他将瓷碗递到她口中，缓缓说道：“公主，你受惊了。”

阳信以手覆面，喃喃道：“我来开福寺第一次见到你的时候，正看见方丈为你剃度。”

她的手指颤抖着抚过他的面容，眼神中满是痴迷，“玄礼，我不敢让方丈住手。可是我好恨，好恨为什么不制止你！”

她不顾一切地伸出手抱住男子的身躯，把头埋在玄礼的肩头。

玄礼垂下眼睫，露出一缕怅然的神色，“阿信，不要哭了，我和你，一开始就不可能。”这一次，他并没有伸手推开阳信，只是用温柔得出奇的声音回应，伴着悄然叹息。

从那一日之后，玄礼对阳信的态度便不再像是从前那般冷淡了。他们在这片竹林中相处了七日之久，她或许真的以为一辈子都会像现在一样，岁月静好，时光缠绵而温柔。

浓墨一点点在纸张上蔓延，他的确有一双妙手，阳信看得兴起，便请求玄礼也教她画画。他笑了笑，抽出一张纸耐心地告诉阳信该怎样落笔用色。

这样的日了，实在是过于圆满了。玄礼除了每日有早晚课必去大殿之外，其余的时间多半都待在这竹林的茅草屋里。每每绯红的目光从云雾深处破空而出，婉转的鸟鸣在竹林中响起，睁开眼睛看见玄礼睡在不远处的竹榻上,阳信就觉得心满意足。

光影交错,几日之后的玄礼一身带血走了进来。阳信慌乱地迎上去,却听见玄礼比了一个噤声的手势。有一群蒙面的黑衣人,正在竹林中四处搜寻。

阳信的脸色变得苍白,这竹林再大,终究也会被这群人翻得底朝天。然而玄礼拉过阳信的手,一翻身躲进了她平日唾的床榻底下。那下面竟然有一条秘道,只是他手臂受伤,此刻搬不动上面盖着的石板。

阳信深吸了'口气,连忙凑上去帮忙,因用力太猛指甲齐根而断,她竟然一点都不觉得痛,只想着快一些,再快一些!

石板终于被掀开,然而玄礼的面色却越发难看起来,竟整个人栽倒在阳信的怀中。

等到玄礼醒过来的时候,黑暗的空间里光线昏暗,隐约闻得到泥土的气味。玄礼深吸了一口气,知道已经安全了,手臂动了动,才发现阳信已经靠着自己的肩膀睡了过去。

玄礼垂头看着她,目光复杂,半晌,才小心翼翼地将手臂抽出,不过微微一动,伤口便钻心地疼起来,他呻吟了一声,阳信立刻从睡梦中惊醒,一双眸子明月秋水一般,“对……对不起,我是不是压到你伤口了?”

玄礼笑了笑,低声道:“无妨,一点小伤而已。”

阳信皱起眉,不可思议地说道:“怎么会是小伤,那么长一道口子!”

“只要不死,都是小伤。”他声音里杀意暗藏,再没有半分礼佛的仁慈。玄礼站起身,这条地道成也已绎有些时日了,没想到还真的派上了用场。

阳信在宫外有一座私宅,两人便住了过去。

阳信时常亲自下厨为玄礼做饭,变着法子给他炖煮补品,他如今不做和尚,自然便能吃一点荤。

“炖了好久呢,你试试看味道如何?”小小一罐,打升来满屋子都是扑鼻的香气。

玄礼沉默地看着她，却并没有像往常一样起身接过，"阿信，有些事情总归是要和你说清楚的，我并不是一一个单纯的出家人……"

"我自然知道，你不是个寻常的和尚。"阳信无町奈何地笑了笑，一个年轻人，怎么好端端要出家？更何况他一身高超的武艺，杀人的时候比任何人下手都要狠绝。

"但是那又有什么关系呢？"阳信舀起一勺鸡汤递到坩方唇边，"玄礼，我是魏国的公主，无论你有一段怎样的过去，都没有关系。"

玄礼就着她的手吞进了那一口汤汁，神色却渐渐冰冷起来，他淡淡说道："可惜，我从未想过要抹杀自己的过去。"

"江湖夜雨十年灯，桃李春风一杯酒。"他侧过头，念出一句古诗来。

阳信肩头一震，江湖夜雨，她曾经听父王提到过，那是江湖上极为出名的一个杀手组织，一度被名门正派讨伐，销声匿迹了很长一段时间。

阳信微微蹙眉，低声说道："那也算不得什么。"

"你不害怕么？"玄礼眉眼一动，侧过脸看她。

她抬起头看着玄礼，一字一句地说道："玄礼，对我来说，这都不是要紧的事。"

她爱他，这不是什么丢脸的事。即便自幼接受的便是王室长年累月的优雅礼教，也无法扼住一个女子向心爱之人表达恋慕的决心。

阳信可以不去追问究竟发生了什么，紫幽却不能，她要明白这场故事究竟发生了什么，这些深重的爱与恨究竟缘起何处。

趁着玄礼入睡的时候，紫幽决定弄明白眼前这个男人究竟经历了些什么。

在紫幽冰冷的手指触碰到对方额头的刹那，无数的影像立刻铺天盖地席卷而来。

他那时还留着长发，用一只玉簪子挽住，眉眼竟然比现在还要冷上三分。

他的梦很杂乱，依稀是个寻欢作乐的场所，无数轻颦浅笑的女子笑靥如花。玄礼不动声色坐在一侧，伸手拉过一个花娘搂到怀中，过了片刻，他便拉起那个花娘径往房中走去。

“这个时候跟过去，似有不便吧。”兼渊轻咳道。

“我并没有说要跟过去呀。”紫幽莫名其妙看了她一眼，忽然笑了起来，“怎么，你想去看看么？”

兼渊选择了沉默，伸出手指了指主座的男子，试图转移紫幽的注意力。

主座上的男子将一个美艳的花娘拉到了怀中，一双手更是不规矩起来。

那是个极其艳丽的女子，眉梢眼角绽出妖异的笑容。她欲拒还迎地被那人拉进怀中，同时以迅雷不及掩耳之势从袖子里掏出一柄锋利的匕首刺入对方胸口，刺杀完成又迅速地混进了人群之中。

暗中守护的侍卫这才反应过来，立即追了出去。

紫幽和兼渊走进一间客房内，发现原本罗衫半褪的花娘此刻正不急不缓地撕扯着自己的面皮。

沈康一旁轻轻搂住那女了，低声说：“月希，你怕不怕？”

“我怎么会怕呢？”怀中的女子仰起头来，她有一双微微上挑的凤眼，笑起来千种风情。

画面开始变换，一点点往更久以前的时光而去。

年幼的孤儿们被聚拢在一起，残酷的杀戮和竞争，在修罗地狱般的地方，沈康便是这样认识月希的。

两个人互相扶持，并肩完成了一个个任务，不想任人宰割，就只能用自己的双手杀出一条血路。

紫幽暗暗叹气，阳信来的时间太晚了，晚到她爱上的不过是沈康的一副假面。那个翩翩如玉、丰神俊朗的少年郎，不过是他另一层伪装。

那个人骨子里的狠决和曾经沾染过的血腥，她全都一无所知。这注定是一场不得善终的恋慕，却耗了她如此漫长的时光。

紫幽抽回手，转身离去。

夜色已深，星光闪烁，这边的阳信却毫无睡意，玄礼依旧是和尚的样子，只是不再穿僧服，执了酒壶懒洋洋地靠在松树上。

她不知道，在今日黄昏，玄礼收到了一封来自风雨楼的信。那张密令上面写着王室珍藏的风眼菩提子手串，三日后务必取来风雨楼。起初，沈康要杀的人十分麻烦，所以他不得不在开福寺落发为僧，等的就是那一刻得手的机会。只是谁也没料到，中途会出来一个阳信公主搅局。

阳信因为母亲病逝，所以请愿到佛寺中吃斋念佛一个月，以慰魏后的在天之灵。沈康出手救了她，阳信也救了他一命。

自从住到这座私宅中养伤，他就已经很久没有收到组织的信了，没想到，一来便是如此艰巨的任务。

“我听说，风眼菩提子佛珠一直被魏国的王室宝库收藏着。”沈康缓缓说道。

阳信微微一惊，随即坦然承认，“的确，那样东西是镇国之宝，连我都从未见过它长什么样子。”

耳畔似乎依稀传来蝉鸣的声音，阳信抬起头，正想叫玄礼一起来看今夜月光皎洁，然而那一句亲昵的呼喊还未及出口，脖颈处便已经抵上了一抹冰冷的刀刃。

阳信不可思议地回过头，只见到一双冷冷的眼睛，“如果我用你作人质，魏王会不会将风眼菩提子交出来?”

阳信勉力笑了笑，“没用的，举国上下都知道父王是一个怎样的人，他不会和任何人做交易。如果你押着我入宫索要菩提子，最后只会落得一个下场。”

风势大了一些，吹得那树木哗哗作响，蝉鸣也变得有几分凄厉，她缓缓仰起头，一字一句地说道：“如果你坚持，最后我们都会被乱箭射死在城门外。”

锋利的刀刃赫然割出了一缕淡淡的伤痕，沈康一惊，杀人无数的男了这一刻抽回了刀，眼中有激烈而复杂的情绪起伏。

“阳信，我并不想要你的命。我接到的任务，一开始便与你没有关系，甚至，和风眼菩提也没有关系。”沉默半晌，沈康忽然开口说道，“或许是风雨楼收到消息，知道我与你在一起，楼主才会动了索要国宝的念头。”

那个戴着面具的神秘楼主，图谋的不仅仅是金银珠宝，他要权倾大魏，只手遮天。

可如果自己没有如期带着楼主要的东西回去，那么，月希会受到怎样残酷的刑罚？

“你为何非要风眼菩提不可？”她睁着一双眼睛看他，里面依稀有泪水盈睫。

“他们抓走了一个对我而言非常重要的女人。”沈康沉默半晌，才说出这句话。

“是么？”阳信用手按住胸口，“那么，我在你心底又算什么？”

身侧的那个男子却一言不发，阳信苦笑山来，“你不要妄想能够凭一己之力出入王宫密室，那个地方，除了父王，谁进去都是死路一条。”

有夜风吹起，她看着他一步步远玄的身影，终于一滴滴滚烫的眼泪顺着脸颊滑落，“玄礼，如果我求你留下来，你会答应么？不要再去江湖上过刀口舔血的生活，成为驸马，不好么？”

他脚步一顿，半晌，才笑了起来，“阳信，如果我脱离了风雨楼，引来的只会是无穷无尽的报复。月希她没有你漂亮，甚至额角还有一条刀疤，但是，她比你更懂真实的我。”

玄礼不过是阳信痴迷的表象罢了，他犹如贵公子般清冷的气质，还有俊雅温润的面孔。但是在这具皮囊之下的沈康，那个亡命天涯‘刀割断别人咽咙的沈康，只有月希能够明白。

玄礼的身影越走越远，阳信无力地瘫倒在地。明月清冷，芳草萋萋，她终于失声痛哭。

沈康在离开阳信的私宅之后,单枪匹马去了城外十里亭,那是一处幽深难行的峡谷。

在山谷之间,掩映在扶疏花木中的风雨楼占地极小。然而沈康知道,那里面是一个活生生的修罗地狱。

他从怀中掏出一个盒子,称里面是风眼菩提子佛珠。风雨楼的楼主不疑有他,因为算准了沈康绝不会背弃月希,所以才毫无设防地打开了那个盒子。

微微升启一条细缝,就在一晃神之间,沈康怀中的匕首已经无声无息地刺向了男子的咽喉,戴着银色面具的楼主避不及,干脆伸手挡住那致命的一刀,随即被削掉一只手。

然而匕首上面抹了毒药,还是王宫中用来赐死逆贼的剧毒,不过一盏茶的工夫,风雨楼的楼主就已经七窍流血一命归西了。

群龙无首,没有人愿意继续再和沈康拼命。

而在百里之外的王都,殿阁之中寂静如死,空气在这一对沉默无声的父女中冻结了。

魏王此刻冷冷地凝视着跪在自己跟前的女儿,丝毫没有悲悯之态,“阿信,不论你在这里跪多久,父王都不可能将风眼菩提子给你!”

她脸上有泪痕蜿蜒,半晌,她轻轻叩了一个头,“父王,女儿一生只求你这一回,只要父王准允,女儿愿远嫁楚国为两国联姻。”

魏王大怒,将案桌上的奏折全都甩到地上。

“父王当然可以派出影卫为你救那个人,甚至夷平风雨楼都是易如反掌之事。可他是个杀手,你是一国公主,王室如果容忍这种血脉姻亲,他日如何面对国民!”

王室有王室的尊严,没错,她是受万民供奉的长公主殿下。

阳信踉跄地站起身,一步步往寝宫外头走去,弱质身躯伶们‘如飘零的落叶,说不出的凄清,她忽然回过头笑了笑,那苦涩的笑意,竟有几分像极了她的母亲,“父王,女儿小敢怨怼您。女儿只是想,这世间的事,怎么样样都不如人愿。”

风雨交加的夜晚,阳信没有顺从地回到自己的宫殿中,而是安排车马,连夜往宫外赶去。

这样大的响动,自然是8蔚不住魏王。中年的男子冷冷哼了一声,重重一拳砸在奏章上。黑暗中立刻显出几个身穿夜行服男子,屈膝半跪,“王上,是否立刻将公主追回来?”

魏王无奈地叹息了一声,沉声吩咐道:“你们在后头跟着她,保护公主平安,如果有人瞧见了公主的容貌,一律格杀勿论。”

沈康终究没能让任何一个人获得幸福,怀中抱着的那具尸体早已经冷透了,就像沈康的心一样。

月希早就中了剧毒,从一开始风雨楼就没有想过放他们走。沈康颤颤巍巍地低下头,轻轻吻了吻月希的额头。她不该留在这里,他们都恨透了这个地方。

阳信骑马赶到城外十里坡的时候,看见的就是这样的一幕场景:沈康浑身是血,抱着月希的身体,眼神再没有丝毫的温度,就像是一具走肉行尸。

她跪坐在沈康身边,看着他的血染红了宽大的袍袖,隐约只看得见那柄匕首插入了胸口。

“沈康,我最后问你一句,你心底,可有半点喜欢过我?”

“阳信,对不起,真的对不起。”他的手似乎想要触摸女子的脸颊,终究还是无力地落了下去。

她忽然笑了起来,一点点的笑意在唇角蔓延,却有大滴大滴的眼泪溅上对方的衣襟。

已经没有人能回应她的话了,那个男子,安然地阖上了双眼。

等到护卫赶来的时候,阳信已经面无表情地站了起来。在她的身后,躺着两具尸体。一群影卫面面相觑,其中的领头人低声说道:“公主殿下,卑职来迟。”

她脸上的泪痕尚未干透,一双黑白分明的眸子里却一丝情绪也没有,“你们去将后头的那两个人埋了吧,记得,合葬在一起。”

“属下遵旨。”

看着华服的女子如一只即将死去的蝴蝶般踉跄而去,紫幽陡然间明白过来,原来阳信当初说要一个答案,便是要亲口问一声,可曾爱过?

从这场梦里醒来之后,她又该如何自处呢?紫幽微微叹了口气,她会不会后悔付出如此巨大的代价,最后却得到如此残忍的答案?

从幻境中出来的刹那,紫幽依旧觉得有些头晕目眩,兼渊揭下了阳信额头上那张符篆,也是良久不语。

第二日的天气分外好,阳信嘱咐下去让人去请左尚书与钟将军一起到长乐宫来,她请紫幽为魏王续命,也是希望魏王能够赐下王谕,定下下一任能够承袭皇位之人。

年迈的左尚书与钟震鸿将军将目光投向一旁的紫幽,眼中都有些许疑惑。

尚书咳了一声,“长公主殿下,这位姑娘当真能治好王上的病么?”

阳信笑了笑,对待这位三朝老臣颇为客气,“尚书不必多虑,紫幽姑娘如无十分把握,也不敢撕下皇榜。”

“若能如此,自然是最好。”尚书颔首。

紫幽瞧了那钟将军一眼,她与兼渊对视一眼,浮现了一丝笑意,开口说道:“妾身出去准备几味药材,稍后再来与公主禀告详情。”

一屋子人,只留下屋内两个木偶一般的人互相对视。过了片刻,阳信才看着钟震鸿说道:“一别多年,钟哥哥如今也变成守家卫国的大将军了。”

他原本面孔安然,此刻闻声才恭敬地行了个礼,“公主谬赞,当初少不更事才乱了尊卑,公主是万金之躯,这声哥哥,微臣愧不敢当。”

她脸上端庄的神色卸了下来,“何必这样见外,震鸿,我以为我们当年的交情从未改变。”

震鸿深深吸了一口气,沉声问道:“殿下,家父几日前是否和你说过些什么?”

男子忽然开口问起,倒叫她有些始料未及,半晌才淡淡说道:“不过是希望我能够与你成婚罢了。”

“什么?”

再顾不得尊卑有别,那一声惊呼竟然截断了公主的话,震鸿原本竭力维持平静的面孔瞬间扭曲,“父亲糊涂了,还请公主不要怪罪。”“自然不会,当年的事,本来便是我的错,无缘无故说要取消婚约,你之后离开王都弃笔从戎,我们再也没有联系。一晃十年,如何再好叫你娶我过门呢?”

当年她悔婚不嫁,甚至在自己父王面前用匕首抵住了自己的喉咙,她不肯嫁人,不肯嫁给钟震鸿,也不肯嫁给任何人,宁可一个人孤独终老。

阳信唇角有一缕浅浅的笑意,“你不必担心,平侯说过,如果我不愿意下嫁,就让我亲自为你挑选一个妻子,也算足给钟家一份恩典。”

姜还是老的辣,平侯不愿意自己的儿子一生苦等公主,只好这样断了他的念想,这样一来,便也算是皆大欢喜了吧。

“公主答应了么?”震鸿反问道。

阳信过了片刻,才缓缓点了点头,“自然,你这样的年纪也该有一位贤内助帮忙料理家事了。”

震鸿低下头,声音听不出喜怒,“微臣多谢公主殿下一番好意,可是臣心底已经有了一个女子,只怕要让公主失望了。”

阳信侧过头,落日下的面孔分外清秀,“原来钟哥哥已经有喜欢的人么,你喜欢谁,让本宫为你去说媒可好?”

他抬起头,冷冷一笑,“公主殿下何必明知故问?

她平静的面容终于变色,迟迟不再出声。

震鸿忽然站起身来，转身便走，到了门槛，脚步顿了一顿，“阿信，你到底还要苦守到什么时候？又或者，有朝一日我也战死在了沙场，你才会记得一点我的好？”

阳信一震，反驳道：“我没有。”但，那个人影已消失在了门外。

第十章

再见到阳信的时候，已经是和芹相、钟震鸿一起，一行人浩浩荡荡地进了王宫。

宫女将紫幽领到魏王所居的宫室之外，空气巾一股浓重药味顿时扑鼻而来。

层层垂落的帷幕巾，依稀听见老者的咳嗽声。紫幽皱眉，那一声声的重咳浑浊无力，这具躯体，只怕真的是已经走到尽头了。

病榻上的男人已奄奄一息，若非靠着人参、雪莲等各式药物吊着一口气，只怕是早就撒手人寰了。

紫幽看着层层明黄绸缎覆盖的男子，微不可觉地叹了口气，反倒是魏工浑浊的眼神陡然一亮，从喉咙里挤出两个宁来，“紫幽?”

紫幽伸手按停对方的额头，一股灵力持续输入男子的体内，男子眼中原本弥漫的死灰色渐渐散升，那双眼睛终于有了几分神采。

“你来了，我便放心了。”男子颤巍巍地按住床榻的雕花龙头，里头滚落出一块令牌。

“紫幽，当年我曾在丌战之前问你，这一战我会赢还是会输。你对我说过，七国的君主都有属于自己的天命王气，那是人力不能逆转的东西。”

紫幽颔首说道：“你的确是天命所归。”

“那么紫幽，告诉我，这一次，王气究竟在谁的身上?”男子焦灼地握住紫幽的手臂，眼中满是恳求。魏国大乱，如果还不能下诏立储，那么遭难的必然是魏国无辜的百姓。

“这些东西，我不能说。”紫幽悲悯地看着只剩下最后一口气的男子，“魏剑，这一次，你难道已经不能分辨你的予女中谁才是真正适合接替你的人么?”

他无奈地摇了摇头，“结儿他白幼不喜欢王宫的生活，这个担子，并不是他想要承担的东西。”

“除了三王子，你可还有别的人选?”

“信阳。”

紫幽一怔，片刻后，唇角蓦地浮现了一缕淡淡的笑意。

看见女子眼中的赞同之色，魏剑终于露出了安心的神色，低低说道：“其实我心底早就知道，信阳比起她两个哥哥更适合成为君主。王座之上，应当是体恤民众的国君，而不是为了争权夺势耗尽心力的人。”

“只是我一直担心，信阳根本不屑于这个王座啊。”老者的声音越来越微弱，最终渐趋无声。

“长公主其实很像从前的你。”紫幽的眼神温软，想起初见魏剑时，那双明亮的眼神和如今的信阳何其相似，“身在王室，就必要背负一些责任，也是时候让她担起百姓的期盼了。”

“不错。”他将那方木牌递给紫幽，“这样东西，就烦你帮我转交给信阳了。我起初迟疑不定，险些误了大事。如今你来魏国，我终于也能了却心头大事。”

魏王歪过头，再一次无声无息地睡了过去。瑶竹也不自觉别过目光，知道对方大限将至，全凭紫幽输入的灵力维持一口气。

紧闭的宫门忽然被宫人们齐力推开，才露了一线缝隙，阳信公主的侍婢小环已经慌慌张张地跑了进来，惊恐地说道：“紫幽姑娘，前面打起来了。”

紫幽看了一眼床榻上的魏王，见对方并没有被突如其来的响动惊醒，这才稍稍放下心来。

“紫幽姑娘,刚才公主殿下和两位王子原本在前厅饮宴,谁知道两位殿下因为一言不合已经打了起来。”小环自然知道这件事到底代表了什么,所以才急急赶过来通知紫幽。

“如今宫中乱得不成样子,公主殿下已经被两位王子扣住了,就连尚书和将军都脱身不得。奴婢受公主所托,请姑娘暂时不要离开这里,否则怕引来杀身之祸。”

紫幽只是淡淡地听着,这里是魏王的宫殿,那两个人闹得再大也不敢领兵攻进来,否则就坐实了逼宫这个名头。史书青笔,谁也不想在上面留个弑父夺位的名号。

“竟然这样忍不住了。”瑶竹不屑地说道,“真是怪事,魏剑生平杀伐果决,最是聪敏不过的人,怎么四个子女中多是些不成器的。”

“多嘴。”紫幽冷眼看了她一眼,随即对小环说道,“兼渊公子如今人在哪里?”

“他和公主与尚书、钟将军在一起,只是都被关了起来。”小环一五一十地说道。

紫幽笑了笑,起身往门外走去,“走吧,引我到你们公主那里去,这件事,差不多也该结束了。”

屋内的几个人也是一惊,屋内不知哪里吹来一阵清风,眼前就多了两个妙龄的女子。定睛一看,不就是紫幽和小环么?

兼渊倒是颇为镇定,见到紫幽微微颔首,示意一切无恙。尚书虽然吃惊,但是似乎想到了什么,连忙咳了咳,假装没看见。倒是钟将军一脸诧异,不知道这两个人究竟是从哪里冒出来的。

紫幽沉吟,看了看四周都是可信之人,便继续说道:“当务之急,是公主殿下,你究竟在想什么?”

“我?”阳信显得十分迷惘。

“魏王让我将这块令牌转交给你,你可知道是为什么?”紫幽笑了笑,从怀中掏出那方黑色的令牌，尚书和钟将军一见紫幽拿出此物，几乎同时起身往前踏了一步。

阳信摇了摇头，“我从未起过这个念头，两位哥哥无论是谁继位，只要放过其中一个，励精图治，这便是我的心愿。”

“公主殿下，恕微臣直言，无论是两位王子中的哪一个，恐怕都不足以担此大任。”尚书知道时机已到，一见紫幽拿出令牌，便知道再也耽误不得。

“殿下，魏国并非没有女王的先例。”钟震鸿低下头，不动神色地说道。

阳信的神色变幻莫测，她垂下眼帘，喃喃叹了一口气。

紫幽微微笑了起来，她知道最终的结果会是什么，那是天命，谁也不能更改的天命。

果然，不久之后阳信就走了出去。外头兵器拔出来的声音唰唰如雨十分骇人，可是片刻的工夫那些兵器又立刻收回剑鞘，一群人整齐划一地高喊恭迎长公主殿下。

那块令牌御林军见了莫敢不从，甚至比所谓的谕旨还要有用。此刻掌控了军权，就相当于已经一只脚踏上了王座。

凭着那面令牌，阳信很快控制了整个王都的御林军。尚书连同自己的门生即刻起草谕旨，钟震鸿更是不必说，他手握兵权，武官以他马首是瞻。年轻端庄的公主继承了魏国的王位，继承了来自父亲的荣光与责任。

紫幽微微笑了起来，一切都已经尘埃落定，她也没有再留下来的必要了。

前去告辞的时候，阳信正在试穿即位大典的吉服。用孔雀尾羽和金线细细描绘了花纹，宽大的裙裾需要三个侍女跟在身后托住裙摆，一顶十二珠冕旒细碎垂下的珠帘遮住了她半张面孔，在旁的女官神色肃穆，大气都不敢出一声。

阳信摆一摆手，身边的女侍立刻鱼贯而出。

“妾身是来向魏王告辞的，如今往事已成定局，我们也是时候该上路了。"紫幽微微一笑,看得出王座上的女子已经放下那些执念。

阳信脱力一般的靠在王座上,过了半晌,这刁‘说道:"紫幽姑娘稍等一日可好,我今夜去国库取那串凤眼菩提手串出来,姑娘明日再走不迟。"

紫幽垂下眼看着她,"公主殿下如今登上了王座,应该知道那串凤眼菩提代表着什么。你如今给我,不会觉得可惜么?"

阳信一双琉璃股的眸子看着紫幽,她漆黑的眼瞳里忽然掠过‘抹讥诮,细长的手指一下下轻叩着王座的赤金扶手,"若它可以庇护魏国,那么君王还有什么用处。"

紫幽唇角牵起笑容,看来魏剑选得没错,阳信在感情上的执拗,并不影响她作为一个英明君主的决策。这片国土,将会迎来一个真正圣明的国君。

长空冷寂,繁星密布。紫幽独自一人离开了客栈,缓步向深IU之中走去。

凤眼菩提未必能镇压将夜,如果不能,她不会让自己在客栈之中化身成魔,伤及无辜。

紫幽心底一动,密不透风的黑暗里有个身形高大的男子,看不清面孔,在虚空中和自己遥遥相望。

"将夜?"在那一日激烈的争斗之后,她将对方封印进了自己的身体,他们互相窥探,彼此隐忍。

对方嘲笑道:"你现在的身体果然越来越虚弱了,我可以直接将你的神智拖进黑暗之中。"

"一个凡人都可以将你在心中束缚百年之久,你以为我会让你逃脱么?"紫幽不再理他。

"你的内心脆弱而偏激,只要耐心地等待下去,迟早有一日,是我反客为主的时候。"将夜笑了起来。

这一刹,浮生往事犹如一场陡然被惊醒的梦魇。

幽冥之海奋不顾身的那一跃,如今,自己终是觉得迷惘了吧。

将夜的声音再一次从耳畔响起，“你以为这串东西就能封印我？想要甩掉我，可不是这串菩提子就能办到的。”

握着菩提子佛珠的手陡然僵在半空，然而过了片刻，她轻轻笑了起来，“如果邪不能被消灭，那么善，一样不会被轻易吞噬。”

菩提佛珠再一次举了起来，迎着清晨第一缕阳光，紫幽唇边的笑意渐渐散开。

斑驳的色彩从那串菩提子中逸散而出，细碎的光芒无声无息地挥洒成雨，刹那，浑身沐浴在佛光中的女子从光芒中跌跌撞撞地走了出来。

“你看，我不是赢 r 么？”紫幽微微笑了起来，下一刻，她的身躯一软，整个人倒在了地上。

天色渐渐变得明亮，睁开眼睛的刹那，紫幽的神智有些恍惚。仿佛日头才刚刚升起，自己明明用凤眼菩提压制住了邪魔，为什么那一刻，自己反而会被一股巨大的力量反噬，整个人竟然无知无觉地昏了过去？

怎么会变成这个样子……

这是一处不知名的民居，此刻紫幽站在镜子前 从来仪容素洁的女子此刻像是一朵快要凋萎的栀予，白色的裙裾上满是血污和泥泞，一张玉石般的面孔上更是满脸疲倦，往昔澄澈淡漠的瞳孔也似乎失去了神采。

紫幽忍不住自嘲：“我怎么变得这么难看了！”

“何止难看，简直惨不忍睹。”瑶竹跳出来说。虽然嘴上不肯饶人，但是一见到女子的而容，就化做人形快步走过来扶住了紫幽。

“你……没事吧？”门后传来～声问候，紫幽抬起眼，才发现原来在瑶竹的身后站着一袭绯红长裙的女子。

“墨蝶。”紫幽微微一笑，“你怎么来了？”

“嗯。”女子点了点头，眼神复杂，“表哥找了你好长时间，原本以为你是独自一个人离开了。”

紫幽没有说话，刹那问沉默了下来。

“水都已经烧好了,你先去洗_。‘洗吧。”瑶竹着急地扶着紫幽往室内走去。

走廊上两个人的声音渐渐消失不见,墨蝶微微眯起了眼睛。

原以为青勉王都一别,从此以后就再也不会见到这个人了。难道冥冥中真的有缘分这个东西,所以百转千回之后,他们还是会有再见的机缘?

墨蝶的唇角牵起一缕苦笑,这一次难得没有缠着兼渊,只是推说忽然问不舒服,想回去歇一歇。

浑身浸泡在温热的水中,紫幽忍不住懒洋洋地舒了一口气。

隔着一层屏风,瑶竹站在外头踟蹰着,半晌才说道:“你和兼渊公子……”

“嗯?”紫幽挑眉,轻轻应了一声。

“你是不是动了真心?”因为看不见对方的表情,瑶竹的胆子也大了起来。

“你觉得呢?”紫幽扑哧一声笑了出来,一边悠闲地清洗着身体,一边饶有趣味地问道。

瑶竹欲言又止,他毕竟只是个凡人。百年时光如苍狗,如果真的动了心,日后漫漫一生,又该何以为继?

“墨蝶姑娘怎么也来了?”微微发烫的水温将白皙的皮肤染上一层玫瑰般的红晕,紫幽想起那个不声不响站在门内望着自己的红衣女子,低声问道。

“她不是说自己的师门试炼开始了,兼渊公子答应过帮忙的,所以不知道用的什么法子,她竟然也一路找到这里来了。”瑶竹从柜子里取出一套干净的衣服走了进来,一听见紫幽问起,便将自己知道的一五一十全说了出来。

“不过也多亏了她,半夜御剑飞行,注意到了灵光爆发,才能在深山之中找到你。”

才穿好衣服门外就传来轻轻的叩门声，紫幽扬一扬下巴，瑶竹立刻走过去打开了门扉，门口站着的赫然是兼渊，只是手上端着一碗汤汁，“你身子虚得很，我熬1r一点人参鸡汤，你尝尝看味道如何？”

看到紫幽喝完那碗鸡汤，兼渊并没有要起身离去的意思，半晌，才低声笑道：“青勉一别，被师父罚我关在天绝山的思过崖上。当时还以为，这一辈子都再也见不剑你了。当时我只是想，我的生命短如流萤。如果用尽一生的时光也无法寻到你，到时候又该怎么办呢？”

紫幽愕然地看着眼前的男子，心口的疼痛再一次袭来，半晌，她出声道：“这些话，你不该说出来的。人世问儿尘痴爱，如果看不透，你羽化飞升之日，只恐遥遥无期。”

兼渊的手指一颤，“是么？”

紫幽缓缓转过脸来，她从未看见兼渊如此颓然的样子，那一刻，忽然想伸手去碰一碰他的面孔，到底还是按捺住了。

勉力克制自己声线巾的颤抖，她一字一句地说道：“兼渊，我只是一个妖而已。妖，是不懂感情的。”

“你懂，我知道你懂，你比谁都懂这人问情爱。”兼渊没有退让，异常坚定地看着紫幽的眼睛。

紫幽转过头，看见一旁的瑶竹满面忧色地望着自己。

“我累了，想歇一歇。”她静静地低下头来，不敢再看对方的神色。

他离去的脚步似乎带着淡淡的无奈，只听见衣袖摩擦发山的簌簌声响。

第二天早上起来的时候，两人当作什么事都没有发生过一般，平静地坐在一起喝粥吃菜，瑶竹这才若有所思地问道：“几大前你究竟发生了什么，我和兼渊差点把整个村庄都掀了过来，可是连一点蛛丝马迹都没有，我甚至都找小到你身上残留的气息。”

紫幽微微蹙眉，想起从菩提佛珠一闪一闪而过的耀眼光芒，心中也觉得疑惑。当只觉得两股力量在自己休内肆虐冲撞，随之而米的就是深深的黑暗，等到自己再醒来的时候，人就已经在符楼山的竹楼民居中了。

“也许是菩提佛珠的力量吧。”紫幽不置可否，就在刚刚醒来的刹那，原本被封印的力量再一次在体内涌动着，虽然微弱，但是的确是已经有丫复苏的迹象。

门外有扑腾着翅膀的纸鹤，在窗外焦灼的盘旋。因为紫幽身上有伤，所以这座看似普通的宅邸其实设了相当多的结界。那只纸鹤一直想要从窗户外飞进来，却不得其法，只好在外头撞得窗纸砰砰作响。

紫幽听到了响声抬起手，走到了纸鹤面前，打升来只有短短五个字：“速来普觉寺。”

女子一怔，纸鹤传书乃是道教的秘术，只要灵力充沛，这些纸鹤就能飞跃三界六道寻找到那个收信之人。然而此刻传信而来的人，分明是子言无疑。凭他的灵力，怎么可能会中途不继？

失去灵力的纸鹤被摊开住掌心，上面用朱砂密密麻麻写满了小楷，紫幽一行行看过去，眼神顿时变了，言之所以要自己速速赶去景国，竟然是想用极西之国普觉寺所供奉的佛骨舍利强行镇压邪魔。

邪恶不会被消灭，只会与善持平，在光与暗的交界之处，才是唯一能够让一切都回归寂灭的方法。

凤眼菩提不过是治标不治本，就算缓得了一时，时间一长，终究还是会被魔侵蚀理智。

那么，只要将紫幽的本体清净琉璃珠抽离出来，让普觉寺所供奉的佛骨舍利成为新的容器。

就像是在一百多年前的连国袁褚山上一样。只要无人去碰触封印的帝钟，邪魔就会继续被封印下去。

这是最好的办法，既不会伤害到任何人，紫幽也能够得到解脱。可是，普觉寺的佛骨舍利，那是天下问何等尊贵之物。释迦涅槃时遗留卜来的骨骸，这样的圣物，远非是区区一串凤眼菩提子手串所能相比的。

要冒着天下之大不韪做出这种事，其中的艰险，简直让人望而却步。

他借故先行，没想到是将自己支开，独身去了普觉寺强夺佛骨舍利么？这一战，他又受了多重的伤，竟然连纸鹤传音都难以支撑。

紫幽将子言的那封信上的内容藏了下来，只说了言在景国等着自己。百年红尘，也是时候与斯人同归了。

无论如何，他尚且是宋家的继承人，也是天绝山清虚道长的弟子。人妖殊途，彼此要走的路，从一开始就理当擦肩而过，否则谁都到不了终点。

兼渊的肩头一震，一双眼睛里看不出情绪，然而握剑的手分明在颤抖。

“那么我们是不是，也该就此道别了？”兼渊的唇角露出一缕苦笑。

“景国路途遥远，我记得墨蝶与你都还有要事在身。此去漫漫，也是时候说一声告辞了。”紫幽说完从床下搬出一坛酒壶，不用打开，就已经闻到那熟悉的酒香。

她素白的衣袂上染了点点污泥，一如开到枯萎的格桑花瓣，“这壶梨花落是我前几日才酿好的，本想着以后再挖出来送你，如今看来，是没有机会了。”

她的眼神温柔，慢慢说道：“我从前允诺过你，说如果再遇见，一定会请你喝酒。现在这壶酒赠你，也算是结了当初一段因果。但愿来目三山碧落瑶池，我们还能有再见之时。”

眼前的人一声笑了出来，碧落三山，瑶池一会，西工母三百年一开瑶池会，到时候，斗转星移都几转，他们，真的还会有再见面的机缘么？

紫幽有些不忍地别过脸去，不想再看那双眼中流露的失落和悲伤。世问事，原本就难以遂人心愿。

白驹过隙，如果能忘记，那么不如当对方从未出现在自己的生命中。

盛夏才至，一道道金色的光帘在繁盛的树木问倾泻而下，山野之巾的草木辛辣清香扑鼻而来。同头望见那问民屋越来越远，瑶竹还是忍不住幽幽叹了一口气。

紫幽的背影再一次从兼渊的瞳孔中消失,这场景何其熟悉,在不久之前青勉王都深不可测的黑夜里,白衣女子也是这样头也小回地离开丫自己。

现在,又要眼睁睁地看着她再次消失么?

兼渊怔怔站了半晌,才低声对墨蝶说道:“我们也走吧。”

景国位处极曲之地,他们却要出发回到楚国。南辕北辙,只怕是再也没有交集的机会了。

景国在七围最西之地,也是传闻中佛陀的故乡。

存那片上地之上,释迦曾脱胎转世,普度天下苍生。

而景国的普觉寺号称佛陀安息之地,在普觉寺的浮屠宝塔内供奉着佛祖遗留的佛骨舍利,是天下比丘僧尼心目中的圣宝。

传闻中守卫着普觉寺的曼陀罗大阵无可匹敌,数百年来无人敢闯,就是因为曼陀罗阵的威力委实骇人,从无出现过偷盗丢失之事。

紫幽第一次看见普觉寺的时候,是透过冥河往外的惊鸿一瞥。

那座金色的佛塔沐浴在日光之上,塔顶四剧翘起的屋檐上悬挂着一串串的风铃,风从佛塔四周吹过,隐隐还听得见那些响彻了千年的铃声在耳畔回响。

“原来是曼陀罗大阵,与诛仙阵相比,不知道谁更胜一筹?”紫幽当时便觉得愕然,连教主都这样称许,真是卜分难得。

子言的纸鹤一只比一只来得勤快,知道事态紧急,瑶竹干脆露出了真身,化作一只巨大的向猫驮着紫幽一路往景国飞去,片刻都不敢耽误。

子言说过,只要到达景国境内,就速来邵悦城与自己会合。

伏在瑶竹的背上紫幽,被日光晒得昏昏欲睡。一路在云海之中奔驰,炽热的阳光像是金色的雨水一般。

子言从来不会做没有把握的事,既然让自己速来景国,想必是有什么法子,只不过……

“怎么了?”瑶竹出声问道。

女子摇了摇头，只觉得十分疲倦。

幸亏魏国与景国比邻，五日之后，两人便顺利抵达了景国。紫幽抱着瑶竹在街上漫无目的地走着，予言比自己的法力要高得多，知道自己到了此地，只怕立刻便会派出纸鹤来寻找自己吧。

想起那个男子如流云白雪股的风姿，紫幽也不禁会心一笑。幽冥血海下百年的相伴，他们曾是彼此唯一的朋友。

子言成仙已经有千百年之久，人的血肉骨骼早就被打磨得一干二净，剩下的不过是一颗冷冰冰石头般的心罢了。

参悟大道后，心中还有多少地方，能够容得下这种种悲欢离合？

正在沉思间，却看见身边的路人都已经不见了踪影，沿街叫卖的商贩和行色匆匆的人流，在这一刻全都不见了踪影。

紫幽蹙了蹙眉，一双深色的瞳孔里隐隐有光华日 Jj 灭不定，隐隐约约的，像是听见极轻极轻的一缕笑声。

隐约间，似乎看见有人提着一盏灯笼缓缓地向自己走来。在他的身后，仿佛有什么细微的声音响起。

那是空间扭曲发出的噼啪声响，四周的路径几乎被烧成灰烬。

“紫幽。”紫幽下意识地往后退了一步，然而对方低颤的呼声却让女子心头一震。那分明是子言的声音，可是，他现在的状况却不妙得很。

烛光没有发出那种明黄的光，反而带着淡淡的紫色。他步履踉跄地走过来，紫幽连忙跑到男子身前伸手扶住了他。

风帽下的面孔果然是予言，在紫色的烛火照亮之下，他的神色变得越发脆弱。

“这是兜率宫炼丹炉内的三昧真火?!”那是一团犹如婴儿拳头般大小的火光，悬空在灯笼内静静燃烧着。没有一丝热量的火焰，却蕴含着让人咂舌的惊人灵力。

露出在袖口上的手腕有一道骇人的伤疤，即便催动法力凝结了伤口，那一条伤疤也看得骇人。

予言抬头看了对方一眼，苍白的嘴唇轻轻动了动，低声说："这里不是说话的地方，跟我来。"

"这是三昧真火燃烧后强行扭曲出来的空间，千万不要迷失在其中，否则很难找到回去的路。"

紫幽低低应了一声，然而眼中依旧满是担忧。用法力强行撕裂空间极其损耗法力，若非万不得已，子言不会用这样的办法，也说明了现在逃命的情况有多危急。

逃命？紫幽伸手按住子言的肩膀，男子立刻忍不住倒抽了一口冷气，寂静无声的空间内，那一下的抽气声无比刺耳，"你受了伤？人间界竟然还有人能让你受伤！"

"先走再说。"男子皱眉，一把抓住紫幽的手腕，一路往黑暗深处急行而去。那一盏孤灯宛如在黑暗中飘摇的星宿，男子青色的衣角如古松般的苍翠，两人一前一后地在黑暗中疾驰，不过是片刻之间，就来到了一座小小庭院面前，院落中种满了各种奇花异草，一盆盆的赤胆花像是火焰燃烧一股，姿势烈艳无比。

子言终于长舒了一口气，一只手按住心口，忍不住咳嗽起来。

"你怎么了？"紫幽这才回过神来，焦灼地望着眼前面色苍白的男子。数百年的时间，她从未见过眼前的男子露出如此疲惫的神态。

子言沉默了半晌，才丌口说出事情的原委。

守护普觉寺的僧侣法力算不上高超，对上子言更是毫无胜算。原本是准备潜人普觉寺中一探佛骨舍利的究竟，谁知半途，在普觉寺内的石塔之中，遇见了守护着曼陀罗大阵的妖鬼。

那样凶猛的恶鬼，两相交手，对方借助曼陀罗人阵迫得子言毫无还手之力，只得竭尽全力逃了出来，后背还巾了对方一掌，身体才虚弱成这个样子。

紫幽暗暗皱眉，普觉寺可谓人间佛国第一净地，寻常妖魔鬼怪靠近普觉寺已经十分不适,怎会是妖怪在主持曼陀罗大阵?

子言含笑看着她,“紫幽,你是在为我担心么?”

女子怔了怔,一时竟不知道该如何回答,半晌,才低低地说道:“子言,你没有必要为我牵扯进这件事里。”

男子摇了摇头,伸于拂去她如水长发上飘落的赤胆花瓣,“我用了上百年的时间来寻找你,紫幽,你不知道在横城见到你的那一刻,我到底有多么开心。”

女子的肩头微微一颤,有些痛苦地皱紧了眉头,然而子言像是毫无发觉一般,自顾自地说了下去,“当年的错,依然可以弥补,只要我回到地藏王菩萨处受罚。数百年后,我将重回上天界,而紫幽,你依旧是教主身边的女官。”

紫幽静静叹了一口气,这样旖旎而温柔的语气,此刻就像是落花坠地发出的簌簌声响。

“可是子言,这数百年的时光,我并不觉得是一种折磨。”紫幽叹息了一声。

“红尘之中,一叶障目。”子言的声音渐渐变得冰冷,一字一句地说道:“紫幽,你如今被邪魔附身,才会执迷与红尘中的幻觉。人间非久留之地,唯有天地之极,才会是你我最后的归宿。”

“是么?”紫幽的唇角露出一抹淡淡的笑容,抬起头看见男子苍白的面孔,没有再继续争执下去。

佛骨舍利之下,镇压的乃是幽冥黄泉。如果破了曼陀罗阵,那九幽之下究竟会引发怎样的触动,不得而知。

更何况普觉寺有曼陀罗大阵守护,佛家虽不嗜杀生,但往往一困便是上百年,一身修为全被曼陀罗法阵化去不说,百年幻影折磨,轮回转劫,生生让人发疯。

冒着这么大的风险,这一切,当真值得么?

一夜东风，蝉鸣声此起彼伏。

黑暗中沉睡的紫幽陡然问睁开了眼睛，原本平稳的呼吸不可察觉地急促起来。暗影之中，一个戴着银色半边面具的男子微笑着凝视着自己，一双黑色的瞳孔内像是有火焰在燃烧。

紫幽坐起身子来，下意识地伸出手捂住自己的手臂，那上面，红线像是快要破裂一般，几乎要露出白皙皮肤下狰狞的血肉。

"将夜。"几乎是惊叫一般，紫凼说出了对方的名字。

对方露出了白如玉石般的牙齿，竖起食指抵在唇边，做出噤声的手势，"小心，予言在外面。"

紫幽往窗外探了一眼，看见布衣的男子落寞地站在赤胆花中，手边摆着几个已经空了的酒壶。他很少这样不加节制地饮酒，这一刻，似乎是在刻意纵容自己。紫幽皱了皱眉，压低声音说道："他从前不是这个样子。"

将夜露出了得意的笑容，烟雾一般的身躯无声无息地靠在紫幽身侧，与她并肩看着窗外长身玉立的男子，"他在担心你，所以失了分寸。"

紫幽沉默下来，隐隐有夏日蝉鸣声卢，在夜晚听上去少了白日的聒噪，竟显出几分凄厉来。

紫幽低低笑了一声，"如果这一7_久能够得手，用佛骨舍利将你镇压在浮屠塔卜，你就不会像现在这般有闲情逸致了。"

"是么?"黑衣的男子笑了起来，丝毫看不出半点异样的情绪，"魔做久了，也是会厌倦的，如果这一次你真的能够让我好好睡一觉，听上去也不错，不是么?"

紫幽嗤笑了一声，邪魔便是邪魔，如果有朝一日魔也会觉得疲倦，那这个世界十大概是连一丁点的生气都已经找不到了吧。

"你不信我们会得手?"紫幽冷冷看着对方。

他慢慢转过脸来，看着普觉寺方向出神，"你可知道佛骨舍利下面镇压的是什么地方，你从幽冥血海在来，妄动佛珠，真的不知道后果?"

“你这是在威胁我么?”

女了轻轻舒了一口气,“无论如何,你想借我的躯壳重生,实在是妄想。”

“不妨拭目以待。”将夜的身形渐渐在黑暗之中隐去,从来没有人能够逃脱邪魔的侵蚀,不过是时间的长短罢了。

紫幽深深吸了一口气,看见子言似乎已经微醺,起身揽了一件长衣便往院中走去。

“子言。”庭院中隐隐有凉风拂过,空气中赤胆花与檀香的气味交织在一起,几乎让人忍不住沉溺。

身披长衣的男子默默地露出了一个微笑,低声说:“赤胆花的香味独特,但也会对身体有所损伤。”

这么多年来,他一直就是这样,一个沉默而强大的存在,不动声色地提醒紫幽该做什么,不该做干什么。作为九重天上的言华道君,他的一言一行都无可挑剔,唯独面对紫幽的时候,会露出于理不合的宠溺与温柔。

“对不起,今天……我不该那样和你说话。”两人的神色终于恢复了平静。

“子言……放弃吧,闯进普觉寺盗取佛骨舍利,这其中要付出的代价太大了……”

然而,子言只是一语不发地凝望着她。

冷冷的月光洒在男子的衣袂上,温柔得几乎快要滴出水来。可是他的手那么冷,在握住紫幽肩膀的刹那,几乎驱散了半室的闷热。

紫幽将面孔静静贴在男子的胸口上,只听见他低低笑了一声,“说什么傻话,紫幽,如果可以放弃的话,从一开始,我就不会跟着你来到人间了。”

千百年的时光,自从他成仙得道以来,或许就再也没有尝试过受伤和痛的滋味了吧?

“痛么?”几乎不受控制的,紫幽的手指颤抖着抚过他的后背。

隐约听见子言的笑声，紫幽迷迷糊糊地感觉到拥住自己的双臂又收紧了一些，头顶传来子言淡淡的声音，“没什么，过几日就好了。紫幽，不要再说这种傻话，我一定会将你带回九重天阙，远离尘世上的一切因果纠缠。”

是的，再也不会放开怀中的这个人。

第十一章

去往楚国的路途之上，风光静好，两人并肩骑行着高头大马缓缓踱着步子，红衣女子捧着手中绯色的长剑出神。

“表哥，你还在担心紫幽姑娘么?”墨蝶抿了抿唇，小声说道。

“伯父既然将你托付给我，我自然就会将你安全地带回宋家。”兼渊答非所问，眼神落在一大片青草离离的原野上，神色寡淡。

“紫幽姑娘这个时候只怕也正在赶往景国的路上吧。”墨蝶叹息了一声。

“有人自然会护着她。”兼渊皱眉，似乎不欲再提。

枣色的母马扬起马蹄嘶鸣了一声，再抬起头，只见男子紧紧勒住了手中的缰绳。

“走吧。”

景国之中，紫幽将瑶竹留在了这座宅院内。赤胆花能够掩饰妖气，景国到处都是佛法精湛的高僧，虽然未必会出手对付瑶竹，也还是小心为上。

普觉寺后面便是一片广阔的石林，位于石林正中的大概就是供奉着佛骨舍利的浮屠了。紫幽和子言随手施了一个法诀，两人进入石林之中竟然比预想中的还要顺利许多。对于普觉寺而言，最重要的无异是这片石林。

呼啸的风从林立的石碑之中穿梭而过，一层层的石碑之后，像是有一双无形的眼睛在默默地凝视着自己。或许本身是琉璃珠所化，紫幽对四周潜伏的力量分外敏感。这石林分明有着自己的意识，在两人的脚步踏进此处的时候，就已经无声无息地张开了罗网。

在层层石林之中，紫幽的目光一错。眼前的白色巨石，分明坐了一个衣袂飘飘的年轻女子，挽着高高的发髻，一双眼睛清冷如玉，看上去竟然在哪里见过似的。

紫幽垂下眉稍沉思，再抬起头，却发现身边不知何时涌起了一层茫茫的大雾。身侧的男子已经不见了踪影，只剩下裹在雾气中的石头悄无声息地移动着。

“据说曼陀罗大阵无形无迹，这种雕虫小技，是否也太看不起我们了？”紫幽微微扬起头，环视四周，冷声说道。

“我又不想杀掉你们，何必要开启曼陀罗阵。”女子曼妙的声音在背后响起，紫幽霍然回过头，只见白茫茫的大雾之中，一位白衣胜雪的黑发女子赤脚而来。面容清丽无双，行过之地，隐隐有莲花在地面绽放又凋零。

子言不是说主持曼陀罗大阵的是一个妖怪么，眼前之人分明是佛国净土的尊者，一身佛光充盈，绝对作不得半点虚假。

“你究竟是什么？”紫幽的眼睛竟然隐隐作痛，明明是风华绝代的女子，然而佛光背后，却又像是有腥风血雨平地呼啸而来，隐隐有血海的波涛和鬼怪的哀号同时响起。

女子笑了笑，素白的衣袂轻轻一挥，天地在刹那之间竟然扭曲成无数碎裂的土块一般。

王都的繁华在这一刻就如过眼云烟，在一阵阵的风声里迅速往后疾退。刹那之间，映入眼帘的是湛蓝如洗的天空和广袤无垠的荒野，在大雪纷飞的土地上，依稀还有穿着厚重服装的人驱赶着牛羊。

路边三二两两垒砌的土堆上面飘扬着经幡，在寂静的雪地之中，有一个才五六岁的孩童，睁着眼睛一动不动地看着在风中猎猎飞扬的经幡。

紫幽的目光停在小小孩童的那一刻，几乎快要无法移开自己的视线，那双漆黑的瞳孔之中空无一物，却又像是有万千幻像从他眼底一闪而过……一个普通的孩子，怎么会有这样的一双眼睛？！

陌生的女子侧过头看着紫幽,淡然说道:“看见了么?”

紫幽默默颔首,脑海之中,那些目光不一的转世灵童们在眼前浮现而过,紫幽忍不住发出了一声低呼,原本望着无垠风雪出神的孩童茫然抬起头来,黑色瞳仁异常得几乎占据了整个眼瞳,黑漆漆地凝望着两个女子并肩的方向。

明知道对方不可能看见自己,就算是能够看见,这里的一切都不过是幻觉罢了。然而和那双眼睛对视的刹那,紫幽依旧觉得心中一颤。

极西之地的景国政教不分,在这里,灵师统领政务与教务,几乎是无上的权威。

“这个人是景国哪一任的灵师?”紫幽收回自己窥探的目光,低声问道。对方不会无缘无故将自己引入这样一场幻境之中,依稀想起不久之前脑海中浮出的幻像,身材高大的男子穿着华贵的僧服,一步一步地在雪地之中踽踽独行,在他的身后,是一座闪烁着光芒的巨大神殿。

景国佛教一向以天意寻找下一任灵师的继承人,这些灵童多数有十来个之多,但是真正的转世灵童永远只有一个,他将会入主灵宫,统领整个景国。

这女子怎么会带自己来看这样的一个人?

“六世。”对方的脸色带着难以言说的惆怅与惘然,半晌,才叹息说道。

六世!即便是在红尘之中看过无数荣华富贵,紫幽在这一刻也不禁微微变了脸色。

多年之前自己就曾隐隐有所耳闻六世之事,传闻中这一世的统治者风流成性,竟然和凡尘中的女子有所往来。后来灵宫内部发生政变,辅政的景工用伪师的名义废黜了六世,在路经青湖的时候六世失踪,再无音讯。

“我叫伽罗。”女子回过头看着她,黑色眼瞳就像是一对寒潭碧玉,澄澈淡漠,“来自黄泉中的恶鬼。”

紫幽愕然,一时竟反应不过来。

血海浩荡，从九幽之下汹涌而来，这是比黄泉更湍急的河流，位于幽冥地狱的最深处。这片血海，居住着天龙八部中的修罗一族。大魔王波旬看似心服于佛祖，然而阻海之中真正的土人，依旧是陷入沉睡的教主幽冥。

伽罗是波旬的第三个女儿，她出身尊贵，美艳动人。在血海之中行走，那些当值的鬼差都会忍不住朝她张望，目光贪婪却也充满了敬畏。

伽罗冷哼一声，别过头不去看这些鬼差。血海和地府一直以来井水不犯河水，她犯不着为这些喽啰动怒，可是隔着浩渺的血海，她心里还是忍不住有些艳羡的。

虽然一样是居住在幽冥之中，但黄泉对岸的那些鬼差，都过得比自己逍遥自在。那些来来往往的魂魄们，或哭或笑，虽然多半都面目混沌而麻木，却也带着幽冥之中没有的气息。

母妃说，那些魂魄都来自人间界的凡人。他们的寿命短暂如流萤，但又能生生世世转世轮回，卑微如蝼蚁，却也做过让神灵都为之震撼的事。

这一切，让伽罗对外界充满了向往。可是她的一生，注定只能在血海之中度过。她是魔尊夸赞最像自己的女儿，天生法力超群，注定将来只为守护血海而生。

阿修罗在血海之中孕育而出，尊称教主为父。他们独立于三界之外，无论去了什么地方，都是旁人口中的异类。况且留在血海之中有什么不好？教主法力无边，如今闭关斩却执念，一旦得道，便可与天地化作一体。

虽然臣服于佛，但对阿修罗来说，他们只属于血海。

伽罗像往常一样巡视着血海，却被对岸传来的哭喊声吓了一跳。阿修罗教众纷纷侧目，就连伽罗都忍不住多看了一眼。

在黄河彼岸，一群群的恶鬼面目狰狞扭曲。这一路，已经是十殿阎罗最后一程了。若是连转轮王都不肯收下，这些魂灵便因作恶多端直接被打入十八层地狱，受尽百般苦楚不得解脱。

这条路素来不太平，素来有恶鬼自投血海，从中转生成阿修罗。这样的人多了，就连波旬都有些头疼。因此伽罗往返其中巡视，就是为了肃清两界。

然而这一次，这些哀哭声里，比起往日的怨念与恨意，却多了几分别的感情。

她踏波而去，血海汹涌翻滚，转瞬便将伽罗送至黄泉岸边。那是……伽罗微微一怔，几乎以为是自己看错了。

年轻的黄衣僧人双手合十，趺坐在路边的石盘上，口中不断念诵着往生咒。在他身后，佛光虽然微弱，却带来了幽冥之中从未有过的光亮。

鬼差们颇有些不耐烦，用鞭子和铁链抽打着停步的恶鬼，但对年轻的僧人却带着一丝敬畏之心，不敢过分催促。而在念诵经文的过程中，竟然有面目狰狞的妖鬼眼神渐渐清明，倒转过来，一路跑了回去。

鬼差们顿时兵荒马乱起来，而伽罗的大哥伽彻却拍手大笑，伸手摸着自己的下巴，看热闹般嘲笑道："这和尚倒是有几分本事，竟然能唤回这些魂魄的灵识。"

伽罗挑了挑眉，想说什么，然而伽彻已经不耐烦地挥了挥手，带着阿修罗的一干人等返回幽冥之中。黑暗里，伽罗回眸看了一眼，年轻的僧人恰好睁开了眼，一双眼清明而亮，像是幽冥里从未有过的光。

她按着自己的胸口，扑通一声，心却不知怎么忽然跳得那么快。

伽罗想要打听一个人，自然要比旁人容易得多。嘴碎的侍女将探听的消息说了一遍，这陌生的和尚竟然来自西方净土。他本是燃灯手上念珠的一颗，日日夜夜聆听佛音，最终成了在燃灯古佛身边伺候的小沙弥。

只是佛法无边，要历的劫难也无穷无尽。他在佛祖面前发下宏愿，想要效仿地藏王菩萨，地狱不空，誓不成佛。然而"普度众生"四个字，说来容易，真要做又是何其艰难?

但是佛祖竟然应允了，只要他能度阿修罗中一人，便算是完成了这场历练。

传话的婢女掩面而笑，声音里说不出的讥诮，“公主，咱们阿修罗部，哪里需要别人来度？这和尚完不成誓愿，恐怕永远都要待在地府里给人念经了。”

阿修罗出身异常，不像是三界中人，总有根源可循。他们脱胎于血海之中，不入三界五行，不进六道轮回，唯一信奉的也只有血海的教主冥河，就连当年佛主语冥河对赌，名义上虽然归降佛陀，但从来不曾听从调派。

想要度化阿修罗，就算是地藏王菩萨这么多年来也是有心无力，更何况他区区一个小沙弥？

只是伽罗的心中却微微一动，她想起那惊鸿一瞥看见的眼睛。清澈见底，不同于她所见过的任何魂灵与妖鬼。清澈而纯正，像是她对人间美好景象所有向往的集合。

“我们与地藏王为邻这么多年，却从来不曾见过菩萨真身。如今从西方来了一个和尚，我倒觉得挺有趣的。”伽罗握着自己手中的剑，忽然起了兴致，“既然发下这种宏愿，我倒想去会会他到底是个什么样的人。”

她倒也不遮掩，大大咧咧地前往幽冥地府去找这个和尚。找个鬼差打听一番，才知道几天下来，这小和尚竟然还真有几分本事，这些素来难缠的鬼差，也肯心悦诚服地叫他一声玉措大师。

他的法号，原来叫玉措。

伽罗带着剑闯了进去，周遭围绕着的鬼魂们部有螳瑟缩起来。然而坐在石台上的和尚却只是抬了抬眼，继续不动声色地讲《妙法莲华经》。

伽罗放下了剑，跟着这些鬼魂饶有兴趣地听了下去，只是这些鬼魂被鬼差驱赶得太多，能够停下来驻足聆听的却少，而像上次那样，能够被佛法感召的，就更是寥寥无几了。

伽罗是听到最后的那一个，幽冥之中虽然没有日出月落，却也有自己的时辰。当彼岸花轰轰烈烈地开满黄泉两岸的时候，鬼差们就会停下一天的差事各自歇息。这一路，自然也就不会再有鬼魂出没了。

“不要再念了，你f_I渴么?”伽罗足尖一点，便站到了玉措身边。年轻的僧人看了她一眼，念了一声佛号。

“施主，是从血海中来的么?”

“是啊，我听说你要来度阿修罗，所以就来听听，看看你有什么本事。”伽罗坐了下来，用剑柄撑着_卜巴，笑嘻嘻道，“从前佛主也来过这里，不过和教主打了一架，就再也没来过了。就连佛都普度不了我们，更何况是你呢?”

“佛在我心里，也在施主的心里。”玉措低声道，态度不卑不亢。

伽罗又笑了起来，她第一次听见有人说这样的话。他们阿修罗的心里.焦么会有佛?

这里是炼狱火海，有的只是耳边的痛哭和哀号。可是不知道为何，伽罗却没有出声反驳他，只是看似无谓地点了点头。

再后来，这就成了地府里的奇景——黄色僧衣的和尚坐在黄泉边念经，而阿修罗的公主则帮他维持秩序。每当有恶鬼试图吃掉玉措的时候，伽罗的鞭子总能又狠又准地抽在对方身上。

这一场相伴，持续了整整百年之久。直到彼岸花开了又谢，如火如荼铺满岸边的时候，玉措忽然问她：“公主听小僧讲了百年佛法，不知可有感悟?”

“没有。”伽罗回答得干脆果决，即便她自己都知道，当年那个骄纵任性的公主，如今眸光里已有几分像他，可是她不想说，也说不得。

婢女的话尚在耳边回响，他从极乐净土而来，不就是为了度化阿修罗众么? 若是度了，他是不是就要回去了?

玉措笑了笑，却没有继续追问。他的眼神有一瞬间的黯淡，只是消失得太快，连伽罗都不曾看清。

地府中的时光，似乎格外的绵长而难以坚持。日复一日，让人看不到尽头。但对伽罗来说，这样的时光，因为出现了玉措，似乎已成为很遥远的事情了。

这时光，美好得竟然让人生出一点奢望，只盼它永远都不会结束才好。

数月之后，伽罗再从血海中前往黄泉的时候，却被人拦了下来。

“混账，你们竟然连公主殿下都敢拦，瞎了狗眼么！”伽罗身边的婢女横眉倒竖，只是那些拦路的夜叉早已经举起了武器，三叉戟毫不留情地攻过来。

“放肆！”伽罗手中长剑出鞘，重重将对方打了出去。

领头的侍卫阴恻恻地笑了起来，“属下知道公主法力高强，不敢拦阻。只是大殿下有命，还请公主这几日切勿离开血海，免得徒生变故。”

“变故？什么变故！”伽罗反问道。

“大殿下已经派兵攻打地府了，不过几日时间，想必就能成事了。”对方倒是知无不尽，大概是因为有恃无恐吧。

“父王怎么说？”伽罗的手指忍不住颤抖起来，却还是勉强保持着镇定。

“大魔尊和天妃，都已经闭关了。”侍女颤巍巍道。

她最近一直守在玉措身边，竟然连父亲和母亲闭关都不知道。所以，哥哥才会在这个时候独断乾坤，做出如此愚蠢而荒谬的决定么？

她终于拔剑出鞘，不行，不能让哥哥这么疯狂下去。玉措呢，若是阿修罗与地府开战，他现在如何，有没有人护着他？

伽罗挥舞着手中的长剑，带领着身边亲近之人奋力反抗。两个哥哥难道都已经疯了么？

她闯出宫殿，顿时被眼前景象所震慑。

幽冥血海几乎沸腾，黄泉倒流。镇压在十八地狱之下的恶鬼都被放了出来，就连地藏王都疲于应付，整个幽冥界，似乎陷入了一场前所未有的混乱之中。

哥哥竟然趁着父母闭关的时候，强行打开了两界之门，放出了火海炼狱中的猛兽。

地狱原本就可怖，此刻更是兵荒马乱，到处都是阿修罗众与地府鬼差的尸体。

而血海之上，遮天蔽日的乌云翻涌成浪。一尊高大的邪魔左手缠着巨蟒，右手持剑，傲立于天地之间。

“父王实在是太过仁慈了，整个地府本就是我阿修罗众的。凭什么地藏王和天界都可以横插一脚，我们却要龟缩在血海之中？”面目狰狞的伽彻足踏恶鬼，站在半空中狂笑，“不过，现在一切都要重归我们手中了。”

“不行，不能让哥哥再乱来了。”伽罗咬牙道。地府失控，将会导致人间大乱。而一旦恶鬼和修罗离开血海逃入人间，天地将会迎来一场前所未有的浩劫。

被这场灭顶之灾所席卷的，绝对不会只是手无缚鸡之力的凡人而已。阿修罗这么多年来置身事外，就算不入佛门，也过得逍遥自在，一旦涉入其中，难道千百年前的教训还不够么？

那一瞬，披头散发的伽罗咬破了自己的指尖，白皙的面孔上顿时覆满了蓝色鳞片，面容扭曲起来。所谓阿修罗，原本就是半神半魔的存在。

她飞身而上，和长着犄角赤裸半身的兄长争斗了起来。

然而身形才动，伽彻便张开血盆大口，缠绕在手臂上的巨蟒与他呼应，高高扬起头颅，从上而下一口咬住了伽罗的手臂。

“哥哥，不要一错再错了！”伽罗高呼道，然而此时的伽彻早已迷失心智，又怎么会肯听劝阻。伽罗微微挣脱，然而身形不退反进，竟然是同归于尽的打法。

站在黄泉下的男子神色变幻，足下踏莲，竟然直直飞了上来。

“我去引开他，等抓住机会，就一举将他封印。”一身僧袍的玉措低眉敛目，然而神色却出人意料的倔强。

他一掌将身边的女子推开，足尖一点，迅速飞了过去。身形高大的魔神伸手抓向他的手臂，那一团血水猛地四散溅开，飞散的血水宛如剧毒，落在女子的身上，顿时蚀穿了她的衣角。

“玉措，玉措！”她看见黑暗中的男子几乎被吞噬干净，那一点佛光幽微难测，摇摇欲坠。

不能再等了，伽罗掠入乌云之中。然而毒气四散弥漫，根本无法视物。

“嗷！”黑暗中不知道发生了什么，伽彻似无法承担这种痛苦，挣扎着露出了身形。伽罗一怔，下意识想将玉措拉出来，然而僧人摇了摇头，他重伤之下根本无法行动，现在根本顾不得了。

“快，快！”推开了伽罗伸向自己的手，玉措对着她疾呼道。

眼看自己的兄长重伤在身，此时若不出手，机会稍纵即逝。伽罗终于纵身而去，她手中的剑化作千万利刃，如瀑布急雨般飞掠而出。魔神庞大的体型避无可避，利刃合二为一，一剑将他钉在了地面上。

“玉措，你在哪儿？”终于舒了一口气，伽罗再不停留，立刻飞身折返寻找自己的同伴。

变故不过是一瞬之间，原本垂死挣扎的魔神将手中的武器抛了过来。

挡在她身前的男子却神色静谧，他一身灰黄的长袍垂落地面，只是目光却苍白而安宁。阿鼻剑刺穿了他的胸口，殷红的血液从胸口滴落，坠在伽罗的手上，恍若盛开的血色花朵。

“玉措！”伽罗感受到自己的胸口一阵剧痛，她像是发了疯一样扑过去抱住眼前的男人，然而止不住，无论输送多少法力，都止不住伤口不断流淌的鲜血。

“为什么，为什么！”伽罗抱着眼前的男子厉声道，额头抵在男子的肩膀，一向骄纵的她终于忍不住痛哭失声。

阿鼻与太一剑，这是教主留下来的法器，神挡杀神，佛挡杀佛。两个哥哥也是因为拥有了它们，才会起了谋逆的野心。四海八荒之内，谁也无法逃脱这一剑死亡的宿命。

等待着玉措的，只会是灰飞烟灭的下场。

“是我修为不够，不能完成佛祖重托。”穿着僧衣的男子低下眼睫，他的神色平和静谧，毫不在意即将面临的结局。

只是那普度众生的眼神落在伽罗身上，却带着一瞬的怔忪。然而很快的，他又平静了下去，双手合十念了一句佛号，“伽罗，我奉佛旨前来普度幽冥。可是几百年来，始终一无所获。此地虽然不信我佛，但我也不能看着它生灵涂炭。伽罗，苍生何辜，愿你能一心向善，不要……”

不要什么？伽罗很想去问，可是对方已经闭上了眼眸，身上的佛光一点点溃散。四周依然是喧嚣的砍杀之声，伽罗却像是什么也听不见了，只是抬起头来，有血泪批面。

大雷音寺，佛光普照。白衣黑发的女子持剑站在佛主身前，四方不动的明王手持法器，怒目冷对。

这么多年来，她是除了冥河教主以外，第一个闯入两方净土的阿修罗。

这一路过关斩将，伽罗早已不堪重负。纯净如羽的白衣上血迹斑斑，她从幽冥黄泉而来，受尽罡风之苦，再一步步走过灵山，每一寸佛光之下，部如利刃透体而过。

这也是一路行来，四方揭谛竟然无人出手阻拦的原因。于她而言，这一路，无异于受尽炼狱之苦。

佛陀端坐莲台，低眸看她的视线里充满了慈悲，“伽罗，你不该来这里。”

“我要救他。”伽罗手中握着剑，目光固执而倔强。她不惜一切代价来到佛陀面前，只为了玉措。

“因果既起，便是万劫轮回，又岂是你说救，便能救回来的？”燃灯古佛叹息一声，座前的孤灯火光闪烁。微弱光芒里，有千万灯火如瀑。那是玉措的魂魄，受了阿昇一剑，散落在天地之间，早已经无处可寻。

只看得一眼，白衣女子神色便暗淡下来。然而很快的，她又仰起头，神色固执，“我不信天意难改，我只信事在人为。佛主，你曾说过，众生皆苦，你愿普度苍生。那么今日，伽罗也在此立誓，只要佛主肯救他重入轮回，伽罗愿弃魔成佛,永守曼陀罗大阵!”

她凄厉的声音响彻大雷音寺,一时间诸天神佛都为之悚然。

“大善,大善!”素来沉稳的燃灯古佛快速拨动手上念珠,低语道。

曼陀罗阵号称佛门第一阵,当年佛主布下法阵,一举镇压冥河教主。从此天地清明,六道轮回定序。冥河也因此身受重伤,不得不闭关修养。

而阿修罗内乱,地府为此颠覆,就连地藏王都无力镇压,皆因为曼陀罗受损,结界已岌岌可危。若伽罗愿以身入阵,从此天地便可重享千万年太平。

“弟子愿以燃灯为引,将玉措神魂接引归来,重入我佛门。”燃灯将手中青铜古灯举起,起身向佛陀施了一礼。满天神佛也纷纷起身,愿为燃灯护法。

高台之上的佛陀摇了摇头,片刻后,才缓缓道:“伽罗,你千辛万苦来我灵山,我便应你一诺。来日你若能度玉措重回灵山,我便封你为天龙八部无欲天女,此事因果就此了结。若你度不得,那便替我守住曼陀罗阵,应你今日之誓。”

伽罗举起手中利刃,双指并拢折断配剑,利刃刺破她的手指,血色坠落如雨,“若违此誓,伽罗愿永堕轮回,不得超生!”

以身入阵,从此天地无尽,亿万年时光,她都永远无法离开。那是何等的孤寂与漫长的时光,让年轻的比丘都忍不住侧目。然而眼前的女子却毫无畏色,眼中只有欣喜。

藏匿在她心中的,究竟是什么,竟有着不逊色于佛门“舍身”的愿力?

卡纳斯山巍峨耸立于景国尽头,天地被一片白茫茫大雪覆盖,漫天风雪之中,白衣的旅人穿着厚厚的棉袄独自前行。

这座号称“圣灵之山”的山脉,高耸入云,直入天地之中,一直以来都是景国的圣地所在。每一百年,都有圣师在此转世。等到上一任圣师寂灭之后,人们就会将转世圣师迎回灵宫。

举着白色经幡的女子神色笃定，是这里，燃灯给了她这朵莲花，告诉她一切将从此地开始，也终将在此地结束。

她被封闭了所有的灵力，化身成普通人，找到了村庄驻扎下来。一直等到三年之后，她终于等到了玉措的转世。

那个孩子在襁褓之中挥舞着小拳头，伽罗小心翼翼地将他抱在怀里，神色温柔而疼惜。

她不远不近地守着这个孩子，这一世，他已经换了名字，“加措”，他的新名字就叫“加措”。她从这个孩子的身上，分明看见了前世幽冥之中的佛光。他们的眼神是如此相似，带着沉默而静谧的凝视。

虽然有时会有些微的失神，然而伽罗心中却是满足的。只要能够看着他长大，将他迎回灵宫，人生百年不过一瞬，生老病死之后，他便能重回西方极乐。

但世事何等无常，又怎么会尽如人意？在加措十三岁的时候，村庄被焚烧一空。景国之内，世俗中有人不愿意再看见灵师继续独揽大权。斩草除根，最好的办法自然是杀死所有转世灵童。

当血与火一路燃烧过来的时候，伽罗察觉得已经太晚了。她包着头巾冲了出去，只见加措的父母满身是血倒在一边，两兄妹被锋利的马刀砍成了两截。

加措被藏在家中的米缸里，她一把掀开木盖，幼小的孩童仰起头看着她，目光冷冷，漆黑的眼眸里有烟雾弥漫，却像是已经死了。

伽罗的心微微一痛，毫不犹豫地将他抱了起来，转身冲向漫天风雪里，低声安慰他：“别怕，我带你去灵宫。”

孩童瘦弱的手臂环绕着她的脖颈，将头轻轻埋入肩头，嘶哑而微弱的哭声，像极了走投无路的困兽。

“别怕。不要怕，我带你走。”就像是百年前在幽冥血海之中，玉措奋不顾身地挡在她身前一般。

只是被封锁了灵力,这一路逃亡就显得尤其艰辛和困苦。玉照雪山下,伽罗抖开自己身上的披风,轻轻将加措裹了起来。月色高悬于天空,银色的月光几乎和雪色融为一起,像是倾泻的水流。

"姑姑,我们一定要去灵宫么?"躺在怀中的少年睁大着眼睛,茫然问道。

"当然,你是注定的灵师转世。只要去了灵宫,你就能镇压这些反叛和谋逆,宣扬佛法,普度众生。"这些话,原本是从前的玉措说过的。那个年轻的沙弥,一生所愿,不过是能够普度救人。

然而当日光转向月光不可及的黑暗之中,伽罗又轻轻叹了一口气。灵宫所在之地,佛光已经越来越微弱了。如果再不能及时赶回去,只怕灵宫之中也要出现变故了。

再回头看身边的少年,对方已经闭上了眼睛,沉沉睡去。伽罗心中隐隐有几分忧虑,生死轮回,原来真的是不一样的。就算眉眼有多么相似,这个孩子的眼底,有着玉措没有的深沉。

即便是多年的陪伴,她也从来不曾看穿过这个孩子心里到底在想什么。

伽罗闭上了眼睛,当第一缕日光透过云端的时候,叛教者决定在灵宫外设下最后一场伏杀。这些头戴斗笠的人神色冷酷,手中持着弯道,伽罗微微伏下了身体,从身侧无声地抽出了一柄断剑。

她在人间不能施展法力,只能竭力而为。刀光剑舞之中,一道道银光破空而出,直攻这些暗杀的刺客。

她的长剑被折,已经无法杀人,只能倒转剑柄击昏对方。

"姑姑。''气喘吁吁的伽罗终于脱力倒在地上,却听见身后的少年喊着自己的名字。

他跪坐在地上,歪着头看着伽罗。而在伽罗的身后,一柄弯刀重重砸在地上。那是唯一的落网之鱼,然而在发出破空一击之时,却因为被人刺穿了咽喉,手腕失力而跌落在了地上。

刀很短,不过是一尺来长,却洞穿了对方的脖颈。动手的,是那个看似人畜无害的少年，眉目清秀，只是面颊上却有溅落的血液。

“你……你杀了他？”伽罗倒抽了一口冷气，喃喃道。

加措冷冷地笑了笑，眼神晦暗不明，“是啊姑姑，我杀了人，是不是就不能去灵宫了？”

历任灵师之中，从来没有人动手杀过人。杀生是犯了大戒，伽罗只觉得浑身颤抖，几乎说不出一句话来。难道所有的努力，全部都要功亏一篑么？

“不，人不是你杀的，是我。如果真得有什么因果报应，那么该报应的，也有我为你承担。”她从地面抓起一把白雪，仔细洗去少年脸上的血迹，笃定道。

灵宫之中的人立刻派了人前来迎接，灵师已经垂垂老去，而加措将会取代他，入主灵宫成为新的领袖。

伽罗无法进入灵宫，此地不能收容女了，而且她一身杀气，宛如恶鬼。灵宫的僧人看向她的眼神，分明充满了鄙夷和恐惧。然而手执断剑的女子却不为所动，只是目送着加措被众人簇拥着往灵宫远去。

总算，是成了吧？她历经千辛万苦，将他送来此地。只要历经佛法熏陶，以加措的资质，百年后必定于佛国之内有一席之地。

她欠他一命，今时今日，总该偿还了。

第十二章

加措进入灵宫之后，便和外界彻底断绝了关系。照理说，伽罗应该是赢了这个赌约。然而时间流逝得越快，她心中的焦躁却越盛。

她在灵宫外的客栈里租了一间客房，一住就是五年。五年后，便是加措正式的加封大典。那是整个景国最盛大的时节，所有人从各地赶来，三拜九叩，只为一睹灵师的容颜。

那是时隔五年之后，伽罗第一次看见加措。这个孩子如今丰神俊朗，被灵侍们簇拥着坐在莲台上。他让所有人都为之震动与欢呼，人们高呼着加措的名字，认定他受到佛主的庇佑。

但在满天云霞之下，伽罗看着他的眼睛，只觉得格外陌生。

那一双瞳孔深不可测，带着说不出的阴郁和冷漠。那不是灵师看人时该有的眼神，没有丝毫的悲悯，反而带着无尽的憎恶。

为什么，她一直守护着的这个孩子，玉措的转世之身，竟然会变成这个样子？

那一瞬，巨大的绝望占据了伽罗的身心，让她几乎无法呼吸。

从那之后，接连而至的变动让整个景国都为之震动。新一任的灵师竟然发起了战争，征讨所有心怀二心之人。当年参与屠村的势力被连根拔起，尸体悬挂在山岩上任秃鹫啄食。

而且民间渐有风声传出，这一任的灵师，根本就不信佛主。公开在灵宫之中做出荒唐淫邪之事，这样消息不胫而走，伽罗终于明白过来。和佛主的这场赌约，她终究输得一败涂地。

愿赌服输，伽罗无怨无悔。然而在前往曼陀罗的前一夜，她却无论如何也无法释怀。

清湖风雪如瀑，她看见几座帐篷孤零零地散落在树林中，便想进去躲避。还未靠近，便能察觉出里头传来淡淡酥油的香气。

伽罗掀开了帘幕，冷风盘旋而入，然而室内却已如冰窖。

坐在案桌前的男子形如枯槁，他伏在案桌前不断书写着佛经。油灯不曾点起，这一片黑暗之中，也不知他是如何看清的。

走近了，伽罗才发现，他的双眼已经被挖了。

放浪形骸的加措在景国之内引起了轩然大波，百姓不能允许这样的人继续主掌灵宫。于是他被废黜，挖去双眼，流放到清湖。日日磕等身长头赎罪，此地天寒地冷，自然不能和灵宫相比。

脱下了锦衣，眼前的男子一双空洞洞的眼睛看向自己，伽罗却隐隐有些说不出话来。

失去了肉身的眼睛，却在这一刻开启了佛眼。

“是你么？”蓦地，男子忽然开口，“伽罗，你回来看我了么？”

隐身在暗处的女子没有回应，加措的嘴角却露出了温柔的笑意，仿佛在一片黑暗之中，他真的看见了神佛的踪迹。

他低着头继续抄录着佛经，虽然双眼已盲，然而他的字迹工整，一笔一画，虔诚而柔和。

“为什么？”她自始至终没有露出行迹，原本以为只是来见他最后一面，可是到底，还是忍不住问了出来。

这个问题，她一直不曾想明白。为什么，一定要将自己逼到万劫不复的境地？除了眼前的男子，谁也无法再给她一个回答。

“姑姑，你知道么，我并不是不信佛。可是我也和姑姑一样，想不明白很多事情。我的父母和兄弟都死了，我却什么也不能做。当初我杀了人，姑姑为我承担下来，因为你说，我会是灵宫的主宰者，将会给百姓带来福祉。”他放卜了手中的毛笔，声音沙哑，“可是姑姑，如果我不是灵师转世，你还会对我这么好么？”

“你在意的，究竟是加措，还是一个转世的灵师?,,

伽罗悚然，一时竞不知如何回应。

如果，如果他不是玉措的转世？她根本不会多看这个孩子一眼吧。然而对加措来说，她是他最后的亲人，在失去所有血脉之后，唯一可以依赖的，只有这个姑姑。可她却在最后，毫不犹豫地将他送进了灵宫。

从来不曾问过他，那是否是他想要选择的人生？

“我们还会再相逢么？伽罗，无论多少世的轮回转世，我都会回到你的身边。人问无限浩劫也好，西方极乐净土也罢，或许我们，终归还会再见一面的。”他的声音恍若燃烧的藏香袅袅，一瞬而过。

然而站立在一边的女予却仰起头来，泪落如雨。

不会了，此生此世，千劫万载，永远都不会有见面的那一刻了。这一世，她终究无法度他成佛。她内心的执念如此之深，却害了这个无辜的孩子。

但幸好，幸好他还能回头。也许几世轮回之后，他会重归佛祖门下。而伽罗，将会信守诺言，从此镇守曼陀罗大阵，在千万年里，镇压幽冥黄泉。

男子执笔的手微微一顿，室内不知从何处绕起一阵清风，绕着他转了三圈。然后呼啸远去，再不回头。

清湖水声迢递，原本心如止水的男予霍然站起了身，跌跌撞撞地想要追出去。然而白云苍狗，岁月横流。这一瞬，竟已过去千年之久。

紫幽双手并拢按在眉心，微微俯身示意，“原来是伽罗公主，当年在幽冥血海便久闻公主大名，没想到能得缘一见。”

白衣赤足的女子驭风而来，原本冷漠神色在这一刻有了些许松动。或许是孤身守护曼陀罗阵的时间太久，她也不曾想过会在多年后遇见自己的族人。

“教主和我的父王母后，还好么？”伽罗伸手扶起了紫幽，喃喃道。

“教主已经从闭关之中醒来了，至于大魔尊和天妃，一切都好。”紫幽将血海中的情形细细说了，“大皇子殿下，被关在了血海深处。如今血海已与地藏王协议，从此两不相犯，修罗一族之中，也有族人前往地府履职。”

是么？当年黄泉血海秋毫无犯，没想到如今也已变了模样。若是玉措如今才来阿修罗说法，他们，会不会有不同结局？

那一瞬的执念倏然远去，很快就消失不见了。

她千年前皈依佛门，一切的一切，本就该烟消云散，不必追忆。

“离开这里吧，我并不曾转动曼陀罗阵，就是不想伤你性命。你和你的同伴，我都会将你们送出去。但是，也不要再擅闯了。”伽罗仰起头，艳红长发似盛开的赤胆花，浓如血色化不开。

“是。”这一次，紫幽十分顺从。她原本就不想夺去佛骨舍利，既然在此遇到伽罗公主，那幺正好知难而退，也不必强行闯入了。

“紫幽！”然而子言却微微皱眉，出声制止道。

子言被困在曼陀罗阵中，自然看不见紫幽所见的一切。只是困惑，为何并肩而来的同伴，竟会在一瞬间毫不犹豫地退去。

凭他们二人之力，闯过此阵，足矣。

紫幽毫无留恋，摇头道：“子言，我的身体，我自己知道该如何处理。曼陀罗阵镇压已经千年，公主自然有她守护此地的道理。对我而言，许多事情，已经不必执着了。”

子言微微苦笑，“也罢，到底还是我枉做了恶人。既然如此，那么此事便作罢了。只是我身上有伤，既然受制于曼陀罗阵，自然还要在此疗伤，恐怕是不能与你同去了。”

紫幽有些错愕，但伽罗却神色恍惚，出言道：“当日是我伤了你，如今也是该我为你疗伤才是。”

见伽罗都这样说，紫幽这才放下心来，“那么便劳烦公主了，无论我的同伴做出什么失礼的事,皆因我而起,还请公主千万不要为难他。”

伽罗莞尔,手中长袖挥动,淡然道:“放心,你且去吧。”紫幽身边景色剧变,瞬间被传送离开了曼陀罗阵。

而留下的子言也施了一礼,却猛地反手拔出了背后长剑,“这一次,贫道不会手下留情,还请公主不吝赐教。”

伽罗饶有兴致地打量着眼前人,“你已悟道成性,可知道这一点执念若是看不开,只怕永远要万劫不复了。”

“那,便万劫不复。”男子肩头一震,手中长剑出鞘,锋利刀刃割向伽罗咽喉。

自从在伽罗那与子言一别,两人又失去了联系,紫幽倒是放下镇压身体里邪魔的念头,回来之后也潇洒自在了起来。

这日,她独自走在闹市上,猛地就被人从背后拉了一把。

紫幽一惊,连忙回过头,在看到来人之后更是瞪大了双目。

“你……”

这张有段时间不见却依然熟悉的脸,不是兼渊又是谁?

只见兼渊神色复杂地看向她,“我从师父那里听到了要围剿消息,所以连夜从楚国赶了过来。”待紫幽站定,兼渊再不迟疑地驱使着仙剑一路往天空飞去。大片的浮云在两人身侧飞过,紫幽的手指下意识地握住对方的衣袖。

天绝山从前便派人围住了紫幽的红尘阁,此刻又号召天下同道围剿,紫幽实在觉得很困惑,与其耗尽心力去抓自己,为什么不能好好去修炼呢?

女子用手按住自己的额头,神色疲倦不堪。

“愚蠢!你以为天绝山这样不遗余力地对付你,真的只是为了要降妖除魔不成?”心里有个阴沉的声音响了起来,是将夜颇为不屑地笑了,“因为你的本体是一颗清净琉璃珠。只要将你炼出原形随身佩戴,便可破除心魔,到时候道行一日千里,白日飞升更是指日可待。”

紫幽终于解惑了，脸上浮现出一丝苦笑，“可笑，心魔除了自己斩杀之外，别无他法。”

脑海中的将夜挑了挑眉，“你同我说有什么用，我便是心魔，我知道，那些愚蠢的人类并不知道。”

他幸灾乐祸颇有看好戏的样子，“你如今可是声名远播了，天绝山与武华山还有宋家联手，还扛出除魔卫道的大旗，只怕天下的修道之人都要与你为难了。”

“你觉得我会害怕？”紫幽淡淡笑了。

“真是奇怪啊，凡人为求修仙得道，耗费一生之力也不可得。你呢，究竟为了什么，竟然脱掉仙骨叛离幽冥血海？”将夜毫无顾虑，脱口而出问道。

紫幽轻轻笑了一笑，缓缓闭上了眼睛，“也许是对这个红尘的贪恋和好奇吧。”

位于地府之中的天空，风与星辰都是凝定不动的。一百年，一千年亦复如是，无穷的岁月，无尽的孤独，她已无力承担。

“真是任性。”将夜像是想到了什么遥远的往事一般，眼神中的血色竟然变得柔和起来，在很久之前，似乎也有人和自己说过差不多的话。

“靠着人心深处的黑暗所衍生出来的妖魔，无法被摧毁和消灭，永远都只会在灵魂深处喋喋不休地引诱，但这并不是你的错，错的是无法克制自己邪念的人。”对方的眼睛里像是有湛蓝无垠的天空，让人无限迷恋却又望而却步。

那双清澈的眸子，是属于用自己的生命将他封印在法器帝钟里的，林灵素的。

那个道士，如今是不是已经白日飞升、登入瑶台了？知君仙骨无寒暑，千载相逢犹旦暮。上天界听说冰冷而无情，那个牛鼻子，不知道是否习惯。

将夜笑着和女子一同眺望着远方漆黑的夜空，以后到底怎么样，他可好奇得紧呢。

在离殷国国度还有数百里之遥的地方，有一条不算宽阔但却绵延的江水，名字唤作宁相江。那是去往殷国的必经之地，然而，在去往最近的渡口时，异变陡生。

头顶的云透出一种古怪的青色，越压越低。

三个人的脚步都同时停了下来，瑶竹满脸戒备地看着对面的江岸。

紫幽皱起了眉，喃喃说道："这是八卦伏魔阵？"

"那个阵法耗时耗力，而且至少要十数个功力高深之人同时发动，又需要有众多弟子门人从旁f办助。"兼渊的声音巾透出了不安。

长风过处，果然站着一群青衣道人。

"妖孽，兼渊师侄乃是我天绝山栋梁之才，他日宋家也要由他继承家主之位。如果不是你巧言令色，他又怎么会自毁前程！"清风怒极，隔着江岸斥责道。

"你师叔说得不错。"紫幽笑了起来，"我…直就在不停地牵累别人，一开始是子言，现在轮到你。兼渊，你无需为我自毁前程。"

"已经迟了。"男子低沉的声音在耳畔响起，兼渊缓缓拔出了手中的长剑，侧过身和紫幽并列站在一起，他抬起下巴，一字一句地说，"我说过，一定会护你周全。"

紫幽的眼睛清澈如水，"现在回去，一切都还来得及。"

男子非但没有听，反而整个人都挡在了她的身前，逆着光看上去，只能看见对方漆黑的长发被风吹起，"紫幽，为什么你从来都不问问我心底在想什么？"

紫幽一怔，他的手缓缓抬起来在半空中结出了一个法印，她看不清他的表情，却清晰地听见他低低说了~句："紫幽，如果撑不住，记得一定要逃。找个地方藏起来，~直藏到子言找到你为止。"

一团团的金色光芒像是鼓动不休的海潮一般翻涌起来，结出了一个奇异的阵法，位于阵法中心的那个道人，正是兼渊的师叔清风道长。

道门术法虽然各有不同，但是八卦伏魔阵人人都会，而且这个阵法的奇妙之处就在于布阵的人数越多，这个阵法所施展出来的力量也就越大。

围拢在清风身侧的那几个人想必便是其余门派的掌门人，此刻位于阵法中央的清风开口说道：“师侄，不要怪师叔不给你机会。如果你还冥顽不灵，稍后伏魔阵发动起来，可就谁也救不了你！”

兼渊举起剑柄按住自己的眉间，那似乎是天绝山的一种特殊的礼节，“师叔，兼渊很久之前便已经说过，师叔如果要除魔，弟子自然不敢阻拦。可是紫幽姑娘舍身封印了邪魔，以一己之力阻挡了人间浩劫，此刻师叔联合天下道门群起而攻之，是否有违名门正派之道？”

清风不屑冷哼：“兼渊，对付这样的邪魔外道，何必讲究君子之风？你可知道这么多年，究竟有多少人死在她手中？红尘阁魑魅魍魉不计其数，这个女子但求自己的修炼，不知道蛊惑了多少无知世人！”

话虽如此，清风对眼前的两人到底还是有些忌惮。紫幽一身修为深不可测，而兼渊更是天绝山的得意弟子，对道门的术法极为精通，这两人联起手来，实在难说。

紫幽的声音渐渐低了下去，靠在兼渊身侧，“我们逃不掉的，我的身体已经消耗得差不多了.你师叔忌惮我的力量，却不知道我早已今非昔比。我不能让你和我一起死在这里，兼渊，你回去吧。”

兼渊的手指有些颤抖，他看着眼前的这个女子，一时间竟不能作答。

此时此刻，她再一次选择了孤身奋战。

反驳的话语还未曾说出口，对方已经出手一指点在他的穴位上，他的身体瞬间变得僵硬。

紫幽犹如柳絮般轻盈的身姿飞往江中。道人们追击得也是迅速，下一秒就掀起了江水，巨浪滔天。

“这不是八卦降魔！”紫幽勉力在洪荒滔天的力量中设下了小小的结界。

微尘等身，纳寰宇三千为须弥芥子。这是两仪微尘阵！

“两仪微尘阵?”瑶竹有些恐惧地望着结界外翻滚的巨浪,第一次感受到了死亡的威胁,颤巍巍地问道。

“和西方曼陀罗大、冥河诛仙并称的三大绝世之阵。”紫幽的神色渐渐凝重起来,难怪如此眼熟,这根本不是普通的八卦降魔。

护在周身的结界在海浪反复的拍打中出现了裂纹,紫幽捂住胸口,缓缓地跪坐在了水流之中。

她的身躯已近崩溃的边缘,再难以独自支撑下去了。

碧绿眼眸的瑶竹伏下了身子,凝聚法力。

“我知道自己法力低微。”

瑶竹倔强地抬起了头,一字一句地说道,“但哪怕只有一线希望,我也不想放弃。”

在紫幽还来不及回应,那个外形只有十三四岁的少女已然一瞬间跃出了结界。

就在瑶竹一跃而出之际,紫幽也竟然没有丝毫犹豫地伸出手抓住了对方的手腕,一起被吞噬在了深不可测的海底。

“不要!”瑶竹低呼道,那一瞬,紫幽竟然在她眼眸中看见了赴死的决绝。

隐隐夹杂着电闪雷鸣的天空看上去阴沉一片,在浩大的水声中,

在旁人看不见的空间里,风声变得狂暴起来。

“紫幽!”不知道是否海风凛冽,断崖上的男子竟然觉得浑身上下前所未有的发冷。

“不要为我而死,当年我救你一命,并不是要你这样回报于我。”被海浪卷进底部的瑶竹像是听到了一个神奇的声音,忍不住用力睁开眼睛抬头往上看去,在自己的头顶,紫幽正朝自己游来。

瑶竹第一个反应就是将对方推出去,“你怎么也跟过来了?”

“快,往那里去!”紫幽一指点在那几个巍峨的悬崖峭壁之上,使用两仪微尘阵幻化出的海面应该无涯无际,这个地方如果出现类似悬崖,只能说是

这群人的道法已经到了极限。

紫幽心底,已经开始隐约相信将夜所说的话。

这些道人之所以穷追不舍,大概是得到了自己本体的消息,所以才会一路从楚围横跨千山万水,他们相信只要得到自己的本体,就能够羽化成仙,白日飞升!

瑶竹摇了摇头,正想出声反驳,然而那些话还未说出口,乌云密布的天空已经响起了雷电之声,那些道人竟然不止用灵力控制了这片海域,甚至同时发动了九大之上的雷劫!

紫幽咬了咬牙,单是这些呼啸的海水就已经让人疲于应付了,如果真的引来了九天之上的雷劫,只怕就真的在劫难逃。

“瑶竹,我去把这些雷引到别的地方去。我和你不同,你碰不得天雷,一旦被雷击中,重则直接灰飞烟灭。”

紫幽的声音出奇的镇定,“在我把雷电引开之后,你就拼命待断崖那边去。”

紫幽仰起头来,两指并拢抵在眉心,一团明灭不定的光芒渐渐在指尖燃烧起来。

那是她在向邪魔祈求力量,每一次祈求,都是将自己的灵魂与之做一笔交易。

一旦灵魂过多被这些黑暗的力量所腐蚀,便会彻底被吞噬,但是在这样的关头,已经什么都顾不得了!

漫天的雷电在沉沉乌云之中犹如攒动的蟒蛇,在收到指令之后,齐刷刷地往两人藏身的海域之中疯狂击来。

紫幽一掌将瑶竹远远推开,毫不犹豫地纵身往雷电之中飞去,无数闪烁的雷电全数被她吸入了体内。

“呵,螳臂当车,真是自不量力。”苍穹之上,响起了熟悉的嗤笑声。紫幽的唇角微微上扬,毫不示弱。

一道更为猛烈的雷电劈了下来，就在金色的闪电快要劈到女子身上的时候，一道青色的光影如风一般掠过来。

两股巨大的力量在空中迸散开来，一瞬间又同时消失在了虚空之中。

紫幽的脸惨白一片，她满是震惊地看着那一片青色的光，此人以一人之力抵挡了五雷之劫！一抹熟悉的青影。“我都说过让你离开！”紫幽厉声呵斥道。兼渊轻轻笑了起来，他用力捂住自己的肩头，从指缝中滴落的鲜红的血液却溅在紫幽的手臂上，“凡人终究是会死的，与你共死，亦不算太差。”

“师叔，得罪了。”只听得兼渊露出了近乎叹息一般的神色，手腕一抖，手中握着的长剑仿佛自己有了生命一般跃到了半空之中，一片如雨般的银光笼罩了整个头顶。

“怎么会？”不但是主持两仪微尘阵的道士大惊失色，就连站在一侧的紫幽也露出了不可置信的神色。这种力量，已经远远超出了兼渊所能到达的极限。

“你做了什么？！”即便是这样生死的时刻，紫幽都没有露出半点欣喜的神情，她很诧异，兼渊绝不会存在法力突飞猛进这种情况，飞剑每增加一柄，对施术者而言都是负担。

“这一次，换你答应我，一定要好好活着。”一柄柄的飞剑整齐地排列在一起，几乎铸成了铜墙铁壁一般，然而在海浪之中，一柄柄来回穿梭的飞剑快速地割断了汹涌的浪潮，使得沸腾般的汀水奇异地平静了下来。

“等着我。”兼渊低声说道，随即身形如风一般迅疾地往空中掠去。

清风眼看阵眼已被人识破，便动了绝杀之心。

紫幽带着瑶竹纵身后退，现在所有的风浪都已经往兼渊身边疾驰而去。这边的压力一松，瑶竹的神色明显变得轻松了一些。

就像是猜到了兼渊下一步的行动似的，海中的波浪声汹涌澎湃，轰隆作响的雷电也在这一刻吞吐着蛇信。

两人身形几乎是同时动了起来，掠过漆黑天幕。云层之中，纤细身影恍如一只扑火的飞蛾。

即便是燃烧了自己的神魂,能够走到这‘步,已经抵达了自己所能承受的极限了。在兼渊挣扎着快要彻底被海浪吞没的时候,耳边传来了低低的叹息声。

他挣扎着抬起头来,紫幽正被漫天的雷火击落,那些追逐着自己的雷电全部被她一力扛了下来。

“想要攻破这个阵法,唯一的办法就是杀死水龙。”忽然间,风雨呼啸中,有一个熟悉的声音在耳畔说道,“你既然不惜燃烧寿命来提升功力,不如就此一搏,归元守心,万剑归宗。”

师父?

仿佛某种无形的力量在瞬间割开了海水一般,有什么巨大的东西在海中陡然动了起来,海浪在这一刹那完全失控,像是沸腾起来,兼渊捂住胸口,嘴里吐出大口大口的血液,终于支撑不住昏了过去。

醒过来的时候,兼渊已经躺在了一个简陋的茅屋里。

闻不到海风特有的腥味了,耳边传来风吹树木发出的哗哗声响,一点点将涣散的神智聚拢起来。

“师父。”兼渊用力地咳嗽了几声,即便~身重伤,也还是勉强着跪倒在清虚的身前。

对方宽大的袍袖在风中飒飒作响,仙风道骨的老者露出了怜悯的神色。

“兼渊,这么多年来,我一直将你看作是最有根骨的弟子,此时此刻,你怎会走到这般境地。”

“师父,徒儿知错了。”兼渊神色一黯,挣扎着想要起身。

老者重重地叹了一口气,“你如今元神受损,这一身修为只怕是再也回不来了。”

“师父,弟子驽钝。”兼渊抬起了头,一字一句地说道,“可如果是为了这件事,弟子心底,并不觉后悔。”

清虚再次叹了一口气，从怀中掏出了一只黄玉葫芦，倒出一粒丹药来。那一颗龙眼核大小的丹药清香扑鼻，一看便知道不是凡品。老者往前走了两步，一指点在兼渊的眉心，“这本是为师替你度劫之时准备的九转还魂丹，你服下去，也算是为师最后能为你做的一点事了。”

自从母亲死去之后，自己就被送进天绝山跟在师父身边。一直以来，师父无论什么都倾囊相授。甚至就连掌门师叔都说，师父对自己真的格外偏爱。可是现在，他却对着自己的师门，做出了这样大逆不道的事。

“去吧……”老者将手按在兼渊的肩头，再一次低声叹息，“如果你已经知道手中的剑究竟是为了守护什么而存在，那么，就离开天绝山吧。”

清虚俯下身来，眼中是深深的悲悯，“师父只要你记得一句话，天地道义，自在心中。”

“弟子谨记师父的教诲。”兼渊郑重地对着老者叩了二个响头，再拔出自己的剑，已经有了自己一心想要守护的东西。

等到兼渊抬起头的时候，眼前的老人早已飘然远去。兼渊踉跄地走出去，不远就看到瑶竹正筋疲力尽地搂着昏迷的紫幽。

兼渊松了一口气，疾步奔向紫幽。师父，当年你曾问我，修道为何，我说是为了天下苍生。可是苍生寂寂，我的剑，如今只想守着一人。

船行水上，却丝毫感觉不到有波浪摇晃。

紫幽费力用手臂撑起身躯，慢慢地扶着床榻坐了起来。

已经到了极限么，她颤巍巍撩起衣袖，果然，红色的线已经走到了手臂的尽头，宛如一条蜷缩的毒蛇般对准自己的脖颈，作势欲扑。等到属于自己的神智彻底消失之后，将夜就会在自己的躯体之中重生。

瑶竹端着一盆水近前进来，“你才刚醒，这么急着起来做什么，再好好歇一会儿。”

帘幕被打开的刹那，隐隐听见了波涛的水声，静谧而从容。瑶竹将浸在盆中的毛巾拧干，替她擦拭了脸上的汗珠。

"我们现在在什么地方?"

"在去殷国的船上呢。"瑶竹将茶杯递了过来,仔细看了看紫幽的脸色。

"我只记得自己挡住了那些天雷,然后就再也没有意识了。我们是怎么逃出来的,还有,兼洲呢?"

瑶竹有些无奈地转过身,抬起头,"他用了缩时之术。难怪法力会强横到这个地步。"

"缩时?"这一次,就连紫幽都变了神色,"他现在情况如何了?"

瑶竹摇了摇头,"你再歇一会儿,我带你去看看他。"

第十三章

掀开帘幕之时，青衣男子正靠在桌子上浅眠，紫幽的手陡然一僵，过了片刻，这才缓缓走了进去。

紫幽想起从前兼渊的脸，不是现在这样瘦削的样子，还清楚记得，他背后束着一柄长剑站在寒山寺的门外等自己的意气风发的样子。

“他整日不眠不休地照顾你，没法子，我只得趁着他不在意的时候用法术让他睡一会儿。但是他到底是修道人，不过也就一两个时辰，醒了之后又坐在你身边低低念你的名字。”

瑶竹半敛着眉目，絮絮说起这些口子自己所看见的一切。

紫幽坐在那里一动不动，她的眼睛里空茫茫的，像是什么都没有看见一样。

她以为总有一日自己会忘记。忘记寒 LL『寺那一日萤火虫如飞雪而来，忘记在青勉王都那一夜，他低声说我不会让你孤身上路，也会忘掉在迷阵之中他飞剑破空而来，一张脸上满是担忧与劫后余生的庆幸。

她曾以为，终究都会忘记的。

紫幽默默看着眼前的男子，始终一言不发。

瑶竹沉默了半晌，说道：“我在前头熬了粥，想必差不多也该好了，现在为你盛一碗来可好？”

紫幽没有说话，瑶竹无法，只得悄然走了出去。

紫幽静静地抱住自己的肩膀，外头像是有哪个渔家女在唱歌，隔得不远，被河流发出的哗哗水声一冲，有一种说不出的悠远与缥缈。

“郎君此去音信渺，山水迢迢路遥遥。何日逢君风雨夜，寒镜如霜羞来照。”

岁月一直都是这样匆促，对凡人来说更是如此。百年的时光对她而言不过是一弹指的时间，而对这些人来说，短短二十年，一生最美好的时光便已经走完了大半。

“你在想些什么？”原来沉沉睡去的兼渊已经张开了眼，此刻正侧着头看着她，眉眼间带着淡淡的笑意，低声说，“外头在下雨对不对，我仿佛听见了。”

“我扶你出去看一看。”紫幽说道。

男子的一张脸苍白如纸，连嘴唇都透着一种骇人的青白，因为焚烧了自己的元神，虽然在最后一刻冲出了两仪微尘阵，但是到底损耗巨大。

船头的风很大，才刚刚掀开帘子，倒卷的风就将两人宽大的袍袖吹得飒飒作响。

的确是下着蒙蒙细雨，无声无息地吹到人的脸上。清澈的江水倒映着碧色的山峰，船行水上，犹如驶入了一幅画卷中。

“怎么伞都不拿？”兼渊顺手拿起放在一侧的一柄湘妃竹十二骨纸伞撑在女子头顶，含笑说道。

“为什么还要回来？”那样轻的声音，就像是此刻落在船身发出簌簌声响的雨声。然而，紫幽的眼神却是固执的。

兼渊轻咳了两声，眼底的笑意却愈盛，“这个时候，你还要问我为什么回来么？”

他的视线转到青碧的山水之中，放眼望去，浓淡不一的青与翠像是占据了整个天地一般，在这样的地方，连人的声音都不自觉变得温柔起来，“人的生命短如流萤，在这样转瞬即逝的生命中，我不过是听从了自己的心声罢了。”

“兼渊。”紫幽愕然地抬起头，忽然微一微笑，原本锋利的眼神此刻也渐渐变得柔和起来。

她一直在红尘之中苦苦追寻的东西，此刻似乎就这样静静地躺在自己的手心里。

但，当真能紧握住么？

“天绝山的风景其实也很好，与这里相差不远，看似还要巍峨壮观得多。”已经到了陆地上，兼渊倒是有闲情逸致看风景，缓缓说道。

“瑶竹和我说过，你师父将你逐出了天绝山。”紫幽的手势一顿，过了片刻后才缓缓说道，“我欠你的恩情，到了现在，只怕更是还不清了。”

兼渊摇了摇头，只是眉目间透出一点笑意。两人就这么肩并肩地往前走着，四周听见漫天的树叶簌簌摇晃的声音。

紫幽的脚步一顿，抬起眼眸，神色变得怪异起来，她的目光落在一棵古树上，褐色的树皮上一抹鲜红异常明显。

兼渊也发现了异常，凑过去仔细看了一眼，“似乎，是人血。”

一向镇定的瑶竹也发出了一声尖叫，“你瞧瞧前面走过来的那个人，分明是个死人！”

那个缓慢走来的身影十分古怪，整个人软塌塌的，无论是垮掉的肩膀还是那种好似被拖曳般行走的方式，都看得出来这绝不是活人的姿态。

那具身体里面，仿佛有什么东西在暗中蠕动着。

紫幽的神色也渐渐变得凝重起来，先一步拦住了准备出手的兼渊，“这些东西没有什么危害，你如今有伤在身，不要再随便动用法力了。”

兼渊迟疑了一下，才缓缓点了点头。

对面行进者体内传来蚕吞桑叶般的沙沙声响，紫幽一刹那像是想起了什么一般，的确有什么东西正在吞吃着这具死尸！

“好像有什么要出来了。”她话音方落，一团团黑气伴着寄居在尸首中的奇异虫子从胸口钻出来。

一具成年男子的尸首,片刻间就被啃食得只剩下一堆白骨。在吃掉这具尸体之后,眼前这个从未见过的物种发生了第二次异变!

原本用来撕扯身躯血肉的锋利前肢渐渐消失,背部陡然绽开一对翅膀。蝶翼般炫目璀璨的翅膀,和黝黑躯干全然不相称,这巨大的飞蛾,甚至有着人脸。

“那是什么东西?”瑶竹再也忍不住了。

“寒山寺。”紫幽看着那张脸孔,低低说道,那个暗无天日的地洞之中,他们曾经见过和这些类似的东西。

“我们先离开这里。”兼渊忽然站起身来。

“咦,就这么回去啊?”瑶竹有点不可思议,看着底下那具尸体,“不用再研究研究?”

兼渊摇了摇头,不必再看了,这尸体没有邪魔之力,那些飞蛾似只是凭本能行动,况且转瞬飞远,已经无迹可寻。

他的目光越过山峦,此地近水,只有一条官道通往外界。眼前的男人如果不是异乡人,那么只要去镇子里打听,总会有些线索的。

才踏入小镇,紫幽就不由得皱起了眉头。这村镇看上去规模不大,但好歹还有几百户人家聚集,为何踏足此地,却察觉到一阵阵死气扑面而来。

这些人似乎十分抗拒外地旅人,孩子们拍打着手中的藤球,在看见他们的一瞬便躲回了屋子里,只有女人们坐在屋檐下浆洗衣物,神色也是麻木的。

他们转悠了半天,好不容易才找到了一家客栈。里头的老板娘自称孙娘子,虽然相貌寻常,但十分和气,穿着也干净整洁,一见他们三人便迎了上来,“客官们是打尖还是住店?”

瑶竹总算是松了口气,一路走来,这镇子里的人未免也太奇怪了些,好不容易遇见个正常的,连忙接口道:“住店,我们要两间上房,再准备些素菜。”

“好,住房我们是天天打扫的,随时都能休息。”孙娘子笑吟吟道,“我亲自去厨房炒两个素菜,客官们先歇一会儿吧。我嫁到吴家镇这么多年,来来往往的客人见了不少,当真头一次见到几位神仙似的。”

紫幽只是笑了笑并未接话,这孙娘子看上去倒是个爽快人,只是女子抛头露面出来做生意,到底还是少见。不动声色打量了四周一眼,客栈虽然宽敞整洁,但店内,竟然只有她~人么?

孙娘予手脚麻利,三人坐下来才没多久,几碟素菜就已经端了上来。

紫幽才夹了一筷子,就听见外头又传来叫喊声。一群人行色匆匆不知抬了什么进来,男女老少都围了过去,不一会儿便听见传来了女子的悲泣。

“又死了一个,又死了一个,只怕当真是发了瘟疫,这地方住不得了!”外头有人大声喊道,但那声音很快就被压了下去。紫幽侧身看了一眼,只见大喊大叫的那人被捂住了嘴,也不知拖到什么地方去了。

“什么瘟疫,我瞧是报应才对。”孙娘子冷笑了一声,然而看见紫幽探寻的目光,却一下又转开了话题,“姑娘要住几日,可不是我吓唬姑娘,这地方可久住不得,还是赶紧启程离开好。,,

“是么?多谢夫人告知。”紫幽笑了笑,目光从外面收了回来,随12道,“外面可是有人不幸遇难?哭得这样凄惨,想必是切肤之痛了。”

“应是死了丈夫吧。”孙娘子不看也知,毕竟是自家客栈,左右也没外人,她倒是打开了话匣子,絮絮道,“姑娘不知道,咱们这村子最近也不知道是怎么了,接二连三地死了不少男人。其实我瞧着也是活该,方才哭的是吴四家的,吴四整天好吃懒做也就罢了,酗酒又赌银子,输了银钱也好,或是喝醉了,一回来就打吴四家的。”

“这村子原本穷乡僻壤,生了女儿就溺死,只要男丁。到后来干脆没了女孩儿,就去外头买回来养着。更有厉害的,兄弟共妻也是有的。”孙娘子呸了一口,说起来只觉得恶心透顶。

“所以哪是什么瘟疫,照我说啊,就是这些遭天杀的得报应了。”孙娘子恨恨道，“幸亏我们家那个死鬼不一样，一天到晚在外头跑船，也没得这些坏毛病，否则这日子也过不下去了。”

紫幽点了点头，不再多说什么，只是目光与兼渊交错，不动声色地交换了眼神。

孙娘子领着二人进了楼上客房便退了出去，瑶竹关上了门，这才长舒了一口气，“可憋死我了，孙娘子说的没错，这帮打女人出气的，死了也是活该。”

她在外头听了半晌，只觉得拳头发痒，恨不得能把死了的人抓起来再打一顿。

紫幽摇了摇头，神色凝重，“只怕不是报应这样简单，若当真是天意，我们自然不该插手。但在镇外你也瞧见了，那些飞蛾怨念极深，前所未见，这镇中即便有人殴打妻子，终究也是少数，不该所有人都命丧于此。”

兼渊轻叹了一声，他方才默不作声地听了许久，此刻才点头道：“你说的没错，就算因果循环，其他人也是无辜的。不如暂且休息片刻，到了晚间，我们再去拜访吴四一家。”

他们的拜访，自然不可能和常人一样正大光明地走进。午夜时分，只有几根惨白的蜡烛燃烧着，灵堂也布置得极简陋，一方薄棺放在最中间。

而棺材旁，站了个披麻戴孝的妇人。她伏在棺材上低声哀哭，可是哭了一会儿，却又忍不住笑了起来。

那混合了哭笑的声音掺杂在一起，在灵堂之中听来无比骇人。

“吴夫人。”清冷的女声在黑夜中响起，“冒昧来访，是否打扰了。”

女子发出了一声惨叫，下意识地举起手护着自己的脑袋。紫幽的眼神微微一冷，心中只觉悲悯。这个女子，想来是一直被人殴打和折辱，否则怎么会在受惊之下立刻举起手臂护住自己的头脸？

想起孙娘子说的话，此刻就连紫幽都隐隐有了几分怒意。但她的声音越发柔和起来，带着让人镇定下来的奇特力量，“吴夫人，不要怕，我们只是来询问一些事情罢了。”

那样简短的几句话，却让饱受惊恐的女子冷静 F 来。她抱着自己的身躯，靠着棺材慢慢蹲了下来，神色戒备，“你，你们是什么人？”

“吴夫人，你的丈夫已经死了。死了的人，为什么还要怕他？”紫幽的手轻轻抚摸着红漆棺材，这棺木巾的人，是彻底已经死透了。她低声安慰着对方，伸手将人扶了起来。

“死了，是啊，他死了！”女人忍不住又笑了起来，越发失态，她吃了那么多苦，多少次以为自己熬不过去了。可是从什么时候开始，村子里接二连三的死人，那些猪狗一样的男人，一个个全都死了。

什么时候才会轮到他呢，她曾经走到岸边想要跳下去，却有一个声音在最后制止了她。不要死，不要在现在就死，只要等下去，等下去……

等什么？

那个声音最终没有回答她，可是现在已经不用等了，吴四死了，谁也怪不到她头上来，她终于解脱了，现在她是真的自由了，她笑得更放纵了。

紫幽抽回了凝视她的目光，更深处的记忆在眼前掠过，然而女子选择了避而不见。那些黑暗而惨痛的回忆，不应该这样摊开来任凭旁人审视。

无论是怜悯还是慈悲，对这样受尽折磨的女人来说，都显得太过残忍。

兼渊飞快抽出了一张符咒，不动声色地贴在对方的后颈。几乎陷人癫狂的女子慢慢停止了动作，身子一软，又倒在了地面的草席上。

“这张清心符能护她神智，几个时辰后，她会慢慢清醒过来。”兼渊低声道，“来日方长，但愿她能从中解脱。”

就算看尽了这世间悲欢离合，但再一次目睹这样的炼狱，也一样叫人目不忍视。这个村庄的女人们到底经历了什么？而这场人间惨剧又什么时候才会结束？

“不能再这样下去了，就算这些人有罪，也不能放纵这些飞蛾乱来。如果任它发展，到时候镇子里不知又要死多少人。”兼渊手中长剑出鞘，剑柄倒悬重重敲击在女子肩头。

扑打着翅膀的飞蛾从女子眉心飞出，紫幽双指并拢急点，一簇火苗幽暗烧起，将它焚成了灰烬。

第二天清早，瑶竹还在睡着懒觉。紫幽与兼渊已推门而去了。晨光熹微，孙娘子已经在客栈里忙碌起来。一见到两人，孙娘子便连道："你们可是要走了？"

"倒是不急，此地风光秀丽，就算多滞留几日也无妨。"兼渊率先开口道。

孙娘子擦了擦手，急道："哎呀，你们这些外乡人就是胆子太大，这镇子里的人都快走光了，太吓人了！"

"多谢娘子关心，我们也不会久留了，不过是四处转转，很快就要启程了。"紫幽含笑谢过了，却并不打算就此离去。

吴四那件事是来迟一步，但不代表他们会永失先机。这些飞蛾显然有针对性的目标，那些折磨殴打自己妻子的男人，会是最主要的目标。

难怪刚进小镇的时候，这镇子里只有妇人和孩童，那些成年的男性都不见了踪影。

"那下一个会是谁？"兼渊漫步在街头，这里果然家家户户紧闭了门扉，不过倒也不像孙娘子说的那样走了不少人。毕竟祖居于此，想要离开又谈何容易。

"我们外来至此，想要探听这些事颇有些难度，但现在人心惶惶，形势就不同了。"紫幽倒是胸有成竹，她的手轻轻一动，扑打着翅膀的纸鹤便从袖子里飞了出去。

这些小小的纸鹤潜伏在街头巷尾，总会听到一些零碎的消息。果然，不过一炷香的功夫，这些纸鹤就都飞了回来，围在紫幽身边叽叽喳喳说个不停。

这些妇人私下议论纷纷，说的最多的，是熊七哥的名字。这个村子里女性地位极低，但真正施暴肆无忌惮的却也就那么几家。旁人尚且还会关起门来当作家事,熊七哥却曾经在大街上逼迫自己的妻子跪地求饶,这些妇人们议论纷纷,只说很快就要轮到熊七哥了。

这几日,也不见熊家的媳妇出来,只怕是前些时候打得狠了,连床都下不来。

“若当真是挑这样的人下手,这熊七哥倒是不二选择。”兼渊颇有些不屑,“既然如此,不如便去看看如何?”

紫幽颔首,两人的身形逐渐消失在街头。熊家的宅子在镇子里还算气派,两进两出的院子空荡荡的。紫幽先一步走进了内院,便看见一个妇人脚步虚浮地在院中徘徊,她头发披散着,脸上也有深深浅浅的瘀青。

紫幽倒抽了一口冷气,那个拖着脚行走的妇人,左脚竟然是被生生打断了。

“这样的人,就算被杀,也是罪有应得。”紫幽心中怒极,冷哼了一声。

但四处搜寻之下,竟找不出那个男人。熊七哥,他又去哪里了?

紫幽心中一动,快步冲向了妇人的身边。那个衣衫褴褛的女子跪倒在井边,不停发出傻笑声。那口井早已变成了枯井,里头厚厚铺着一层枯叶,而枯井里头,躺着的是个身材高大的男人。

他的身躯几乎已经被吃空了,一群群的飞蛾从胸腹中破体而出。

迟了,竟然来迟了!

成群的飞蛾在井底呼啸成旋风,一瞬间又溃散开去,宛如赤裸裸地嘲笑。

“这些飞蛾,和我们一开始看见的,似乎又不一样了。”兼渊伸手一指,眼前落单的飞蛾便凝在了半空中。灰色羽翼张开,却长出了锋利的口器,叫人毛骨悚然。

“吃了这么多的人,自然毒性越来越大。”紫幽看着那只飞蛾忽然烧成了灰烬,一时竟起了几分怜悯。飞蛾扑火,本就是一个悲剧。那么在背后掌控这些飞蛾的,究竟又是谁?

他们回到客栈，瑶竹早已醒来，化成人形百无聊赖地坐在大堂里晃着腿。见紫幽回来了，蹦蹦跳跳跑过来，故作神秘道："我方才和门外的小孩踢蹴鞠，没想到却看见一个有趣的东西。"

"什么?"紫幽笑了一声，瑶竹到底修行尚短，和个孩子都能玩得不亦乐乎。

瑶竹也不先说，硬是牵着紫幽和兼渊便往客栈后走。

那原本是一条江河，浩浩荡荡地从村子外穿过，没想到连小镇里也有支流。这客栈后头，就有一条不小的溪流，顺流而下，两边芦苇茂密。而顺着瑶竹的手看过去，紫幽猛地倒吸了一口冷气。

那是一座座叠起来的+堆，大概不过是半人高罢了，仝是由石头堆叠起来的，只留着一个小小的木门，都由外至内锁起来的。兼渊和紫幽对视了一眼，心中隐隐有些不安。

"你怎么会跑到这儿来的?"紫幽开口问道。

"无意中跑进来的，这些土堆里也不知道是什么，那小孩一看见就吓得大哭起来，转身就跑回去了。我怕他出事，只好先送他回去，正想回来看看，就看见你们也回来了。"瑶竹细细说道，人却已经朝着那些土堆走去。

"小心。"兼渊出声提醒，手中长剑出鞘，猛地击穿了其中一扇木门。黑黝黝的门洞里猛地有一团飞蛾扑了出来，留下细密的磷粉。

"看来真是得来全不费功夫。"紫幽微微笑着，接口道。

这里的飞蛾显然无人控制，此刻茫然四顾，消失在了芦苇丛里。而留下的那个土堆，里面却发出了一阵难言的恶臭。

瑶竹吓了一跳，不免起了好奇心，非要凑过去看。然而不过才一眼，素来胆大包天的女童也往后退了一步，是白骨，那小小土堆之中，竟然密密麻麻堆满了骸骨。

有些已经腐烂化泥，有的却白骨如新，显然死去不久。这土堆只能蜷缩进一个身材瘦弱的成年人，也不知是如何藏进这么多白骨的。

“这些人，是被关在里头，活活饿死的。”紫幽不过是看了一眼，便露出怜悯之色。这些尸骨有些是孩童，还有些骨骼纤细，分明是女子之身。这一堆堆连绵的土坟，如果每一座里都尸骨成堆，那么，究竟死过多少人？

“不如将他们都超度了吧。”兼渊的神色一黯，低声道，“无量天尊，这样的杀孽，未免也太重了。”

他长剑入鞘，趺坐在荒野之中，诵经不断。

“念了经也没用的，这里到处都是死人，怨念深得很。”周围有人笑了起来，带着嘲讽和讥诮，紫幽回过头来，看见穿着一袭粗布花衣裳的孙娘子小知从哪冒了出来。

她也不顾紫幽和兼渊，自顾自朝着土堆走去。那里头的尸骨被冲了出来，她倒也不忌讳，蹲下身伸手又将它们一根根放了回去，脸上有怅然的失落，“这是熊七哥第一个老婆，叫翠妞，生得也漂亮，本来是船工的女儿，出门时不小心被劫来的。”

当真是可怜，送过来的那天晚上想跑，被村子里的人给抓了回去，吊在房梁上打。打了一天一夜，却也没有打死，留着一口气，就只能嫁给熊七哥。后来连孩子都有了，本以为总算是有了生路，没想到有一次熊七喝醉了酒，便把她连着肚子里的孩子都打死了。

那个孩子已经七个月了，只怕就要临盆了。生生就这么打死了，母体连着腹中的骨肉，被塞进了这个土堆里。

还有一些，是想要逃出去，怎么打都不听的，生了孩子之后便关起来，活活饿死在里头。

孙娘子小心翼翼地将木门合上了，笑得惨然，“你说，怎么超度？怎么度得了？这一村的人，都该死。”

“这一村？”瑶竹听得纳闷，忍不住道，“就算那个男的其罪当诛，但是也不用这一村子的人来陪葬吧？”

“这个村子，只怕都是这样娶来媳妇的，掳掠那些手无缚鸡之力的弱女子,逼迫她们留在这里为奴为婢。动辄打骂,对待她们犹如牲畜。”紫幽陡然问觉得一阵恶心,忍不住别过头去。

她不是没有见过更惨的人间炼狱,这些村民平日看似奉公守法,其实都是穷凶极恶的盗匪。这里有水路绵延而来,外地商人乘船而来,就算死在这里,旁人也只当是船毁人亡。

女眷们被关押在此,男子与孩童自然是都埋进了土堆里。

这些女子虽然活着,但只怕恨不得能够早些死去吧。村人将她们当作牲畜,日子长了,便又转手卖出去,利润巨大。

“姑娘果然见识得多,这土堆以前天天都关满了人,里头的人饿得受不住,就吃那些腐尸。可是腐尸吃完了呢,一个个都发了疯,最终还是死存里头。”孙娘子缓缓站起身,“姑娘没有听过吧,那样的惨叫声,如今想起米,还是让人不寒嘶栗。”

“那孙娘子呢,你又是怎么死的?”紫幽忽然道。

孙三娘侧过头,她其实也是个美人,温婉而爽快,如果不是在这样的穷乡僻壤,或许会开一座更大的客栈,日子也会过得更好。

但她笑起来的时候,那种温婉就渐渐褪去了,取而代之的是裂开的嘴角,里面吐出一条长长的弯曲舌头,那上面悬着一列列倒刺,如同飞蛾。

她窄窄的袖子此刻崩裂开来,里头露出的是一条条的伤疤。那些伤显然有些年头了,一道道深可见骨。

“我么?我也是被人打死的啊。只是比小得她,我那个时候没有孩子,夕匕了也就是死了。”孙娘子笑起米散漫,有着几分漫不经心,“只是我心里的怨恨,比她要大得多。”

她木也是被人买来的,家里贫困,只好把她卖了出去。既然是被卖了,孙三娘倒是认命得很,打她骂她,她都默默受着。直到有一日,她拿着纺出来的布去卖,遇见了从远方来的绸缎商人。

绸缎商人年轻英俊,对她一见钟情。这一生从未试过情爱滋味的女子,自然极容易动心。只是她没有想剑，原本约了商人私奔，却被村子里的人发现，偷偷告密，又将她抓了回来。

这本就是见不得光的秘密，村民怎么能容许她逃出去？

那绸缎商本就是异乡人，自是犯不着为丫她牺牲性命。况且买下孙三娘的，原本就是镇子里的员外，想要从镇外过，免不得以后还是会碰面，何苦为了一个女子自断财路？

于是在船上才待了一夜，孙三娘就被送了回米。她被活生生地打断了手脚，她的夫君犹不满足，将她皮肉割开吸引蚊虫吞食。那些虫蝇飞蛾在她身体中产卵，她求死不得，足足挨了十日才死，整个人早已腐烂发臭。

原来一切的一切都是镜花水月。她这一生，由始至终，都只有恨而已。

“孙娘子。”眼前的女子显然是人了魔，神智已失，紫幽忍不住叫了她一声，然而对方却置若罔闻，趺趺撞撞地朝着村子里走去。

“拦住她！”兼渊长剑出鞘，就算对方身世可怜，但他也不能任由她失去理智伤人。

紫幽也随即出于，一只手立刻按住了孙二三娘的肩膀，然而身形踉跄仓的孙娘却只是笑了笑。那笑容诡异而神秘，一闪即逝。

兼渊的长剑洞穿了孙三娘的胸口，但并没有鲜血流出来，这具身躯甲.就被啃食干净，只有密密麻麻的飞峨允斥其中。

她张开嘴，细长的舌头朝紫幽疾驰而去，似乎要穿透对方的脖颈。

兼渊一急，手中符篆酬飞，明黄符纸贴存了女子的背后。

像是有烈火焚烧，孙娘了发出了一一声惨叫。

她修身的衣摆在风中旋转，一大团飞蛾冲天而起，只留下片片碲布飘落地面。

“拦不住了。”紫幽喃喃道，一道道黑气从+堆里弥漫而出，这里实在留卜了太多的怨念。孙娘子唤起了这片+地下所有的尸骸，这些飞蛾只会源源不断地冲出来，直到将这片村庄啃食干净。

兼渊猛地吐了一口血出来，他情急之_卜调动了五雷符，却没想过自己的身体衰弱，早已无法承受这样的符咒。紫幽无法，只得扶着对方快步赶回村庄。

这小镇此刻早已陷入死寂，只有孙三娘的客栈整洁而明亮。只是，它的主人再也不会回来了。

回了房问，紫幽微微垂卜了眼。瑶竹似乎也累了，靠在桌子上小憩，猛地听见隔壁屋内传来“砰”的一声巨响，紫幽立刻赶了过去。

屋内的茶壶已经打翻在地，有一摊水渍在脚边缓缓溢开。

“在这儿呢!”瑶竹奋力将昏倒在地的兼渊拖了起来。

紫幽连忙探下身去，发现兼渊的面色已经没有了丝毫血色，身体像是承受了巨大的痛苦，无意识地颤抖着，呼吸变得越发急促起来。

紫幽的手指探在男子的脖颈上，眼神逐渐变得凝重，“那张符篆，引发了他身上原本的伤势。”

紫幽咬破了指尖，凑到兼渊的唇畔，血液一点点地全被对方吸了进去。

随着对方不断啜饮着自己的鲜血，他的疼痛似乎也慢慢止住了。

紫幽皱起眉，终于下定决心，低声吩咐瑶竹道：“你去拿把剪刀来，把他的上衣剪开。”

瑶竹点了点头，立刻冲出门去问店伙计要了一把剪刀和一盆清水。

紫幽手脚利索地剪开了兼渊身上的衣衫，在他的背后，果然有几条纵横的剑伤。

那都是已经快要结痂的伤口了，然而此刻竟然崩裂开来。

“小心一些，千万别碰到他的伤口。”

瑶竹小心翼翼地在那些剑伤上洒下一层秘制的药粉，伤口的流血虽然止住了，然而兼渊并没有醒转的迹象。

紫幽低声说道：“你先去歇着吧，我留下来照顾他。”

瑶竹还想再说什么，然而看见紫幽固执的神情，她终究还是叹了一口气，小声地掩上门退了出去。

紫幽怔怔看着床榻上昏迷不醒的男子，眼中带着一点说不出的茫然。

也不知道过了多久，一声轻轻的咳嗽表明男子已经醒来，英俊的面孔在烛光下有着奇异的苍白色，而眼神却温柔如一池春水。

“你身上的伤，是怎么回事？”紫幽低声问道。

兼渊笑了笑，“不是什么大事，这些剑伤虽然厉害，但是总有会痊愈的一天。”

“这可未必。”紫幽冷冷看了他一眼，这个人，似乎永远都是这样云淡风轻的样子，完全不在乎自己的身体，连缩时这样的法术都敢乱用。

“一定会好的。”兼渊的神色十分肯定，片刻后，他才继续说道，“如果这一点伤能够换到你这样对我好，我已经觉得很幸福了。”

紫幽一愣，便转过头去。

兼渊心满意足地笑了笑，又昏昏沉沉地睡了过去。紫幽走前来俯下身看了一眼，知道他是真的困了，倒也放了心。

“他……没什么事了吧？”瑶竹推开门走进来，有些心疼地往这边看了一眼。

“真是吓死人了，宋公子也真是……受了这么重的伤也不说。”

“那些道人……外面的伤看上去是好了，一旦动用法力，被埋藏在体内的剑气引动，才会爆发这么严重的伤势。”

瑶竹抿了抿唇，叹了一声。想起兼渊之所以会受这么重的伤也全是为了救她们。

窗外的风声变得越发尖锐起来，瑶竹皱了皱眉，推开窗往外看去，不过是推开一线，她立刻便关上了窗户，回过头来脸色苍白地说道：“紫幽，你快过来看。”

紫幽小心翼翼地将重新睡过去的兼渊安置好，这才缓缓走了过来，靠近窗户时，紫幽显然也察觉到了什么，细长的手指轻轻点在窗栊上先设下了结界，这才小心翼翼地推开了窗户。

这座客栈后头原本是一个小小的庭院，栽种了一些高大的树木，此刻竟铺天盖地的全都是那些翅膀交叠的飞蛾。他们就像是被某种东西指挥着一样，不断地从客栈外飞来。紫幽咬了咬牙，低声说道："这个地方留不得了，收拾一下，赶快离开这儿。"

很快，这些飞蛾就会将里面的活人彻底吞吃干净。那些被封印的怨恨，即便并不是冲着他们而来的，都已让人浑身僵硬。

因果循环，谁都逃不了。紫幽叹息了一声，终于不得不承认自己的无能为力。

瑶竹倒是手脚利索的把东西收拾好了，只是不知道下一步该怎么办。紫幽用手扶着昏迷不醒的兼渊，从口中吐出了自己的本体明珠。

清净琉璃珠上而的裂痕依然清晰可见，只是看样子没有继续恶化下去的趋势。

她从怀中掏出了一样纸折的物件，随手往房中一抛，那东西便轻飘飘地落在了地面上，不过是几个呼吸的工夫，那东西便儿乎有半个房予那么火了。

那是一朵纯白的莲花，有十二朵花瓣，上面还有露珠滚落，就像是刚刚从莲池中摘下来的一样。

兼渊似乎也被这一番响动给惊醒了过来，紫幽低声说道："撑着些，这朵莲花对你疗伤有些好处。"

纯白的莲花立刻腾空而起，绽放的花瓣一片片快速地合拢，重新变回一个花蕾的样式。

洞开的结界早已消散，从窗户飞出去的花蕾飞速往天边飞去。因为困在结界中，看不清外面的情形，依稀只能听见那些飞蛾扑腾着翅膀的声音在耳畔哗哗作响，这些飞蛾果然是朝着他们来的。

瑶竹胆战心惊地听了一会儿，确定那些飞蛾不能咬开这朵莲花，才放下心来。

“我怕支撑不了多久了。”那种奇怪的感觉越来越强烈，这个莲花底座一度在排斥曾绎作为主人的紫幽，只怕也用不了多久。紫幽缓缓坐了下来，一张脸苍白如纸。

花瓣似乎越飞越高，耳边的声音也变得越发密集，几乎能够掩盖呼啸的风声。

片刻后，似乎在高空中遇到了什么，莲花大幅度地震动了一下，然后飞快地往地面坠落。

然而就像是收到了无形的命令一般，在莲花快速往地面坠落的刹那，这些妖异的飞蛾也在一瞬间散得干干净净。

第十四章

兼渊醒来的时候,已经是半夜了。

他朝四周看了看,似乎是个残破的庙宇,里面供奉着的是西天的佛陀。虽然残旧,但也打扫得干干净净。

“终于醒过来了。”瑶竹把脸凑过去,欢天喜地地喊了起来。

“你让他歇一歇吧。”紫幽靠了过来,打开随身携带的水壶递了过去。她微微蹙眉,眼神中满是担忧。

“我们是不是到殷国了?”

“没有。”紫幽摇了摇头,扶起对方稍稍坐直了身子,“原本是想冲出那群飞蛾的包围,没想到中途法力不继,就掉了下来,幸好你们都没事。”

“对啊,而且那群飞蛾都散了呢。不过我还以为我们飞得够久了,没想到掉下来之后才发现就落在码头附近。”瑶竹插嘴道。

兼渊眼眸一低,皱着眉,喃喃道:“我梦见自己在喝你的血?”

“不过是疗伤罢了。”

“非要用你的血不可?”

兼渊抬起头,目光中蕴含的情绪复杂。

紫幽忽然笑了笑,只是将水壶又递了过去,缓缓说道:“你救过我,我便要救你,不过如此,小事而已。”

今天的夜色倒是很好,坐在台阶上,颇有几分天阶“夜色凉如水,卧看牛郎织女星”的意境。紫幽心念一动,忽然说道:“再过几日就是七夕节了。

如果能赶到殷国，说不定能看到七夕的灯会呢。”

兼渊挑眉，“如果你想看的话，此时出发，也还赶得及。”

“随意说说罢了。”紫幽抬头看着明亮璀璨的星河，今时今日，她才终于懂得。

“两情若是长久时，又岂在朝朝暮暮。”兼渊过了半晌，才说出这句话来。

紫幽眼中闪过一缕怅然，“这句话，原来是真的。”

兼渊转过头，极低，却也极坚定地说道：“自然是真的。”

过了好一会儿，几个人似乎同时沉默了下来，直到瑶竹低低 nU 唤了一声：“小姐，你说孙娘子是不是已经报了仇了？”

紫幽摇了摇头，兼渊一时也皱起了眉。不提也罢，一提起来，才想起那些村民，此刻也不知道如何了。

紫幽缓缓站起身来，回望着那座不知名小镇的方向。

皎洁的月色从天际如水银泻地，四野寂寂，丝毫看不出有什么异常，然而那样浓烈的血腥味，即便是隔着百里之遥也无法驱散。是否还夹杂着那些人求饶的哀哭声呢，紫幽神色淡漠，不置一词。

兼渊的神色有些黯然，半晌才说道：“我……是不是拖累了你们？”

紫幽的视线停留在面色发白的男子身上，她的眼神渐渐变得清冷，一动不动地看着他，过了片刻，才拿起瑶竹递过来的水壶凑近兼渊的唇边，缓缓说道：“别说这种话，在两仪微尘阵里，我也从来没说过自己拖累了你。”

“是么？”虽然遭到了训斥，然而兼渊的唇角微微上扬。

紫幽有些无奈地转过头去，扯过放在一边的毛毯盖在对方身上，“好好养伤，别胡思乱想。”

“好。”兼渊无比顺从，缓缓合上眼睫。

瑶竹用手撑着下巴看着两人坐在床边说话，隔着燃烧的烛台看去，过了片刻，女童才发现自己不知道什么时候已经看得入迷了。

这么多年来，紫幽你……终于过得开心了一点呢。

这座破庙被紫幽施了法术，不仅仅是里面积聚的灰尘被打扫得干干净净，就连外面究竟发生了什么，在完全封闭而安全的寺庙里，也无法察觉。

隔天清晨醒来的时候，兼渊的气色明显已经好了很多，幸亏紫幽的血有奇效。

从这里往小镇中走有一条官道，周边虽是密林，但是这条路倒修得平稳。一路上大家都默不作声，谁也不愿再提起这一切。

村子的事终于告一段落了，一路出了村口，芦苇荡里的一艘船竟然晃悠悠地停在那里。

“上来吧。”

瑶竹率先跳了上去，草草将四周收拾了一下。

紫幽心里的疑问就像有一块大石头一样沉甸甸地压着，让人觉得十分不舒服。

行船的速度是顺流而下，水中的那些水族也帮了不少忙，很快船只就将那个小镇远远地甩在了身后。

兼渊的脸色也十分沉重。

紫幽叹了口气，伸手一指点在兼渊的背后上，男子还没明白过来，眼前已经一片黑暗。

“小姐，你这是做什么？”瑶竹吓了一跳，看着男子软软地倒在自己而前。

“他现在心里一定在想着那些飞蛾的事。”紫幽低下头，轻轻叹了一口气，伸手覆住男子的额头，“有伤在身的不止我一个，他的身体，只怕也强撑不得了。”

瑶竹点了点头，神色有些复杂。

不过，这样也好，现在离开也好。这些飞蛾，总不至于跟着自己一起到殷国去吧。

因为是在白天，瑶竹施了个幻术，让一个船夫模样的人站在船头划着船桨，一边去拿路上买来的干粮。

“天天吃干粮,可还没吃腻?”原本躺在床上的兼渊竟也睁开了眼睛,揉了揉揉眉骨,有些抱怨道,“你刚刚那一下点得还真重。”

“不吃干粮就没吃的厂。”紫幽笑丫起来,“我可不觉得重,如果真的重,你怎么会这么快就醒过来了。”

兼渊笑而不答,不知道从怀中什么地方掏出来了一个包袱,然后把包袱递给了紫幽,“我知道你是为我好,这个包袱里头有一些丹药,你打开来看看。”

“嗯。”紫幽点了点头,正揭开包袱的手势陡然一缓,那根本就不是什么丹药,而是一卷露出半截的古色古香的卷轴。

紫幽小心地将卷轴抽了出来,画轴一离开包袱,就自动从紫幽手中飞了出去,徐徐在空中铺开。

兼渊站在了紫幽的身后,淡淡一笑,“进去看看?”

紫幽点了点头,两人很快就走进了画中,耳畔能听到四周有风吹树林的簌簌声响。

顺着画里的石桥一直往前,发现前面竟是一处小小的村庄,里面纵横阡陌,无数精魅做着和寻常农夫无异的工作,成熟的果子没有掉落在地,而是被法术操纵着白发地往一处房子飞去。现在正是插秧的时节,一株株幼苗似乎自己长了腿一样,蹦蹦跳跳地往田里跑去。

“这个东西倒是有趣得紧。”

兼渊笑了笑,“不过是个芥子空间罢了,从前存天绝的闲来无事的时候炼的,这里的很多东西都是幻术,只有这些果树农田,都是从外头移植过来的。倒多亏了这卷无意得来的画轴,才能稳固这个空间。”

的确是难得的秘宝,修道之人多半都有自己的芥子空问,用来随身携带一些行李或者是丹药。但芥子空间能放置死物,要放活着的东两,那是三清天尊与西方佛陀才有的本事。

这件宝物竟然能够开辟出一个如此巨大的空问暂且不提,最重要的是,那些生长的果蔬与方才桥下奔涌的河流，是真实存在着的东西。这件法宝的主人，只怕是上古之神了。

"这样的法宝，你就用它来布置一个农田果园？"

"难不成我还要在里面造一个皇宫？"兼渊侧过脸来，"我总觉得，你应该也会喜欢这个地方。"

紫幽继续往前走去，眼前的菜地占地面积倒是辽阔，四季果蔬都有，那些小小的精魅一开始见了紫幽还觉得害怕，一个劲往后躲。但是眼瞅着兼渊也站在身后，才放下心来。

"这些精魅，是你从外面抓来的？"紫幽蹙眉。

"当然不是，我最开始得到这个法宝的时候，原本是闲置着的，有时候觉得闷了，就自己躲进来休息一会儿，后来才渐渐发现了这个地方的奥妙。至于这些精魅，都是来云游历练的时候，随手救下来的。"

紫幽莞尔，兼渊从来不是滥杀无辜之人，包括妖物。

忽然想起初见，那个时候，自己还是第一次从道士口里听到，原来诛妖，也是需要证据的。

"原来如此，想来这片果蔬菜地，也是因为这些出身山野的精魅想要报答你，所以才将一切都处置得井井有条吧。"

"的确如此，我一开始也没料到它们会将此处弄成这个样子。不过这样也好，我每次进来看一看的时候，都觉得是进了桃花源。"

走出画轴的时候，外头果然也已经是天色将晚厂。从画里带出来的那些蔬果鲜脆不已，瑶竹吃得十分开心。

殷国的护城河宽阔平静，两边栽种着杨柳树在风中摇曳出柔美的风姿。时不时能看见打扮精致的女子三三两两地在街头走过，或许国君便是女子的缘故，所以王都之中并没有像楚国那样礼教森严。

瑶竹颇喜欢这座城市，一到城门口便化出了人形。瑶竹笑说，这座城市最适合她们长久住下来了。

没想到的是,在王都之中寻找客栈时,有人拦住了他们。

眼前这个喜欢穿红色衣服又娇俏可爱的,正是兼渊的表妹宋墨蝶。

“你怎么会在这里?”兼渊微微皱眉,有些疑惑地问道。

墨蝶看着两个人并肩而来,神色变得有些恍惚,过了片刻,她才低声说道:“我听说天绝山设下了围杀之局,但是你们还是逃了出去,表哥你……还受了重伤?”

“无妨。”兼渊点了点头,宽慰着对方道,“只是一些轻伤罢了。”

“师父他老人家……可还好么?”兼渊想了想,还是忍不住问道。

“清虚道长能有什么事?倒是那一战让整个正道为之震动,摆下了两仪微尘阵都困不住紫幽姑娘,实在让人叹为服。”

紫幽听完只是沉默,没有搭腔。

“你们,现在要怎么办?”

“先在殷国落脚,之后的事,还在商榷。”兼渊缓缓说道,对于自己这个表妹,他一直以来就没有什么戒心。

“是么……”墨蝶低下头来,“其实我比你们还要提前到这儿来,是伯父告诉我你们会住到这里,他说无论如何……都要想办法帮你们拖住天绝山那群人。”

“辛苦你了。”提到了自己的父亲,兼渊的神色也变得有些黯然。

瑶竹皱起了眉,有些戒备地看着他们眼前的墨蝶,紫幽不可能看不出宋墨蝶来得蹊跷,不过仅凭着这一点猜忌之心,只怕也不能说什么。

他们几个跟着墨蝶来到了她所住的客栈,分外雅致=F净,有趣的是坐在二楼中央的一个正在讲评书的女子。大约三十多岁的年纪,眉目之间十分飒爽。

几个人坐在一张桌子上吃饭,紫幽率先开了口,“宋姑娘,我们在这里是要等一位故人,如果你不介意的话,也可以同行,只是这样,恐怕要耽误你一些时问了。”

“无妨。”墨蝶点点头，“姑娘客气了。”

于是一行人就这么安顿下来，暂时在墨蝶住的这家客栈订下了其余几间客房。只不过子言始终毫无消息，紫幽想起离别之前，子言将自己推出来的时候说的那些话，如果不是发现了曼陀罗阵之中的破绽，他不会做这样无谓的牺牲。

天色已晚，路上的行人基本上也不见了踪影。

紫幽心里还是放不下将夜的事，那个隐匿在暗处毫无踪迹的恶魔，究竟有着多么深不可测的力量。这蝼天来，他似乎完全失去了踪影。

墨蝶倒是变得十分古怪，有时候甚至会特地为紫幽去厨房要人准备几样精细的小菜送上来。不知道是不是因为好几次都是聚散匆匆的缘故，紫幽似乎发现那个明媚活泼的女了.憔悴了不少。原本骄纵烈艳犹如玫瑰一般的少女，就像是快要陨落的星辰般黯淡无光。

这些天来，墨蝶究竟是以一种怎样的心情看着兼渊和紫幽两人呢？

窗外传来了微弱的异响，原本靠在床榻上的女予肩头…震，手指一点，立刻便有一只纸鹤从窗外飞了进来。

纸张早露出了破损的痕迹，那只纸鹤发出了一声清脆的鸣叫，立刻便一头栽倒在了女子的掌心。

“子言，子言！”对着法力全无的纸鹤，紫幽的眼中陡然升起一抹亮光，这是予言的法器，道家惯用纸鹤寻人，但是能够找到自己位置的，只怕也只有子言了。

将灵力注入纸鹤之内，那只扑腾的纸鹤便袅袅化成了一缕青烟。紫幽勉力撑起身子来，扬声喊道：“瑶竹，你…去看看，_了言想必应该也进了汤歌城。”

“是，小姐。”瑶竹在外头应了一声，便转身往外走去，住在隔壁的兼渊自然也听见了声响。

推丌门进来的时候，紫幽已经站起身来，一脸的焦灼。

“怎么了?”兼渊连忙扶着紫幽坐了下来,低声询问。

“子言想必已经赶过来了。”望着持续阴沉沉的天空,紫幽叹气。

兼渊转过头,看着隐隐有雷电之声在乌云中响起,让人心底生出不祥之感。

过了片刻,瑶竹才’跌跌撞撞地从客栈外头跑了回来,气喘吁吁地说道:“我找到子言道长了……不过,他似乎受了伤。”

跟在瑶竹身后的,是一顶四人抬的小轿,紫幽在掀丌帷幄的刹那,脸色都变了。里面躺着脸色青白的男子,发髻散丌,如刀削斧砍般笔挺的五官显出一种倦意。

“怎么会变成这个样子?”紫幽低声询问道。

“一点小伤罢了。”

子言摇了摇头,紫幽还想再说什么,兼渊却一把拉住了惊慌失控的紫幽,“让他休息一会儿,有什么话要问,也不必急在这一刻。”

紫幽这才镇定F来,她从末见过子言如此狼狈的样子,更何7兄他又是为了自己才留在曼陀罗阵中,假如真有什么三长两短,自己只怕会永远活在愧疚之中。

“我那里还有一些药,瑶竹你去找一找,用温水替子言送服下去。”紫幽站起身,蹙眉说道,“我得看看,究竟伤到了什么程度。”

“是。”瑶竹觑了一眼兼渊,立刻便又转身离开了,待主仆二人一走,一直旁观的墨蝶倒是笑了起来。

“表哥,你还看不出来么?紫幽姑娘心底真正在乎的恐怕只有方才‘那位公子吧。”

兼渊没有说话,他的目光随着紫幽的离去渐渐消散在了虚无的空气里。

紫幽正在为子言把脉。

“怎么样,用哪瓶药?”瑶竹站在一侧,捧着一大堆瓶瓶罐罐。

“不是什么重伤,只是法力损耗过度。”瑶竹舒了一口气,终于放下心来,

“你怎么会弄成这个样子?”

“我担心你身上的伤势发作,赶来的时候又听说天绝山的人伏击你,一时着急,所以连夜赶到殷国,一时脱力罢了。”子言摇了摇头,看着紫幽,神色郑重,“倒是你,怎么会恶化成这个样子?”

紫幽抿了抿唇,迟疑片刻,最终还是摇了摇头。

“罢了,只要你平安无事就好。”子言的神色十分疲倦。

他在曼陀罗阵中到底发生了什么,是不是当初伽罗在他背上打下的那一掌伤势不曾痊愈?

紫幽非常想问,看他虚弱的样子,生生压下了疑问。

“累成这个样子,先歇一歇。有什么事,等你缓过来再说。”紫幽皱眉,再也忍不住出声说道,同时对瑶竹说道,“你去外头瞧一瞧有没有上好的茶叶和点心,都去准备一些来。”

瑶竹乖巧地点了点头,立刻便出门去搜罗那些东西。他们如今的修为,自然不必再像凡人那样靠食物养足精神。然而几个人都喜欢喝茶,也能缓一缓焦躁的心情。

待子言醒来的时候,已经是薄暮时分了。房间内茶 n 十的香味无孔不入,沁人心脾。

他微微侧过头去,看见姿势柔婉的女子正将煮沸的水缓缓注入茶杯中。兼渊低着头和她在说什么,紫幽低低笑了一声却没有答话。

“我猜这个时候你也该醒了。”紫幽回过头来,看见神色有些恍惚的子言,有些担忧地说道,“委实吓我一跳,从未见过你这般模样,子言,你究竟是怎么了?”

男子的嘴唇动了动,半晌,只露出一个淡淡的笑容,“我许久没有喝过你煮的茶了,递一杯给我。”

知道对方是在刻意回避,紫幽也没有再继续追问下去,只是端着茶盏走到男子身边,看着他小口小口地啜饮着茶水,露出了心满意足的神色,“这些年来,倒真的不曾见过比你泡茶手艺更好的人了。”

紫幽没有说话,只是静静凝视着子言的面孔。

“我在曼陀罗阵里头下了封印。”子言稍待片刻,还是说了出来,“那座阵法多年来全由伽罗一人支持,不知道怎地,在你走后她的力量迅速衰退,趁着那个机会,我将她封印在了曼陀罗阵之中。”

“你封印了伽罗?!”紫幽霍然抬起头来,脸上满是震惊。

“存我动手的时候,她并没有反抗。”子言微微皱起眉,也有些疑惑,从西天极乐世界派来镇守曼陀罗大阵的欲色天主,怎么会忽然之间虚弱到那个地步?

“或许是她自己也想睡一睡吧。”紫幽像是明白了什么,一念起,则万法生灭。伽罗说得对,她的缘分并没有结束。即便那个人已经死玄了,他的身影也是她命中不曾勘破的劫数。

“你们呢? 这段时日发生,什么?”子言神色也变得凝重起来。

紫幽也有些觉得不安。数百年来,子言一直都以一个兄长般的身份关怀着自己,也是老实交代,“我们存宁相江遇到了伏击,天绝山那群道士不知道怎么会领悟了两仪微尘阵。”

“两仪微尘阵?”这次就连子言都皱起了眉,惊诧地说道,“那是教主布在藏宝阁前的阵法,布阵之法怎么会被凡人知道?”

紫幽倒是不太关心这个,缓缓说道:“天绝山的教主一盲以来都勤于来往兜率宫,想必是门人弟子偶有跟随师祖前来,偷偷传出去的也不足为奇。”

“你好好休息吧。”紫幽按卜子言准备起身的肩头,缓缓摇头,“我们当务之急是养好身体,无论有什么计划,都以后再说。”

知道紫幽是为了自己好,子言也就不再坚持了。

层层帷幕在室内犹如羽翼一般飞扬,客栈里不知道是谁在唱一首歌。曲调清婉,占琴声在喧嚣的:耳畔响起,就像是涤净凡尘的一缕风一般。紫幽侧耳听了一会儿,嘴角微微上扬,叹息一股的说道:“除了在延继海岸,我已经很久没有听过这样美的乐声了。”

兼渊却沉默了，“我还在想曼陀罗大阵的事。”

“我明白你的意思。”紫幽叹了口气，“那件事情，既然碰上了，自然没有放手不管的道理。更何况，子言昨日也已经和我说过了。”

紫幽不禁苦笑，所谓的修行，到了最后究竟是为了什么？

自己身上的伤势一日日恶化，那条红线，死死地停在了锁骨的位置。

“兼渊，不要跟过来，我想一个人走走。”紫幽缓缓踱步走了出去，神色静谧。已经很久没有出来外面的世界，信步走去，外头却传来了淡淡的酒香味。

像是被这种香气所吸引一般，出门不久，便找到了一家还未打烊的小酒馆。

今夜月明星稀，明晃晃的月光像是水银温柔泻地，就着这样好的月色，就算酒质算不得纯良清澈，也别有一番风味。而此刻坐在紫幽对面的书生，似乎来得很早。

小二伏在柜台后面昏昏欲睡，眼前这个男人却毫无醉意，桌子上已经七零八落地摆了不少的酒壶。他穿着宽大的青色长衣，用手撑着下巴，桌子上放着儿衙根本没怎么动过的下酒菜，紫幽进门的时候，他似乎特意看了一眼。

紫幽随意寻了一张桌子坐下，自得其乐地点了几壶上等的女儿红。

女儿红入口绵长，回味悠远，紫幽‘杯接着一杯，停也不停。

不只是那卖酒的店小二看得傻眼，原本一个人坐在一旁独酌的书生也起了兴趣，拎着白己的酒壶走了过来，颇有兴趣问道：“姑娘酒量不错，不如共饮？”

紫幽挑眉，看了看书生原本坐着的位子上，连酒瓶都摆不下了。寻常人喝了这么多酒，就算不醉，总还会有一点醉意的。可是眼前的人神志清明，走路的姿态也极稳，仿佛喝进去的不是酒，只是寻常的水罢了。

这个人倒是比自己想象中还能喝，紫幽忽然笑了起来，好久没有喝得这样畅快了。九天罡风刮骨之苦，没有受过的人又怎么会知道？每年的四月时节，寒风乍起，就觉得骨髓里有人一刀一刀地在割一般。

也是在那个时候，自己才升始酒量渐渐变得好了，因为用酒可以暂时止住疼痛。

眼前的这个男子，据说是准备米汤歌赶考的。

“姑娘气质超凡，恐怕不是普通人吧。”

“不是普通人，或许是个妖怪吧。”紫幽用手撑着下巴，似笑非笑地说道。

书生哈哈大笑起来，倒是一点都不怕的样子，“若是个妖怪，在下可就更好奇了。”那书生又为自己倒了一杯酒。

“呵，我要是露出了原形啊，一定吓死你。”紫幽失笑，又叫人送上一壶酒来。

“那可不一定，在下也不是那样胆小的人。”那书生轻咳了一声，摇头晃脑说道，“鬼怪固然可怖，但吃人的恶鬼是少数，为了私利而谋财害命的凡人倒是多不胜数。”

紫幽微微笑了起来，“所谓妖魔鬼怪，说穿了，又何尝不是人心鬼，有朝一日，也许神仙妖魔迟早都会绝迹，这个人间，到底是属于活人的。”

“姑娘有如此胸怀领悟，真是叫人吃惊。”书生怔了怔，又给自己倒了满满一杯，“但姑娘是否明白？妖魔或许迟早有一天会消失绝迹，但是人心的黑暗，却不可能永远被封印。”

紫幽忽然笑了起来，自己来到凡尘之中那么久，看过形形色色的人，倒是难得遇见这样一个有趣的，也不知道是不是有些喝醉了，这个人的脸，似乎在哪里见过。

那书生抬头看了看桌子上东倒西歪的酒壶，大声笑道：“这点酒，就当是在下请姑娘的，也算是相逢一场。”

“怎么，这么快就要走了么？”紫幽一怔。

男子倒是豁达得很，步出那家小酒馆，他站了一会儿，“日月星辰，万古不变。人的寿命何其短促，真是叫人感慨。”

书生回过头看了紫幽一眼，眼中带着淡淡的笑意，忽然颔首说道：“如果是姑娘的话，我相信你一定可以的。”

“你到底是什么人？”看着男子准备离去的身影，紫幽眼中的笑意缓缓消散了，“殷国的大考是在每年的六月初六、初七、初八三天，这个时候，正是放榜的时间。你说你不久前才赶来，这个谎，可实在是撒得没有半点诚意。”

男子回过头来，看着女子素白的衣袂在台阶之上飒飒飞扬，故作惊讶叫了一声：“呀，我都差点忘了，这里是殷国，不是魏国。”

“你是谁？”蓦地，紫幽忽然开口道。书生回头，那双瞳孔幽暗离合，恍如梦寐。

紫幽的心神一震，人便被黑暗吞噬了进去。那是一段尘封已久的过往，在她的心口，有另‘个灵魂无声地发出了叹息。

天色微微发亮，神霄宫外早已人声鼎沸，香火袅袅。

“将夜……”

重重帘幕深处，林灵素霍然睁开了双眼，猛地从床榻上惊起。长风呼啸而来，吹起帷幕纷纷，面如冠玉的男子神色有些许恍惚，茫然看着四周陈列。

不过是一场梦么，他又梦到了几十年前的自己。彼时天下战乱方起，他与将夜都是无父无母的孤儿，两个人相依为命。然而转瞬之间，那个温婉沉静的女子却浑身是血地躺在自己怀里。

来迟了么，为什么，自己永远都来迟一步？

有道童听见了里头的声响，立刻推门走了进来，小心翼翼道：“师尊？”

“什么时辰了？”林灵素的眸光渐渐清澈起来。

有人掀开了床帐，回道：“师父，已经卯时了，钦天监的大人已经在外头候着了，正等着师尊起身呢。”

林灵素应了一声，一张脸并无半分表情，似乎早就习以为常。伺候的道童忍不住在心中暗暗赞叹起来，即便已经年过不惑，但师尊的面容永远不会老去。年轻的道长丰神俊朗，长袖吹拂，便似要凌虚御空而去。

当真是神仙中人，否则也不会被魏王尊奉为元妙先生，几乎能左右朝堂局势。不过，师尊现在也遇到麻烦了吧？钦天监的官吏这几日来得越发频繁了，神霄宫中也有流言蜚语传开。南陵大雨，已经下足三日三夜，再这么下去，只怕帝都铂则都要被大水淹没了。

不过，小道童仰望着长衣飘飘的林灵素，心中暗道，只要有师尊在，这种事情又怎么会发生。他可是亲眼见过师尊在道坛之上呼风唤雨，几位道长都说过，师尊如今只差最后一步，就可以羽化飞升了。

才想着，便听见前头几乎人仰马翻。巍峨耸立的神霄宫内，身着乌衣官袍的男子步履匆匆，一把推开熙熙攘攘的香客，疾Ⅱ乎道："先生，先生，大事不好了！"

"宋大人。"林灵素的声音低沉，猛地伸手按住了来人的肩膀。对方原本惊慌失措的神色总算褪去了，抬头看见林灵素玉石般的而孔，磕磕绊绊半天说不出一句话束。

"先生，淮南决堤，如今大水冲破了护城河，淮南告急，又说有鬼魅横生吃人，只怕是要生乱。"来人结巴了半晌，终于吐…一句话来。

青衣高冠的男子微微一怔，"淮南？"

汀淮素来是鱼米之乡，如果淮南当真水患成灾，只怕影响的不仅仅是淮南一地。他思量着江北干旱，虽说不是大灾，但也略有影响。此刻两地发作，难道真是天相不吉？

为何会是淮南，他心中渐渐生出疑虑，想要让眼前的官员不必担心，然而错眼处，却在道观看见一个熟悉的身影。

那是一张清丽而婉约的面孔，带着江南女子的沉静，含羞带怯地看着自己。但凝眸细看，对方黑衣烈烈，五官棱角分明，不，不是将夜，那是一个与她极相似的男人，一双漆黑瞳孔里神光离合，嘴角扬起的弧度含着几分嘲笑。

一身黑衣的男子转瞬消失在了人群之中，修行多年的林灵素忽地躬下身咳嗽起来，他捂住口鼻，素白的手帕再摊开时，便有血色弥漫。

服侍的道童发出了一声惊呼："师尊，你怎么了！"

"没什么，我们先回去，宋大人，你也先请回吧。"青衣道人神色怔忪地凝望着庭院，就连红衣的官员也察觉到了异样，顺着对方的目光看过去，越过曲折的长廊，只有和往常一般来来往往的信徒，并无异样。

是心魔，心魔啊……林灵素看出了对方眼中的疑惑，心中却嗤笑了起来。道童搀扶着青衣男子往回走去，他的声音悠远，却又露出难得一见的疲倦，"大人放心，几日之后我将离开帝都，亲自前往淮南。水涝之灾并非钦天监之过，我自然会向王座为你们求情。"

眉宇间的担忧终于褪去，官袍男子连连对着背影作揖，"多谢先生，多谢先生。"谁都知道，这个起于微末的道人，如今对魏王有着怎样巨大的影响力。只要有他这一诺，钦天龄大概便不用被魏王迁怒了。

道馆的最深处，三清天尊神色悲悯地偏瞰着蒲团上的男子。他一头长发如锦缎蜿蜒，细长的手指按在自己的胸口上，然而胸 Kl 处却一片沉寂。

他的心，在很久之前就不会跳动了。众人都只道元妙先生已经快要悟道，只差一步便可白日飞升，所以他的容貌早已不会衰老，宛如天人。

但谁又知道，他早在二十年前，就把自己的心给挖了出来。

连同他难以斩断的心魔，与将夜的尸体一起埋在了城墙下。从此以后，他的道法果然一日千里。无心无爱，他以为自己很快就要经历劫期，然而足足过去了二十年，他的修为足以呼风唤雨，却在最后关头迟迟不得寸进。

师尊在坐化之前便对自己说过，所谓修行，每一步都是修行。这世上，从无捷径可走。难道，自己真的做错了么？

室内一时寂静若是，只有他急促的呼吸声。青衣道人因为剧痛再一次伏在地面，有殷红的血迹从他嘴角流出，细细如蛇。

天人五衰，他的法力在此停滞不前，这具身体渐渐无法承担他日益精进的力量，或许，这就是他当年贪功冒进的恶果吧。

他缓缓闭上了眼睛，幽暗的烛火照不清男子的面孔，而一身纯黑的男子却在暗中走了出来。他打量着三清神殿，最后目光落在了沉沉睡去的男子身上。

他慢慢走了过去，俯身凝视着林灵素的侧脸。那张脸，如此的陌生，但是却引得他心中悸动，仿佛那颗心，扑通扑通，想要从胸腔里跳出来。

他试图伸出手触碰对方的面孔，然而林灵素手中握着的铃铛却猛地响起。一缕幽光从帝钟里疾驰而出，直击对方的眉心。将夜冷哼了一声，显然不曾将它看在眼里，然而光芒掠过，竟然洞穿了不速之客的头颅。

黑衣男子的身影如同滴入水中的墨汁，一瞬间溃散无形。青衣道人眉头微动，却始终不曾醒转。

第十五章

天启十三年，临江大旱，日光猛烈曝晒着整片大地，烘干了最后一点水分。衣衫褴褛的乞讨者相互拉扯着，一前一后往南方逃难。

林灵素拉着将夜的手，两个人年纪小，越发禁不住这样的烈日。将夜已经有些昏昏沉沉了，抬起头轻轻地问，“林哥哥，我们什么时候才能休息啊？”

“快了，只要再走几天，我们就能到滨江城了，听说那里的井水没有干涸，我们一定能得救的。”林灵素虽然也十分疲倦，还是尽力安慰着身边的女童，伸手指着远方给她看。

黄沙漫天，原本的绿色都已经淡去了，只有扭曲的热浪蒸腾，模糊了人的视线。将夜顺着林灵素的手看过去，但路阻且长，映入眼帘的，除了明晃晃的日光之外，依然一无所有。

将夜十分乖巧地没有继续追问下去，只是点了点头，默不作声地跟在林灵素身后。能够活下来，就已经庆幸了。她的父母和林哥哥的父母全都死了。

不是死于干旱，而是金人入侵。

那些人烧杀抢掠无恶不作，是林哥哥带着她跳到了枯井里才活了下来。可是等到他们出来的时候，村子里的人全都死了。他们成了无父无母的孤儿，只能跟着这群不认识的人去逃难。

听说在南方，水量_允沛，根本不会发生旱灾，如果他们去了南方，就能活下来了。可是，他们真的能活着抵达滨江城么？这一路不知道死了多少人，有些是被生生晒死的，还有一些，则是死在了金人的弓箭铁蹄之下。

乱世宿命如浮萍，生死都由不得自己。幸好，还有林哥哥。将夜牵着身前少年的衣袖，咬牙继续走下去。

也不知是否当真运气，这些逃难的流民千千万万，一路歹匕的也不少。可是林灵素却真的带着将夜一路走到了云坊城，不远了，只要穿过云坊城就能到达滨江了。

一行人又哭又笑，以为自己总算有了活略，没想到在城门外遇到了金人。

“打过来了，那些金人打过来了！”喧嚣声从外而来，…群人顿时慌乱起来。‘将夜的手一震，回头亨星去，果然看见外头马蹄隆隆，那些金人竟然打到丫这里来，这一路，不知义死了多少人。

有人顿时哭喊起来，呼天抢地地往前跑。城门近在咫尺，只要现在进了城，至少能保住性命。果然，人群慌忙地朝前挤了过去。林灵素却牵着将夜的手往后退，神色紧张而戒备。

“林哥哥，我们为什么不过去？”将夜怯生生道，眼巾有希冀的光，“只要进了城，我们就安全了。”

林灵素却冷笑了一声，“他们不会让这么多人进去的，那些金兵就要来了，要是这个时候开了城门，他们怕引来奸细。”

若是城门失守，这城里每一个人都要家破人亡。比起一座城，这外面几十个流民的生死自然无足轻重。

果然，无论城门下的人怎样拍打城门，城中都没有动静，仿佛里头只是一座空城。林灵素抓紧手中的女孩，他们已经无处可去了，没想到跋涉千里，到头来终究也不过是一死，“将夜，不要怕，到了地下我们就能见到父母了，我会陪着你一起去的。”

“我不怕。”瘦弱的女童靠在少年的肩膀上，不像其余人惊慌失措的模样，他们的神色平静而安逸，仿佛^{是寻常来踏肯的两个孩子。

“开门!”在一群哺杂的声音里,一个苍老而有力的声音振聋发聩。

林灵素甚至没有抬头看一眼,但没想到,在老人的发声之下,原本紧闭的大门竟然缓缓打开了。虽然只有一线,但足以容纳两人通过,大家互相搀扶着挤了进去。

“好孩子,你受伤了?”就在林灵素扶着将夜进去的时候,门后的老者却忽然出声,丌川道。

城门渐渐合拢,林灵素回过头来,看见身后站着一位须发皆白的老者。对方撑着扁龙拐杖, 一身青色道袍在风中飒飒。士兵似乎对这老道十分恭敬,身边的侍甲还催促道:“这地方也太危险了,些,道长还是请回内城吧。”

“你身上的伤不能再拖了,否则只怕将来也会坏了身了,这只手都要废了。”老人手中的拐杖一点,轻轻征林灵素的肩膀上一敲,少年原本一直强忍着痛楚,此刻也禁不住叫出了声。

隐隐有黑色的血从手臂渗出,发出一股腥臭味。他于臂上的伤已经有月余,本是被金人砍伤的。只是这一路流亡,哪里有火夫愿意为他诊治?所以他只能自己用布条胡乱包扎起来,为丫不让将夜担心,他竟然‘声不吭地独自扛了下来。

“道长,求你救救他!”将夜吓了一跳,哀求道。一定是冈为自己,所以林哥哥才会一直忍着不说的。

将夜急得双眼发红,老者颇为怜惜地叹了口气,抽回了拐杖,对着身边的道章低声说:“带他们回去吧,我还要去城墙之上摆阵,稍后自然会回去的。”

老人再次看了林灵素一眼,然而这一次,目光里却隐隐有暗光闪过。

两个道童十分恭敬,一左一右地扶住了林灵素,应了一声“是”,便带着两人往内城去。林灵素扭过头看了一眼,只见穿着道袍的老者也没怎么动作,然而身形一动,就已经站在了城墙之上。

老道举起手中拐杖,对天洒出几张黄纸符篆,很快便有乌云滚滚而来,天地变色,转瞬间竟然雷声轰鸣。他看得瞠目结舌,服侍的道童也露出敬仰之色,“师尊的道行越发高深了,五雷行法召之即来,这次那些金兵只怕是有来无回。”

五雷行法？林灵素一直以为那不过是江湖骗术,却没想到原来真的有人能够呼风唤雨,召来天雷闪电。只是肩膀上的剧痛越来越严重,仿佛被那道人…点,浑身骨骼都要碎裂开来。

到底还是年幼,熬不得这样的痛,林灵素眼前一黑,人便已经晕了过去。

等到他醒来的时候,将夜正在为他换药。女童低着头将草药敷在伤口处,再用煮沸的白色布条将他手臂伤口包扎好,一举一·动,倒是娴熟。

将夜家中原本就是行医出身,只是她年纪尚小,学的也不多。

轩窗晒落满地光影,身]。的被褥也温暖厚实,这么久以来的风餐露宿,似乎在一瞬间都被远远抛在了脑后。

林灵素挣扎着想要起身,便听见外头传来了老者的咳嗽声。这一次,青衣的老道身边空无一人,只是显得更加疲倦了一些。

“道长!”将夜慌忙站了起来,起身让出自己的位子,很是感激道,“谢谢道长救了我们!”

老者看见女童温和的眼眸,嘴角笑意慈祥,“好孩_了,你去倒杯茶给我好不好?”

将夜自然是连连点头,等到女童背影走远了。林灵素这才迟疑了一下,盯着老者的眼睛道:“道长有话要和我说?”

“你果然聪慧。”老者很是欣慰地点了点头,坐到了林灵素的身边,“我的年纪已经大了,也不知道再过多少年就要离世,但这么多年来,一直没有找到人能够继承衣钵,实在是贫道最大的遗憾。”

林灵素心中一动,“道长想要度我出家么?”

老者朗声大笑了起来,“不错,你天生根骨绝佳,我昨日为你连夜演卦,若你入我道门,日后必然贵不可言,神霄一教衰微已久,我虽能呼风唤雨,却也对此无能为力。”

老者名唤赵升，只见他手轻轻一动，一座铜钟便出现在了林灵素眼前，“这座帝钟乃是我神霄派不传秘宝，你若能摇动它，可见老道目光不差。若是摇铃不动，那便是老道错了。”

林灵素的手有些颤抖，那铜钟样式古怪，顶端还有一个手柄，铜钟内壁用蝇头小篆写着：“振动法铃，神鬼咸钦。”

他猛地伸出手去握住了帝钟，不过是手腕晃动，清脆铃声便从中倾泻而出。

赵升远眺窗外，四周灵力抽动，竟然形成了一个个无形旋窝。

“果然……玉骨仙根，好孩子，你可愿入我道门？”老者神情狂热，林灵素低着头，一时竞下不了决定。

“如果我入了道门，那么将夜怎么办……”林灵素松开了手中的法器，他被赵升登上城门召唤五雷符的场景所震慑，更感怀对方是自己的救命恩人，出家做道士本也没什么，可是他做了道士，将夜却再便可去了。

“林哥哥，你不要担心我，我一定能好好照顾自己的。”被赵升支开的小姑娘不知道什么时候在了门外，此刻跑过来伸手牵着林灵素的衣袖，仰起脸道，“林哥哥，我知道你以前就想去修仙，阿娘也说，你出身的时候有祥云呢。”

“林哥哥要是将来做了神仙，以后会在天上保护我么？”

歪着头的女童童言无忌，林灵素不禁笑了起来，摸着她的头，“傻丫头，做神 fll 哪有那么容易……”

“就算有仙根，也未必会有成仙的机缘。”赵升看了将夜一眼，十分和蔼，“你哥哥既然放心不下你，我便为你找个去处。你曾说自己父母也是学医的，我有一位旧友，虽不敢说医术无双，但也颇有造诣。你可愿意拜她为师，将来学了一身医术，救死扶伤？”

“真的么？”将夜眼前一亮，深深行了一礼，她年纪尚小，粉团子一般可爱，惹得赵升越发高兴，连忙去写了手书，让纸鹤飞去给旧友寄信，只说让她照拂这个孩子。

将夜有了去处，林灵素这才放下心来。他从前便向往道门，如今能够拜入赵升门下，自然是得偿所愿。将夜也安静起来，不久之后，相依为命的两个人便要分道扬镳了。

她并不后悔去学医，只是这一别，她与林哥哥，便再也没有相见的机会了。看着少年清俊眉眼，将夜始终没有说出一句挽留的话。

他们本来便宵自己的路要走，如果强行留卜林哥哥，将来自己也会后悔的。碧落三山究竟是什么样子的，将夜并不知道。但她却明白，林哥哥也许有一天会登临仙界，他不该放过这个机会。

自那以后，便是南北之别了。

赵升带着林灵素回到了神霄宫，将伎跟着师父玉虚先生学习医术。

但两人之间从未断过联系，寸‘年一瞬，她如今已经学成医术离开师门，独自一人行医开药。而神霄宫中的林灵素道长，更是名声大噪深得魏王信任，年纪轻轻就已经出入宫廷之中。

将夜学成归来，一路给人治病，但最终的目的地，是林灵素所在的神霄宫。穿过云坊与滨江城，便是神霄所在的地方。那是他们幼年逃亡之路，虽是边境偶有战争，但总算天下太平不少。

将夜在案前伏笔写下一路见闻，随机折成纸鹤往窗外一抛。纸鹤一瞬问便有了生机，扑打着翅膀朝远方飞去。

她瞧着有趣，林哥哥总是会给她寄来很多这样的白纸，折叠成纸鹤便能自己飞行，多年来，他们都是这样互通书信，不久之后，就可以见一面了吧。

十年不址，当年垂髫的女童已经成了温婉的女子，眉目清浅。‘想到林灵素，温柔的神色便一如当年。

“将夜姑娘，城外抬了一批人回来，您快去看看吧！”门外有人急剀地喊道，神色焦灼。

虽说魏国国内已定，但交界处依旧战火纷飞。偶尔有受了伤的士兵，知道玉虚先生的弟子在这儿，便都送到云坊城来求救。

将仪心慈，每每都肯为这些受了伤的士兵医治，只是这样一来便耽误了前去神舀宫的行程。

她随手取过一件黑色外袍披在自己身上，跟着那人一路往城门而去。地卜果然横七竖八地躺着不少人，只怕是发生了一场恶战，有些人的手脚都被砍断，触目惊心。

“先抬到药馆去。”将夜眉头一皱，连声道。

她忙了半宿，在救治一个被斩去芹臂的男子时，猛地神色一怔。对方的胸口分明有狼头刺青，那是金人的标志——这个穿着汉人服装的男子，竟然是个金人！

“将夜姑娘，怎么了?”有帮忙的大夫见她变了脸色，好心问道。将夜低下头，看见躺着的男子目光之中都是恳求。他的右手已经被砍断，就算能活下来，也是一个废人。

将夜扯过他的衣袖，遮住了那个刺青，摇头道：“没什么，我来给他上药，你先去歇一会儿吧。”

“多谢姑娘。”对方的声调奇异而别扭，但也知道自己总算是捡回了一条命，低声道谢。

“各为其主，本来也就无谓对错。只是明日一早，你便出城去吧。我力所能及，也不过如此了。”将夜悠悠叹了口气，转身而去。躺在地上的金人盯着将夜的目光，神色晦暗。

将仪回去后和衣入睡，第二天吵醒她的却是外头的喧闹声。城中一片喧哗，她推门而出，发现客栈里早已人去楼空。女子皱着眉头，快步踏出了客栈，却发现外头早已乱成‘团，百姓们匆忙逃避，有人高呼道：“城门破了，北城的城门被金人攻破了!”

“快逃，快逃啊!”一时间众人肝胆俱裂，人群蜂拥着朝南门挤去。将夜悚然一惊,怎么会攻破城门,当年她与林哥哥逃入云坊,这座孤城独守了十数日,金人终于知难而退,这才守住了南下之路。

但如今,云坊城竟然城破了?当年乱世渫萍的记忆呼啸而来,让女子忍不住战栗起来。

金人杀人如麻,破城之后见人便杀,显然是不想留下活口。将夜被挟裹在人群之中,发现前面的人停下了脚步,哭喊声渐起。南城城门已被金人占领,对方封锁了城门,站在城墙上手持弓弩,将人尽数射死原地。

"将夜姑娘,此地危险,还是不要在这儿久待为好。"有男子猛地握住了她的手,强行将人带离了人群。将夜猛地回头,看见一个身材高大的男子挡在了身前。

将夜一震,脱口而出:"是你!"

那些把守城墙下的金人士兵看见他便退开了一条路,低声喊了一句"将军"。男子回头笑了笑,神色憨厚,"将夜姑娘果然医术高明,我虽失去了一条手,但总算活下来了。"

"你……你是细作?"将夜倒抽了一口冷气,只觉浑身上下如浸寒冰。对方却不以为意,如果不是斩断了自己的手臂,重伤垂死,这些人怎么会毫不犹豫地将自己抬了回去。

虽然失去了一条手臂,但能够以此为代价,拔除云坊城这个眼中钉,这条手臂,就算不得什么了。

"姑娘对我有救命之恩,迟木达知恩图报,自然会留姑娘性命。只是我手中的士兵杀人不眨眼,姑娘还是待在城墙上吧。"他的面容依旧憨厚,然而眼中却有嘲讽的戏谑,"其实若不是姑娘没有拆穿我的身份,这些人原本也不会死的。"

她一念之仁,竟然害死了这一座城人!

将夜面色惨白地跪倒在地,那些哀哭之声不绝于耳,每一句都如利刃穿心。将夜以手覆面,发出了绝望的哀号。

神霄宫的轻玉峰上，云雾弥漫，大色将晚。

独坐在山顶的男子眉头一皱，隐隐有一张脸从脑海中掠过。

“将伎……”女子抬起憔悴面孔看向林灵素，眼中有血泪滚落。

那是他在红尘之中最后的执念，断崖之七，青衣道长陡然睁开了眼睛，眸光明灭不定。

他掐着指节，飞快地演算着什么。血色四处弥漫，遮蔽了那个女子的命轮。

林灵素霍然起身，手中几张符策连发，悬崖绝壁渐渐扭曲成平坦大道，他施展符咒缩地成寸，即便会耗费大量心向也在所不惜。心中的不安渐盛。

究竟发生了什么，为什么将夜的命轮里，会有生死之劫?

林灵素终究还是来晚了一步，他赶到云坊城的时候，战事已经结束了。一道模糊的人影站在城墙上，四顾茫然。

烧焦的尸体与血腥味让人欲呕，秃鹫在天空盘旋，贪婪地凝视着地面的腐尸，等待着不久之后的盛宴。

“将夜!”一直以为自己可以淡漠一切的林灵素发了狂地呼喊，但将夜已经听不到了一一她就像一只断了羽翼的蝴蝶，从城墙上一跃而下。

林灵素狂奔而来，也只能眼睁睁地看见对方重重摔落在自己面前，扬起无数轻尘。

“将夜，将夜!”面目俊朗的道士抱起奄奄一息的女子，声嘶力竭。

她细长的手指抓住了他的衣襟，一双眼睛里满是愧疚，而在她身下，血液缓缓渗透浸润了泥土。

“灵素，是我的错，都是我的错……”女子的声音断断续续，目光已绎渐渐溃散开来，“为什么，为什么我要救他? 这一城的百姓，都死在我手里……”

是她的错么? 错的那个人，不应该是自己么? 如果不是因为修仙要断绝红尘俗念，他或许一辈子都会照顾将夜。他们会成为一对平凡夫妻，白头偕老。

然而这一刻，都成了云烟。

怀中女子渐冷，林灵素茫然地抱着怀里的人起身，自顾自朝城中走去。她曾经说过，希望能够住在云坊城中，她会开一间药铺，治病救人，慢慢老去。

这个心愿，最后变成了奢望，但林灵素想，也许来生，她可以重新回来，成为一个治病救人的女大夫。

道人跪伏在地上，用手刨开湿润的泥土，指尖渐渐被磨得血肉模糊，他也不管不顾，直到挖出一人深的土坑来，食指伤口里竟已露出森森白骨。

将女子放入坟中，林灵素又怔怔坐了一会儿。他似想要说什么，然而才张开嘴，一口血便吐了出来，“咳……将夜，别怕，我会留下来陪你。”

他的手按在胸口，寸寸深入，竟然生生握住了自己跳动的心脏。再抽出手来，那颗心尚且温热，却被林灵素珍而重之地放在了将夜的身边。

百岁之后，归于其室。

他一生执念全部在此，将会陪伴着将夜在黄泉之下永眠。百年后若仍不能悟道飞升，他将会回到云坊，和她生死同穴。

林灵素踉跄着起身，背影虚弱。自此以后，他再也不曾回到云坊。

没想到剜去了自己的心脏，斩断心魔之后，他的修为却一日千里。他入宫为魏王讲道，一夜之间被封为元妙先生。就像当年的赵升一样，呼风唤雨，进入了朝局之中。

神霄一脉果然由他手中发扬光大，但他的道心却被困于方寸之间，要想得道，却总是差了一步。

数日之后，江淮大乱。林灵素离开神霄宫，自请前去查看。

槐树村的村民感染了恶疾，皮肤发红，时日已久，便一寸寸溃烂而死。这种病传染迅速，一时成了瘟疫。江淮本就洪水泛滥，再加此疾，愈发民不聊生。

只是不知为何，他夜观天象，却迟迟算不出究竟是哪里出了差错。只有手里的帝钟，无声地提醒着他前行的方向。

天生异象，那便必定有大祸将生。他必须要在灾难发生之前及时遏制住这一切。呵到底是什么，旱魃？鸱枭？还是哪里逃出来的妖怪？

但随着帝钟指引，林灵素却越发震惊起来。他乘船渡过淮南，没想到竟然穿过滨江城，铃声悠扬，却是带着他回到了故地。

城墙洞开，露出一线缝隙。里头黛瓦白墙，依稀是江南旧模样。只是里头空空荡荡，当年繁华早已烟消云散，取而代之的不过是一座死城。

林灵素的脸色越发苍白起来，这里头，竟然有这样浓重的血腥味。云坊城二十年前被屠城，从此便成了一座空城。人人都说城中怨气冲天，住进去不得善终，自此便空了下来。

他空荡荡的脚步声在青石巷中响起，左右回顾，也不见异样。一直到城深处，林灵素这才停下了脚步。

黑衣少年端坐于地，神色乖巧而温顺，像是一只粘人的猫。只是黑色瞳孔里，不时掠过一丝血色，妖异嗜血。

“将夜？”他一时神思恍惚，太像了……眼前睁着眼睛的少年，有着和将夜一模一样的面孔，甚至连茫然看着自己的眼神都是一样的，“你是谁？”

“我？我叫将夜啊，是你给我起的名字，你忘了么？”黑衣的少年看了对方一眼，笑嘻嘻道，“我有一天醒来，发现自己在一个道观里。你看见我了，还叫我将夜。”

那是钦天监的官吏前来求援，他在神霄观里第一次看见了将夜，心魔如此，似真似幻。

“你不是她，她已经死了。”手执帝钟的道者收敛了浑身杀气，竟然和邪魔并肩坐在了一起。已经迟疑了很久，眼看天色一分分暗了下去，坐在台阶上的男子终于开口，“为什么，活的那个人是你，将夜去了哪里？”

少年似乎有些懵懂，听不明白对方说了什么，好一会儿才笑了起来，直言道，“我不知道，我醒来的时候，就是这样了。”

林灵素再次打量了眼前的少年一眼，是的，没有任何生魂的气息。眼前的生灵独自存在于二界之外，而将夜的魂魄，或许早就已经去往彼岸转生了吧。

“你杀了很多人。”林灵素叹了一口气，淮南巨变，和这个少年不无关系。或许他什么也没做，但数万生灵的怨恨凝结一体，他会蛊惑所有人的黑暗，让杀戮和怨气搅乱天地清正之气。

“不是我杀的。”像是受了委屈的孩子，将夜撇了撇嘴，“那些人听说云坊城里有宝藏，就把这座城挖了个底朝天。不过当初死了那么多人，尸毒在地底凝聚不散，他们把那些尸体全都挖了出来，自然染上了尸毒。”

那个村庄的人铤而走险，竟然想起了发死人财。只是怎么也没想到自己会沾染尸毒，回去之后，无辜的村民接连被传染，最终酿成了这场无法挽回的瘟疫。

林灵素一时讷讷不能言，即便世人难以相信，但眼前的少年，本身是无罪的。有罪的，原本是自己啊。他斩去自己的心魔，却不曾料到对方吸收了他的血气，又吃下了将夜临死前的悔恨。云坊十万百姓，被金人屠杀一空。这里之所以没有恶鬼作祟，是因为这些怨气凝结一体，最后化成了将夜。

“道长，道长！”云坊城外喧嚣不断，这座空寂已久的死城，仿佛在一瞬间活了过来。

那是林灵素邀来助拳的道友，正一、五华、天绝……佛道领袖都在此地，准备助林灵素剿灭邪魔。

“他们杀不了我。”将夜又笑了起来，像个清秀的少年，只是眼中却有血色弥漫。

他是千万怨气所聚的魔，只要有人，便会有魔。这些道人自己心魔未除，又怎么能杀他？

“但是我能封印你。”林灵素也笑了起来，他苍白的手握住了古铜色的帝钟，神色温和，“我曾经答应过将夜，总有一日要来陪她。如今她已转世轮回，我很高兴，成魔的不是她。”

“你就快要悟道了，你舍得用自己一身修为来镇压我?”将夜变了脸色，面目逐渐狰狞起来。

“处处都是道，成仙是道，除魔也是道。”林灵素将手中的帝钟往天上一抛，他的身上有鲜血逐渐溢出，染红了青包的道袍。

他当年一己之私，没想到今时今日会酿成如此苦果。将夜不该继续存活在这世上，既然如此，一切因果，也应该由自己未了结。

帝钟光芒大盛，林灵素伸出了手，示意将夜到自己身边来。

那个初生的邪魔不知想到了什么，竟然没有负隅顽抗，反而神色坦荡地坐了下来。

“千百年后，我依然会破开封印而出。林灵素，值得么?”他俯视着浑身是血的道人，眼神中竟然有魔的慈悲。

“也许千百年后，会有人和我一样，将你重新封印，不要小看一个凡人的力量。”林灵素嘴角扬起，双手结印，用自己的性命为代价，将对方封入了帝钟之内。

一直到眼前的那个人消失在了黑暗中，紫幽才回过神来，是的……她见过这双眼睛。

紫幽的脚步忽然踉跄了一下，心底有什么隐隐作痛。

他青色的长衣在暗夜中消失得无影无踪，就像是鬼魅一般。她没有追逐那个人离去的身影，而是对着虚空道：“那个人，是将你封印在魏国之中的林灵素，对不对?”

一身黑衣的男子终于在空气中显露了行迹，浓密的睫毛覆住了血色的眼眸，冷哼了一声却没有说话。

就算没有说话，也能无比清晰地感知到对方的怒意，紫幽转过头看着和自己并肩的男子，“怎么不说话了?”

将夜的脸色难看了几分,“你想要我说什么?”

那个人用性命封印了自己,死去之后魂归地府,机缘巧合之下竟然成了鬼仙。这些东西,在自己附着在逸辰身上的时候,就已经知道了。

将夜缓缓笑了起来,血色的眼瞳在暗夜中闪着光,“该说什么的应该是你才对吧,你不去问封印我的办法么?林灵素可是普天之下,唯一逃过我邪魔附体的人哪。”

紫幽缓缓笑了起来,“林灵素如果不是以自己的性命为赌注,又怎么可能将你封印呢。”

将夜轻轻冷哼了一声,没有出声反驳,这似乎是第一次他从紫幽的身躯中化出了身形,和她一起并肩出现在这个世界上。

这一次相逢,他寄居在紫幽体内,再次看见了那张熟悉的面容。然而不知为何,他却并未叫住这个曾经封印过自己的人。

或许,他们之间的因果,早就已经结束了吧。

就在这时,缓缓的风声里,传来了细碎的脚步声。紫幽回过头来,发现子言站在了自己身后,深蓝的长衣在黑暗之中深如浓墨。

“怎么了,可是身体不适?”紫幽皱眉,站起身朝那人走去。

子言左右看了看,风里残留的气味叫人十分不安,“不知为何,我总觉得心神不安,紫幽,你如今法力大不如前,切切要小心。”

话语中的关怀之意浓浓,紫幽笑了笑,颔首道:“这话该是我嘱咐你才对。子言,这么多年来一直都是我拖累你,当初我行事鲁莽累你谪入凡尘,如今这个样子,还要你为我劳累。”

紫幽伸出手拂去,一刹那有血色的花朵在碧草之中开出了艳丽的花朵,然而不过是片刻,那花朵又归于尘+。

“你瞧,我如今凝神化形都施展不出来了。”素来眉目冷冽的女子此刻有些黯然地看着自己的手指。

男子缓缓走了过去,趁紫幽的手还没有拢回袖巾,一点亮光再次从草丛深处蹿了出来。青碧的草丛里,此刻开出巨大的花瓣,那风中摇曳生姿的花朵似乎颇通灵性,此刻亲昵地触碰着女了的手指。

那是佛国净土的波罗花,色泽质地都宛如黄金,水火不侵。从前在上清三界,子言曾绎送过一朵给紫幽。

她眉间闪过一点盈盈的笑意,明知道眼前的波罗花不过是幻化出来的假象,还是忍不住伸手去触碰。

紫幽微微挑起了眉梢,“子言,我说过,待此事了结之后……”

“待此事结束之后,我自然会带着你重新回到九重天去。”子言低低一笑,开口截断了紫幽想要说下去的话。

“你其实……应该也猜出来了吧?”子言的眼神看向辽远的天空,半晌,“紫幽已经撑不了多久了。”

子言冷冷地望着眼前的人,他们所处的是汤歌城中有名的占星台,拔地而起,高耸人云,几乎可以俯瞰整个王都。

他又笑了笑,“紫幽在凡尘中留恋了这么久,我一直怕她人了业障而不自知。但各人有各人的缘法,天尊曾允诺我,假如不凭灵力,我能够找到紫幽并将她从下界带回上清天界,天尊便可对过往之事既往不咎。

“然而,我遇见她的时候就已经知道了,她的心已经丌始被凡人的情爱侵蚀,我到底还是来晚了一步。”子言重重一拳砸在占星台上。

青衣男子不发一言,满头青丝在风中飘动,过了片刻,他沉声说道:“你的意思,是我害了紫幽?”

“自然是你。”子言一字一句说道,“如果不是你,紫幽又怎么会变成今天这个样子? 如果不是你,原本在我遇见她的那一刻,这一世的劫数便已经烟消云散了。”

那个犹如谪仙般的男了,在这一刻竟然发出了异常痛快的笑声,“无论是紫幽还是我,都不会后悔曾经相遇。”

“大言不惭!”子言忍无可忍,终于厉声斥责道,“她原本在上清三界与天地同寿，如果不是一时意气落入凡间，你们根本就不会有相遇的机会，更不会无端被邪魔附体，如今连佛骨舍利都不能将之净化，这个样子，你还敢说不悔相遇？”

“我会救她。”兼渊低声说道。他无法反驳对方说出的每一句话，的确，如果不是遇见了自己的话，紫幽或许会顺从地选择和了言回到三清天界。

男子深深阖上了眼帘，“我一定会救她……”

第十六章

原本沉睡中的女子缓缓发出了一卢低吟,下意识地喃喃道:“瑶竹?”

没有人!那个一直守护在自己身边的少女已经不见了踪影。

紫幽的身躯一震,依稀还能在楼下感受到没消散的道长的气息,连忙起身追了上去。

那个从客栈中出来的,是个道士打扮的人,穿着天绝山的道服装,大概只有十七八岁的年纪,一脸的稚气,神色十分紧张。

紫幽冷笑了一声,直接截住了他,细长的手指犹如锋利的匕首抵在那个道士的脖颈上,“你们是不是抓了一个十二三岁的女童,她的原形是一只波斯猫。”

那个道士眼中全是惶恐,却还是死死地闭住嘴巴,一个字都不肯说。

“你走吧,你也是无辜的。”紫幽的瞳孔收缩着,然而犹豫良久,她还是松开了那个年轻的道士。

拂袖而去,不过才转过了一条街,身后便传来了一声凄厉的惨叫,就在刚才自己站立的地方,那个道士已经倒在了血泊之中,歪在一边的脖颈上,有两个指印洞穿了他的动脉。

紫幽下意识地往后退了一步,是谁,谁杀了他?

“紫幽!”身后再度发出了一声惨叫,女子转过头来,看见一身红衣的墨蝶神色惊慌,“你杀了飞羽师弟?”

有一个中年的道士扑过来,把那具死尸抱在了自己的怀中,看着紫幽的表情，恨不得将她活剥了一般。

在暗处，一个熟悉的身影渐渐走了出来。

“表哥，她杀了飞羽师弟！”墨蝶的声音里都带着哭腔。

真是荒谬……白衣女子冷冷地看着这一切，眼前的一切，都是早就设计好的么？

“你为什么要杀他？”兼渊低沉着声音说道，这一次，他再也没有坚定地站过来。

紫幽冷笑了一声，抬起了下巴，“问这句话的时候，你心里就已经认定了我是凶手对不对？”

兼渊深深叹了一口气，“如果不是师门传信，我也不会知道……佛骨舍利下竟然镇压着整个幽冥血海，一旦妄动，谁也不知道会造成什么样的后果，与其让无数的黎民百姓受苦，那么我宁可将你封印在此处。”

紫幽有些错愕地看着眼前的那个男子，她的心再一次痛了起来。

“你说的，可是真的？”紫幽深深吸了一口气。

“紫幽，为天下苍生，我别无选择。”

女子往后退了一步，一双眼睛渐渐蒙上了一层薄薄的灰，在什么时候开始，她竟然成为天下苍生的障碍了？

那一剑像是迅疾的闪电往紫幽身上刺了过去，连墨蝶自己都愕然地看着自己的手腕，那一刻，像是有某种无形的力量操纵了自己。

就在要刺上的时候，不知从何处冒出来的白色身影扑了过来，用自己的身躯挡住了那致命的一击。剑柄还在空中颤抖，鲜血溅在了紫幽白皙的面孔上。

墨蝶有些恐惧地往后退了一步，空气里此刻只有瑶竹凄厉的惨叫声，飞剑上附着的雷电之力震碎了她的内丹。

瑶竹用手按住自己的伤口，紫幽半跪在她身侧，手指都在颤抖，“瑶竹，你忍着些，我帮你把剑拔出来。”

瑶竹痛苦地摇了摇头，咳嗽了几声，断断续续开口说道："这把剑撒了龙血珠的粉末，你，快逃！"

龙血珠对修道之人而言，是见血封喉的毒药。

"外头有人布下了北斗七星阵，趁着阵法还没有聚拢，快走，快走！"瑶竹的眼睛开始变得浑浊，大口大口的血液从嘴中吐出，失去了内丹的妖怪就像是被震碎了心脏的凡人一样。

那双碧玉般的眼睛再也不复往昔的美丽，死亡的阴影犹如一只收拢了翅膀的蝴蝶，无声无息地覆盖了瑶竹的面孔。

紫幽静静地抱着瑶竹逐渐冰冷的身躯，缓缓抬起头来，她冷冷地望着前面的两人，一双眼睛里再也见不到丝毫感情。

这个人，并不是兼渊，而是紫幽曾经见过的兼渊的师叔。

她抬头看着清风，唇角忽然上扬一抹冰冷的笑容。

眼前的两个人已经动了起来，下一秒，墨蝶凌厉的剑势疾风骤雨一般袭来。

"我并不想杀你。"她看着眼前紧咬着牙关的女子，低声说道。

墨蝶丝毫没有领情的意味，只是仗剑拄地，痛苦地摇了摇头。

紫幽没有再继续说下去，她的神色渐渐变得冷漠起来，"当年天绝山想要趁我与将夜两败俱伤的时候前来拿人，那个时候，是你不顾一切前来通风报信，这份恩情，今日不杀你，就算我回报你的。"

墨蝶还没来得及说话，就感觉到胸口像是被人按了一掌，有一阵海浪汹涌而来，她被掌力重重拍倒在地。

"孽障！"清风冷哼一声，一剑刺来。

紫幽折身而返，不过是寥寥几招，就迫得清风再无还手之力。

"你杀了瑶竹，既然如此，就用你的命来抵债吧。"紫幽俯下身来，漆黑的眼眸凝视着眼前遍体鳞伤的道人，眼神冷酷。

"你……你如果真的杀了我，师侄只怕一辈子都不会原谅你。"清风仓皇地站起身来,想要逃离,“更……更何况,杀了那个猫妖的,是那个女人一”

随着清风手指的方向,受了伤的墨蝶也露出了恐惧的神色。

“无论你说什么,都得死!”紫幽的眼中再也没有丝毫的感情,一出手便扭断了道人的头颅。

而与此同时,被法力波动所牵引的子言与兼渊也飞速赶来。

一群道人对视了一眼,有一个似乎是领头人,抽出了秋水般的长剑,“你竟然杀了清风师叔,妖孽,还不束手就擒!”

“找死。”紫幽淡漠的瞳孔中毫无感情。

兼渊皱眉,难以置信地看着眼前发生的一切,在视线之中,有一只白猫的尸体躺在血泊之中,一动不动。

瑶竹……竟然死了?!

“住手!”子言也赶了上来,一看眼前混乱的场景,立刻就明白了大半。

紫幽浑身一颤,转头茫然地看向身后的男子。

兼渊眼中情绪复杂,看着满地的血泊,眼中微微一动,“……我不能放任你再继续魔化下去。”

就在最后的余音尚在空中袅袅的时候,兼渊的剑已经出鞘。

紫幽并非是用剑的好手,那一刻也能感觉到对方出剑的一刹有一道凌厉的风,割开了将夜一向自诩的魔气,那样潇洒自如的剑势,就像是水流雷电,自然又随意,又是这样凌厉致命的杀招。

“表哥,那是纵魂啊!”一直在旁边的墨蝶终于失声尖叫了出来。

兼渊回过神来,下意识便用剑隔开女子的长袖。纵魂,的确,那种眼神……这一战……他从一开始就不是为杀了紫幽而来的。

兼渊像是用尽了全身的力量一股,强行突破了一直环绕在女子周围的魔气。

紫幽面无表情地看着这一切,趁着空档欺身卜前,纤细的手指从对方的胸膛穿过。

垂死的兼渊忽然露出了淡淡的笑意，一只手颤抖着抚上了女子的面孔，带着说不出的温柔，他的手指很冷，但是血却是滚烫的。

“紫幽。”他的手紧紧贴在她的面颊上，“我只是后悔，如果在青勉，我能拦住你就好了。那样，你就不会变成今天这个样子，在王都，如果早知道你会被邪魔借魂，我一定……一定会拦住你……”

“紫幽，我好像……真的要比你先走一步了，你要答应我，好好活下去，活下去……”

隐隐有风从长街的尽头呼啸而来，然而直到生命的最后一刻，那个他毕生所爱的女了，都只是用一种漠然的神色望着他。

紫幽漠然地看着对方已经断了气的尸体，眼里的红光陡然更亮，“哈？就这么死了?!”

那是一个男子的声音，是将夜，带着几分诧异。

“紫幽，紫幽!”子言急促的声音陡然响起，他一直在旁观着这场厮杀，在这一刻，已经到了最紧要的关头，他终于忍不住出声，试图唤回女子的神魂。

“紫幽，我早就和你说过，你迟早会输给我。”将夜抬起眸冷冷地看了子言一眼，唇角嘲讽的笑意更深。

子言霍然往后退了一步，那种眼神是已绎被蛊惑了理智的。

“紫幽，醒过来，醒过来!”仿佛是忌惮着盘旋在周围的魔气，子言始终没有靠近对方，只是急切地呼唤道。

神色恍惚的女子微微抬起了脸，苍白如纸的面孔上血色的泪水淌过脸颊，她无神的双眼内看不出任何情绪。

将夜声音魅惑，温柔地对着紫幽说：“如果这么难过的话，不如……就让我帮你了断一切。”

盘旋的黑雾几乎将人彻底包裹其中，一旦紫幽彻底放弃了自己的神魂，那么将夜便可以依靠这具躯体重牛。

子言深深吸了一口气，他下意识地并拢食指与中指在自己唇边，然而那段咒语却怎么也念小下去，这段伏魔真言一旦念动，紫幽也会永远和将夜一起被封印。

高高举起的有手在半空中停顿了下来，从紫幽的袖口里，一方尚未绣完的青竹手帕缓缓落地，紫幽的肩头一震。

那是……在魏国工都的时候，她闲来无事想要送给兼渊的一方锦帕。上面挺拔的青竹只绣了半截，她总以为时间还长，她总以为还有机会。

将夜笑了起来，"这个时候才觉醒，已经太晚了。"

就在紫幽失神的时候，黑暗巾有什么兀自燃烧了起来。那些鲜血仿佛被某种无形的力量操纵着，沿着地面完成了一个复杂的图形。

将夜猖狂的笑意陡然凝滞在了半空中，他低下头，难以置信地看着熊熊的火焰。

那是最纯粹的灵火，是修道之人不惜用性命发动的血印。

那些火没有温度，然而却像是薄薄的一层墙壁一样，彻底隔绝了将夜所有的退路。

"呵……"将夜终于从震惊中回过神来，那样必死的决心，似乎让他想到了更为遥远的事。百年修道，为何最后关头不曾白日飞升。那个青衣的老道已经垂垂老矣，却在最后关头，以血起誓，将自己永恒封印在了法器之中。

林灵素，你们道门的人，是否都这样固执！

他转过头，蓦地仰天大笑起来，"你一定会后悔的。"

话音刚落，燃烧的火焰就迅速地席卷了一切，由鲜血所画就的阵法中，连将夜都毫无抵抗之力。

子言长长舒了一口气，终于结束了。

"恨我么……"隔着燃烧的火焰，他缓缓走向阵法中心的女子，低声说道，"就算恨我也没有关系。紫幽，兀论如何，我一定会带你回到上清天界。"

踏着残留的血液，邪魔残留的呼啸似乎还在空中回荡，然而白衣女子毫无反应，直直站在原地。

就在子言靠近的刹那，她直直地往后倒去，子苦用怀抱接住J，瘫倒的身体。

瑶竹死了，兼渊也死了……

就算事情发展到了这一步，他也没有后悔过。

再不迟疑，子言的身躯风一般消散布了守中，一路往普觉寺而去。这一次，紫幽没有被佛光所抵抗，不费吹灰之力就进入了普觉寺内部。

紫幽茫茫然睁开眼睛，缓缓地坐直了身子，看见一袭青色的长袍映入眼帘。

“你终于醒过来了。”对方叹息了一声，微微探过身来伸出手在她额头上触碰了一下，欣慰地说道，“果然……终于是克制住了。”

在不远处，一朵赤金雕琢的莲花亮着一缕微光。层层叠叠绽放的花瓣之中，分明有一颗舍利子豪光万千，那样炫目的光芒让人不能直视。即便是子言挡在她身前，紫幽还是下意识地侧开了面孔。

“这是在普觉寺中。”子言轻轻将对方从自己怀中扶了起来，低声说道，“幸好伽罗的封印牢固，我们才能来到这座佛塔之内，但时间不多，你体内的邪魔随时都可能苏醒。”

紫幽借着子言手臂的一撑之力站了起来，撩开了自己的衣袖，果然，白如羊脂般的胳膊上，那一条殷红的红线已经消失了踪迹。

子言微微探过身来，“邪魔的确是被封住了。”

“我现在头痛得厉害，我是不是，杀了他?”紫幽霍然抬起头来，依稀像是有泪水在眼眶打转，“我当时是疯魔了吧，心里头只有杀、杀、杀！将夜说得对，是我太自大了，总以为自己能降得住他。”

“也不能全怪你。”子言的身体颤了一下，脸上露出不忍的神色来，“他们故意变成兼渊的样子，又在你面前杀了瑶竹，也难怪你走火入魔，把持不住。”

紫幽失魂落魄地看了他一眼，跌跌撞撞地往前走去，“在人间这些年，我冷眼旁观别人的苦痛，想着爱恨痴缠，百年之后，尽归尘十，子言，我以为我看得破，我以为……真是报应！"

当年教丰之所以放手不管，让她下到红尘历劫，只怕就是看准了有今日吧。

子言皱了皱眉，决然接口道："紫幽，你还要再人魔障不成！要我一番心血白费，兼渊白死了么？"

在子言那一声历斥巾，她才陡然想起来，她一直妄想和命运抗争，和这满天神佛抗争，所以当年不顾一切从九重天叛离。

用了这么多年的时间，回头来看，她并没有赢过任何人，但是，没有关系……她终于得到了自己想要的东西。她要的，不再是什么无穷的生命。

"为了回到那里，需要付出如此大的牺牲么？为什么，不从一开始就将我封印起来？子言，你明明有这个能力不是么？"

子言叹了一口气，"如果我能够这么做，一开始就不会在三清天界跟着你下来了。我来人间的唯一目的，就是带你回去。"

"子言，我说过，这一切，都是我自己自作自受。"体内仿佛有某种东西觉醒了，五脏六腑都烧了起来。

"紫幽，你不要做意气之争！"子言再也无法袖手旁观，一出手便想制住紫幽。

"子言，佛骨舍利卜面压着什么东西，你不可能不知道。"紫幽固执地望着眼前人，"如果为了我妄动佛骨舍利，冥河生变，那就是真正的天地灾劫了。"

"可是再不将邪魔从你体内移出米，你的性命便保不住了！"子言厉声呵斥道。

紫幽摇了摇头，她似乎隐隐约约地明白了过来，兼渊当初为什么要来见自己，他其实……是想要東杀了她的。

可是临走的时候，他曾经低语过："假如是你的话，我愿意相信你。"

佛骨舍利,最终会把自己与将夜一起封印在这座佛塔之中吧,倒也是最好的结局。

就在紫幽快要失去意识的刹那,九天之上,兜率宫内的老者霍然睁开了双眼。

墙壁上依稀出现了青色的光,两个人同时抬起头来,便看见如梦似幻的景象:

亭台楼阁,浮云扰扰。隐隐有垌翼纯白的仙鹤在空中伸长脖颈鸣叫,麒麟凤凰种种瑞兽在云中闲情信步。这是上清三界,真正的世外之地。

“真是痴儿。”云雾深处,隐隐传来一声叹息。

只见白云之中,一只青色的水牛,四足轻巧踏云而来。一双铜铃大的眼睛怜悯地望着女子,而坐在青牛身上的分明便是三清道祖之一的道德天尊。

老者白如银丝的长发与胡须在风中飘荡,宽大的道袍垂在地面,隐隐有澎湃的灵力充斥之间。

“白云苍狗,不过一瞬间。紫幽,这数百年的时间,你还是一无所获么?”天尊微微探下身,近乎叹息一般说道。

紫幽勉力行了一礼,将额头抵在冰冷的地面上,“弟子驽钝。”

子言也随之跪了下来,低声说道:“见过天尊。”

老者微微叹了一口气,“真是孽障。”

随着道德天尊的拂尘一甩,那颗金光大放的佛骨舍利收敛了所有光芒。

在佛骨舍利离开十二瓣金莲底座的刹那,有翻滚的黑气像是喷薄的火山一般肆虐而来,然而一碰到淡淡青光,又退了回去。

老者把玩着手中的佛骨舍利,渐渐变得严肃起来,“释迦牟尼不惜用自己成道时的佛骨封印了此地,你们竟然妄想动用这样的珍宝,为了一己之私,置三界生灵于不顾!”

“是弟子一意孤行,出手封印了欲色天主伽罗。”子言抬起头来,一字一句说道,“弟子愿意被打入轮回草木畜生生生世世,但求天尊饶恕紫幽。”

空气在这一刻彻底凝固下来，天尊的神色也逐渐变得严厉，一旦真的引动了佛骨舍利，人间可以说是生灵涂炭，然而，到了最紧要的关头，自己的女弟子，还是守住了那一线本心啊。

“无沦是怎样的惩罚，弟子都愿意一力承担。当年如果不是因为弟子动了嗔念，也不会引发今日的事端。”紫幽抬起头来，再一次俯身跪倒，额头触在冰冷的地面上。

子言沉默地看着跪在自己身侧的女子，在很多年之前，她还是个小小女童的时候，自己就一直守护着这个天赋异禀的女子。

因为是在三清天界化成了人形，所以她已经不再是寻常的妖物，而是成为侍奉道德天尊的天女。

“为何非要走到这一步，才知道迷途难返呢？”老者叹了一口气，缓缓说道，“无论是你还是了言，都是本尊的得意弟子，此次试炼，仙界共三百四十二人下凡，到头来，却是你们两个最先从这场‘梦’里惊醒过来。”

试炼……仿佛被这两个字惊起了某种回忆一般，紫幽蹙紧了眉头，跪坐在地面上，神色却变得有些茫然，什么试炼，什么幻梦？

女子霍然抬起头来，在景国普觉寺的壁画之上，漫天神佛似乎刹那间睁开了眼睛，在九天之上，用一种怜悯而慈悲的眼神望着自已。

“原来，不过是一场梦么？”随着那一句低语从嘴中吐出，四周的一切仿佛也被某种力量无形地改变了。

山峦水雾一层层在眼前渲染开来，就像是一张从眼前徐徐展开的水墨画，山水氤氲，有无数的莲花次第在水中绽放。花开花谢，却不过只是一眨眼的时间罢了。

是啊……这是每一千年就会进行一次的来自仙界的试炼。登上仙界之后，虽然超出了生死轮回的界限，但是也依然有自己的试炼。

只有真正无欲无求的仙人，才有资格得享无穷无尽的寿命。

上界的仙人，如果无法做到清心寡欲，对凡间依然有贪恋之心，就难免会出手干涉命轮,不能对万物做到一视同仁,又该如何在天庭俯瞰着芸芸众生?

这千年一场的幻梦,便是对所有仙人的试炼了。

在红尘之中所经历的一切,在这些仙人的眼中,都只是一场梦境。

梦中的生生死死,爱恨情仇,都是无形的考验。数百年前她一念成执,在兼渊经历劫难的时候强行带走了他。

那一刻,是所有劫数的开始。

百年尘世之中,一直苦苦寻找人间的真情。那在神佛眼中必须要参透的东西,却成了她心中唯一的执念。

他们当中的每一个人,都在这场试炼之中照见了自己的残缺。但是却没一个人,能够以这些爱嗔痴恨作为顿悟的契机,谁都没有通过最后的考验,最后所有人全都在红尘之中辗转沉浮。

“紫幽,你在最后关头收手,本尊可以再给你最后一次机会。”虚空之中,神光荡漾离合,老者轻轻垂下了眼睫,说道,“要么与本尊回到九重天上,千年紧闭,重新悔过,千年后,你还可再次来参加这个试验,要么……就永堕凡尘受苦,直到你顿悟为止。”

紫幽抬起头来,眼中闪过一缕感激。无论是选择哪一条,其实都算不上受罚。

似乎过了很久很久,紫幽才深深俯首,“天尊慈悲,眷顾弟子,弟子自知罪孽深重,不敢再回三清天界。”

“你心意已决?”坐在青牛背上的道德天尊甩了甩拂尘,似乎早就料到了对方会说出这样一番话。

“也罢,既然如此,本尊就将你体内的邪魔彻底封印在你体内,就当让你赎罪吧。红尘之中,也未必就不能领悟大道。”老者转头看着自己的得意弟子,“子言,你呢?”

“弟子道心不稳,愿重回天尊身侧。”子言听见紫幽回答,终于明白,是了……一百年,一千年,自己就算再留在人间,也已经毫无用处了。

九天之上,青光刹那间退得一干二净。青牛踏着祥云转身离去,一路往九天之外的三清天界疾驰而去。

“你以后有什么打算?”子言的神色说不出的疲倦。

紫幽伸手揉了揉自己的额角,“或许我会去寻找瑶竹的转世之身吧。”

“转世之身……你的心魔,再也无法可解了么?”

过了半晌,紫幽才忽然笑了起来,“不是心魔,子言,当年我义无反顾地离开血海,是不满你所遭遇的,也是我自己的执着。在红尘孽海之中苦苦挣扎坚持,唯一想要得到的,不就是这些么?”

求仁得仁,如此而已。

“子言,你多保重。”最后,只有这一声轻轻的叹息。

男子终于笑了起来,他轻轻搂住了女子的身躯,那一刻,仿佛浮生百载只是一个很长很长的梦境。

如果回到九重天是忘记一切,一千年之后再经历一场试炼,磨掉自己心中的贪嗔痴恨,是何等巨大的悲哀。

对紫幽而言,这终究不是一个说忘就能忘记的梦境。

红尘百转,有一个人,她非见不可。

子言没有动,他站在佛塔之上静静地看着紫幽远去的身影。她的步伐很慢,但是却比往常都要坚定得多。

曼陀罗阵没有发动,那个从封印中醒过来的女子,只是看着紫幽缓缓从石碑林立的空地走过。她赤足站在林立的石碑之上,眼神略带哀悯。

“一路保重。”伽罗叹息道,是这个女子,唤起了自己尘封已久的记忆。可是没想到,她竟也会露出和自己一模一样的神情来。

那是宁可一生沉沦苦海,也不愿意忘却一切的眼神。

子言苦笑了一声,这一别,他们或许再也不会有相见的那一天。在三清天界的那些日子,在人间共度过的时光,都再也不会回来了。

他默默地转过身去,再也没有回头。

再以后,便是人间天上。

九天之上的子言成了沉默寡言的道君,他的修为越来越高,天上的众仙家看见他也变得越发恭敬起来,然而,百年之中,子言却再也没有露出过笑容。

他有时候会想,还会不会再见到那个女子呢,那个从前跟在自己身边的女童,或者是红尘匆匆一瞥中那个神色冷淡的女子。

暖暖的日头照在身上,紫幽撑着一把湘妃十二骨纸伞缓缓走过西湖断桥。在很久之前,也曾有一个女子在这里遇见了自己生命中的魔障,她借出了一把伞,从此以后,便是万劫不复。

西湖的风景这么多年来似乎没有什么变化,杨柳依依,暖风熏得游人醉。日月星辰,天地万物,都是永恒而寂寞的存在。反而是在这片土地上生生不息活着的凡人,生命短暂得犹如一个叹息,但往往也是他们,创造出了比永恒更为长久的存在。

沿着苏堤走了很久,直到身边的游人都渐渐失去了踪影,紫幽才停住了脚步。

在不远处,一棵巨大的柳树陡然发…了哗啦的声响,随着柳枝在空中摇曳的痕迹,原本在一望无际的青草之中,竟然有一座坟头缓缓显出了轮廓。

“柳七,这些年来,多谢你一直守护着他的坟墓。”紫幽对着那株柳树施了一礼。

片刻后,才传来了对方感慨的叹息:“姑娘客气了,不过是举手之劳罢了。”

人死之后,自然还会有投胎转世,兼渊一生替大行道,就连对妖怪也从来没有滥下杀手,这一世,他大概会因为前生修来的福报,而过上一段更加安稳富足的生活吧。

她俯F身子,颤抖的指尖轻轻抚上冰冷的石碑。那上面的每一个字,都是她亲手写的。

白猫用头顶着女子的手，神色亲昵。她历经许久，终于找到了瑶竹的转世，可是……兼渊呢？

浮生百载，恍然如梦，是啊，已经过去了百年之久。

尾声

楚国的青勉土都内，今日是上元佳节，夜市通宵开放，花灯彻夜不熄。

青衫磊磊的公子带着一个木制的恶鬼面具，饶有兴致地把玩着一枚刚刚买来的玉扳指。身后跟着的书童更是兴高采烈，一路上见了什么新奇有趣的东西都说个不停。

倒是那少年郎浑不在意的样子，那面具虽然做得狰狞可怖，但从那下巴的轮廓与笔挺的鼻梁便可看出，是个不可多得的翩翩美少年。

“阿九，我们找个地方歇一歇吧。”走了半晌，少年郎有些累了，说道。

“公子，你怎么老是这样，懒洋洋的。”书童关心地问道。

每年的上元节，如果能够遇到一个自己中意的女子，比起父母之命媒妁之言的盲婚哑嫁，岂非要好得多？可是这位公子似乎就真的什么都不在意一般。

两人随意寻了一个茶肆坐下，青衣的少年郎戴着一张可怖的面具，悠闲自在地喝着刚刚泡好的茉莉茶。

然而刚坐了一会儿，前面似乎发生了一阵骚动，找个人来打听一下，才知道原来是灯会里不知道从哪里蹿出来一只猫，毛发雪白，尤其一双眼睛通透碧绿。阿九一听也觉得无趣，他可对白猫没有兴趣。

阿九抱怨说：“少爷，这下可以休息够了吧，这都快要到时辰了，灯会应该要放天灯了呢。”

那也是上元节的一个习俗，男女们点亮白色的孔明灯飞向夜空，据说在孔明灯上写卜自己的心愿,就有可能让老天爷看见。

“呵。”少年郎站了起来,唇角含着鄙夷的笑意,“那种东西,有什么值得一看的?”

凡人的命运,说不定在仙人眼中不过是一场笑话罢了,他们怎么可能眷顾凡人呢?

就在准备起身离开的刹那,似乎听见了‘个女子低低的声音,少年霍然回过头,却看见无数的灯笼在四周绵延无尽。

是谁,低低的,像是在呼唤一个名字,“瑶竹,瑶竹……”

那个声音……

青衣少年微微皱起了眉,他自问从未听过,可是不知道为何……又仿佛在很久之前听过似的。

俊秀的少年加快了步伐,往声音的方向走过去,只见那阑珊灯火欲灭,一只浑身雪向的波斯猫站在屋桅上,一双碧色的眼睛在暗夜中宛如宝石。

“阿九,你看那只猫……是否在哪里见过?”

白色的猫懒洋洋地趴了下来,两只前爪交叉在一起,小小的脑袋搁在上头,居高临下地看着这两个人。

正对峙着,那猫忽然低低叫唤了一声,一点昏黄的光从黑暗中缓缓飘了出来,这一刻就连那少年都有些吃惊,阿九更是吓得话都说不出来,“少……少爷,咱们快走吧!”

“我找了你好久,原来你躲在这儿偷懒。”

那是个女子的声音,清凌凌的,就像是雨水落在荷叶上一般。白衣女子手中提着一盏精致的灯笼从暗处走了出来,那样精致的一张脸,犹如水墨丹青一笔勾勒出来的图案。

“这位姑娘……”那富家少爷像是着了魔一般,眼睛一动不动地注视着对方。

白农女子将手中的灯盏微微提高了一些,借着那一点飘摇的烛火,终于看清了不远处那个男子的面容，仿佛是被某种无形的力量击在了胸口。

横跨了百年的时光，那张面孔和从前已经今然不同了，但即便是再过一千年，她也会在人群中认出他的眼睛。

“这位姑娘，我可是……在哪里见过你？”

在旁边看得目瞪口呆的书童阿九扑哧一声笑了出来，少爷在哪里学的这种腔调，真是俗气不堪。

看见对方的脸，阿九舒了一口气，少爷的眼光还真不错，那人还真是恍如神仙中人一般。

紫幽定定地看着眼前的男子，他的气质，他的长相，甚至他看她的眼神，仿佛那个青衣缚剑的男子从来不曾离去。

在瑶竹急切的目光之中，她已经可以确认，这便是兼渊的转世之身了吧。

然而，他并不是宋兼渊。

眼前的这个人，和记忆中那张脸，纵使能够重叠在一起，也有着明显的差别，再像也不是同一个人。

子言走的时候，最担心或许就是自己会执着地去寻找兼渊的转世吧。

伽l罗宁可永生留在曼陀罗大阵之中，那是因为她清醒地明白，所谓的转生，也不是从前的那个人了。

可是谁又能料到，百年之前，百年之后，都是在楚国的王都青勉，两人会如此相逢。

如今的他，已经成了一个十足的寓家公子，眉宇之问虽没有轻浮，却也不见了当年的坚毅和正直。

眼前的这个人，已经不再是那个会和自己并肩在天地中仰望湛蓝苍穹的男子了。

所谓的执念，原来仅仅是这样而已。原来永久的陪伴，对凡人来说，是永远不可祈求的奢望。

紫幽停了很久很久，终于抬起脸来，眼中一大片神光氤染，她微微笑了起来，淡淡道：“妾身与公子，素昧平生。”

就在她话音刚落的刹那，时光凝滞，天光倾泻，九天之上像是缺了个大口了，五颜六色的神迹霞光喷涌而出，一时之间炫目得让人无法直视。

那光芒越来越盛，其中有一点尤为显眼的金光自霞光里踏出，飞速往自己的方向驶来，直到靠得近了，才看到原来是青衣翩跹的尊贵上仙。他百年来不变的玉石般冰冷的面容上，竟是带着隐忍的笑意，他温柔地伸出双手，无可抑制地发出一声喟叹：“我曾以为，我等不到这一日了，万幸，万幸……”

这绝世而立的谪仙，不是百年之前在神塔之上与自己最后拜别的子言，又是准？

如今他的修为更加精进，丰神俊朗，一身仙骨剔透无垢。

只是，他能再度出现在自己眼前，就代表……

是了，是了，就在刚刚这刻，她那句回答，已斩断了尘缘。

终是顿悟了一切，红尘痴爱，因缘执念，不过如眨眼问消散的云烟。尘世磨难，凡人苦楚，终不是她所能扼住其间齿轮的。

来自神族的她，在守候的尽头，终于脱下一身红尘纷扰、情义羁绊，蒙住明珠的尘垢如风飘散，凡胎脱去，仙骨再造，立地飞仙。

那个清浅的声音再度开口，“紫幽，我来接你了。”

这次再也没有犹豫，白衣女子俯身轻轻放下灯笼，深深吸了一口气，将纤长的手搭了上去。

子言的另一只手没有收回，紫幽一愣，下一秒就心领神会，她目光对上深情急切惊恐的白猫，弯了弯嘴角。

“瑶竹，你可要伴我踏进漫漫长生？”

没有一丝犹豫，碧眸的长毛波斯猫，抑或是因为太激动，回应的声音都在颤抖，乖巧地跳进了女子怀抱。

上仙的手终于收回，他眼角带笑，握紧女子的手阖眼念了一句口决，两人一猫，沐着天光便踏云归去。

五彩霞光一分一分收拢，直到最后一丝光线也消失殆尽，人间凝定的时间重新开始流动。

“咦？我记着分明逛着灯市呢，好端端地怎么来到了这样偏的地方？”阿九抓了抓头，想疼了脑袋也没想明白。

年轻的公子哥没有回答他，从皱起的眉头看得出，他心里怕也是疑惑重重。

眸光一垂，看到脚边落了一只奇特的灯笼，拿起来端详了一番，这样式做工都不是市面上流通的普通货品。

“这灯笼倒是别致得很。”他舍不得松手，点头称赞。

“少爷我们快走吧，该是放灯的时辰了。”阿九脸都皱成了一团。

少年呆了半晌，才短短回了一声，“嗯。”

两人一灯的背影，一步步地模糊，一步步越走越不可见，直到彻底消失在漫天璀璨的灯火里。